首届天山文学奖丛书

白水台

叶尔克西·胡尔曼别克/著

新疆人民出版社
（新疆少数民族出版基地）

图书在版编目(CIP)数据

白水台 / 叶尔克西·胡尔曼别克著. -- 乌鲁木齐：新疆人民出版社(新疆少数民族出版基地), 2024.12. (首届天山文学奖丛书). -- ISBN 978-7-228-21511-9

Ⅰ.I247.5

中国国家版本馆CIP数据核字第20249GP404号

白 水 台
BAISHUI TAI

出 版 人	李翠玲	策 划	李翠玲　可 木
出版统筹	孙 瑾　单 勇	美术创意	可 木　王 洋
责任编辑	李庆晖	装帧设计	王 洋
责任校对	冯 茜	责任技术编辑	王 娟

出　版	新疆人民出版社（新疆少数民族出版基地）
地　址	乌鲁木齐市解放南路348号
邮　编	830001
电　话	0991-2825887（总编室）　0991-2837939（营销发行部）
制　作	乌鲁木齐捷迅彩艺有限责任公司
印　刷	北京富诚彩色印刷有限公司

开　本	880mm×1230mm　1/32
印　张	12
字　数	210千字
版　次	2024年12月第1版
印　次	2024年12月第1次印刷
定　价	88.00元

版权专有，侵权必究。如有质量问题，请与营销发行部联系调换。

目　录

001　尤莱·叶森

043　旧　文　件

080　孟

150　卡　米　拉

195　鲁　伊　万

207　叶　瑞　克

265　威成·叶森

320　红

尤莱·叶森

孟是后来才听说她的包户尤莱·叶森家的一头黄花土牛和两头阉牛失踪的消息。尤莱·叶森在一周后的一个黄昏才在他家的秋营地找到了它们。叶森家的秋营地离白水台新村六十多公里,在去往白水台高山夏牧场的路上,也就是春牧场和高山夏营地正中间的山中。

尤莱·叶森找到黄花土牛的时候,长庚星正伴着夜幕晃晃悠悠地浮出西边的天空。那晚没有月亮,长庚星下的夜色很黑,虽然说牛是尤莱·叶森找到的,但准确地讲应该是他的手电筒找到的。这个手电筒网名叫登天炮,是户外用品,黑色的质地,精致的外观,颇具科技感和设计感,用起来更是实力强光,亮度和续航能力极其给力,是五十多岁的尤莱·叶森这辈子用过的最好的一把手电筒,是他从当兽医的弟弟威成·叶森那里要来的。威成·叶森把手电筒给了尤莱·叶森,自己又从某宝电商那里买了一把同样的手电筒。他会网购,哥哥不会。不管是会还是不会,他们兄弟俩都需要这个新式的好玩意儿。尤莱·叶森虽说已经定居新白水台村了,因为过去一直以牧羊为主业,还是要跟牛羊打交道,要用得到手电筒;而威成·叶森的主业是给牛羊看病治病,也要跟牛羊打交道,也要用到手电筒。

跟牛羊打交道是他们叶森家家传的行当,至少在他们这一代上是一直在跟牛羊打交道的。至于他们的下一代是不是还会跟牛羊打交道就不好说了,他们也许另有自己的选择。毕竟,时代在发生变化。

当尤莱·叶森手中登天炮明亮的光柱锁住他家那头被卡米拉骂作卡拉桑的黄花土牛时,尤莱·叶森倒吸了一口凉气。强光照亮之处,他看见了牛的右背有两块被撕裂的皮烂布条似的从脊背耷拉下来,几乎垂到它的右腿。牛头牛脖子牛身子僵硬着,一动不动。尤莱·叶森下意识地快步走向那牛,手电筒的光柱引导他的两只眼睛死死盯着那烂布条似的皮。光柱中似有什么跃过,划过一道弧线。应该是初夏的蝗虫或者蛾子,抑或别的什么虫。尤莱·叶森走近黄花土牛,越发被它惨烈的样子惊得麻了头皮,蚁走感充斥全身,肠胃好像也跟着痉挛了,然后一份极度的同情与怜悯柔软地袭上他的喉管。尤莱·叶森不禁自语:"我的老天爷呀,你这个畜生是遭了狼还是遇了熊？你这个畜生呀，这么早就想跑去夏营地，也不看看季节还不到嘞。你这头蠢货，难不成你祖宗八代是被饿死的？你这个愚蠢的畜生，孟姑娘还等着今年让你做准妈，明年产个小金牛呢。"

骂牲口是牧人的家常，尤莱·叶森的嘴里这样说着，还是将手电筒掖到左胳膊下，俯下身子，两只大手试图把那堆烂的皮扶上去，粘贴好。黄花土牛却梗着脖子，身体瑟瑟发抖，并向后退了一小步，喉管里发出痛苦的声响，显然是在呻吟。尤莱·叶森的两只手扶了上去，是那种十分爱抚的动作，他的手掌感觉触到了一些湿冷的黏液，软烂的肉连着的皮毛上还粘着杂草和土。尤莱·叶森试图粘上去的皮又掉了下来，他又把烂皮往上胡乱地堆，但是这堆烂皮显然是不可能再与牛身粘连了。当他的手扶着那块皮肉的时候，手电筒的光柱在牛角上划过，尤莱·叶森看见黄花土牛尖刀一般的犄角上仿佛有血迹，还有不知是什么动物留下的鬃毛。我的老天爷呀！尤莱·叶森不由得又倒吸了一口凉气，头皮又一阵发麻。直到这个时候，他才突然恐惧地意识到，那个在黄花土牛犄角上留下了痕迹的"凶手"或许就在附近，他慌忙把手电筒的光柱胡乱投向四周，并扯着大嗓门发出声响。尤莱·叶森听得出自己有些声嘶力竭，也有点儿歇斯底里。他或许是想借这喊声把"凶手"吓走。只可惜，星空下的野地里,这声音无助到只能给自己壮胆,手电筒的光柱也只是在他家秋营地那排木屋、木屋后的牛栏、羊舍、柴堆、草垛、几块大石头、另外两头公牛和他的摩托车上晃了几下,便在夜空中消失了。比他的手电筒的光柱更亮更持久的依然是头顶的浩渺星空,那里银河浩荡。在远处什么地方有野风发出的沙沙声,那"凶手"却悄无声息。尤莱·叶森又打着手电筒仔细看那牛角。牛角上真的是留着血迹和一撮棕色的鬃毛。尤莱·叶森心生怜悯,看了一眼黄花土牛,难道这蠢货就凭了这尖角把自己的小命保下来了?

"可怜虫啊,那就感谢你的天使护了你吧。"尤莱·叶森这样既恼恨又怜悯地跟他的黄花土牛说话。黄花土牛没啥反应,依然伸直了脖子呆呆地站着,身体瑟瑟发抖,偶尔伸出牛舌来,左一下右一下地把舌头送进鼻孔里去,又收回嘴里。尤莱·叶森说:"你这个蠢货哦,这么早跑来夏营地找死,瞧,害得你成了这副怂样,你还活得成不?"他这样骂着,又惦记着得把黄花土牛赶到牛栏去。留在这里,即便躲过了野兽的再次袭击,也会因身上的伤而死的。他不能就这么看着它变成一堆腐肉,食不得又弃不得,毕竟现在它还是一头活物。于是,尤莱·叶森便绕到了黄花土牛的左侧。黄花土牛这边也有伤,只是比右侧好些。尤莱·叶森推了几下黄花土牛的腰和屁股,但是黄花土牛根本没有动弹的意思,依然哆嗦着,像一坨烂泥,还低声呻吟。尤莱·叶森又推了几下,黄花土牛才艰难地动了几小步。尤莱·叶森意识到自己对它大概是无能为力了,便无奈地摇了摇头,站了一会儿,从裤兜里掏出手机,拨了弟弟威成·叶森的电话。电话里只听到"嘟嘟"的忙音,尤莱·叶森便压了挂断键,然后又拨号呼叫他的女人卡米拉。

电话那头没响两下就通了。

"我的老天爷呀,这么晚了,你去哪儿了?找着那些畜生了?"是卡米拉的声音。

尤莱·叶森说找着了,在秋营地。卡米拉说:"这些个天杀的畜生,我就说不会遭人偷窃,是它们自己找不着回家的路。三头都活着吧?"

尤莱·叶森说:"黄花土牛还活着,但离死只差一步了。"卡米拉问:"出了什么事?是让车撞了还是掉坑里了?"尤莱·叶森说:"都不是,应该是被熊咬了,它的犄角上有棕熊的毛,背被撕烂了,两块巴掌大的皮开了。"卡米拉又问:"那两头公牛怎么样?"尤莱·叶森说还好。卡米拉沉默片刻之后又说:"天杀的畜生,时节不到就跑去秋营地,它们一定是想去夏营地的,没让熊吃了算它们命大。"尤莱·叶森说:"好了,别说了,你这个婆姨尽爱说这些没用的话。"尤莱·叶森的话应该是刺激了卡米拉,只听话筒那边抢了话说:"就让那头卡拉桑自己烂了好了。你自己能活着回家就算万幸,你那辆破摩托别把你送到卡车下、悬崖下,我便大谢老天爷了。你们叶森家咋就你长了个泛盐碱的脑袋,从头咸到脚?别人都是老天爷的宠娃儿,被老天爷护着宠着,就你尤莱·叶森没人疼没人爱没人替你去分担啥!"

尤莱·叶森觉着听筒那边的话好刺耳,感觉耳根"吱吱"地响,便有些恼了,说:"你这婆姨怎么了?是吃了枪药了?"听筒那边回答说:"是的,我吃了枪药。你那侄儿叶瑞克把你告了!告到乡司法所和村委会去了!"卡米拉说这话的时候,声音是染上了哭腔的。这种声音让尤莱·叶森一听便十分烦恼,只感觉背上一阵一阵发紧,牛背上的伤带给黄花土牛的感觉大概也不过如此。听筒那边的卡米拉却还在说话,说了一大堆话。

平日,每当尤莱·叶森被卡米拉的这种声音困扰时,便会下意识地选择失聪,听不见就是了。这会儿,他自然也就听不大清电话那头卡米拉的话,只在星空下来回踱步,踱着踱着,突然大声喝道:"别说了!你这个婆姨。"

下面要说的话,尤莱·叶森应该是没想清楚,因此,嘴里一时一个词也蹦不出来。他显然是太激动了,分明有一舌头的词,但一激动,就好像一群羊堵在独木桥上,全都堵在喉咙里,就是蹦不出一个字。他又听卡米拉在话筒那边明明白白地说:"尤莱,你听着,今天乡司法所让孟姑娘传话来了,说过两天,乡司法所就要来村里了解叶瑞克的事。村里已经都传开了,你那个缺了德的侄儿说还要把你告到县法院去,说要请律师。这会儿,你可是要丢人丢大发喽。我看你这个活了半辈子的身子骨,定是要被你那缺德又无良的侄儿折腾死了。"

卡米拉的话说到这儿,尤莱·叶森终于蹦出一句话:"那个怂小子想告就让他告去!我尤莱·叶森又没做什么亏心事,老天不长眼,法律还能不公平?"

听筒那边,卡米拉大概听出尤莱·叶森的声音有些歇斯底里了,她的口气倒一下软了下来,换了劝导的口吻说:"尤莱,你傻啊。咱不怕老天没眼,不怕法律不公平,怕只怕叶瑞克无德,让咱叶森家失信于众,无颜于天下。我真是不知道你到底欠了咱大哥什么,让那娃这么糟践你。"

卡米拉的口气软了,尤莱·叶森的心就沉下去了,气也跟着沉下去了。他下意识地咽了一口唾沫,又咽了一口唾沫,看着眼前的黄花土牛,无力地对着话筒说:"卡米拉,求你了,咱先不说这个了好不?你现在赶紧打电话给威成,能找着他最好,他的电话我这边打不通,你快让他拿点儿药上来。牛伤成这个样子,我今天不可能下山回家了,就住木屋了。你快去找威成,赶紧让他上秋营地来。如果他能赶来,这牛兴许还有得活,快去!"

尤莱·叶森的话大概也让卡米拉沉了心也沉了气,回过神来了。这不是明摆着的事嘛,此时此刻,她家男人远在六十公里外的秋营地,她却扯什么叶瑞克的事,确实让尤莱·叶森用不上劲,也就不想再提这事。她说:"好吧,我这就去找威成,给他打电话。你自己小心点儿,秋营地那木屋一冬没住人,不生火,寒凉呢,别为了一头该死的卡拉桑,让你的老胳膊老腿着了凉,不划算。"卡米拉说完就挂了手机。她的手机已经用了好些年,上面时常粘着刚和的面或刚挤的牛奶。有电话来了,她顺手就接,接完电话,又随手揣在衣兜里或围裙的兜兜里。

秋营地这边,尤莱·叶森也挂了手机。挂了手机,星空下的秋营地也安静下来了。有几颗流星一颗接一颗从天琴座那边划过夜空,消失了,像什么人瞬间即逝的念头,一闪而过,想抓都抓不住。尤莱·叶森深深叹了口气,叹气的感觉既无奈、无助又无望。这些年,他们叶森家的生活本已平稳殷实了,大家都有安心的日子过,偏那叶瑞克这半年闹什么幺蛾子,好像一头鲁莽的牛进了毡房,搞得他们叶森家鸡飞狗跳的。尤莱·叶森又下意识地向星空看了一眼。这个夜晚暂时还没见月亮,或许再晚些月牙儿会从东边升起来,给寂寥的星空增添一些生气。

尤莱·叶森在星空下又站了一会儿，尽力让自己杂乱的心绪平静了一些，但卡米拉刚才的话音还是在耳边让他烦恼。

烦心的叶瑞克！无良的叶瑞克！那娃都已经做出了让自己伤心的事，现在告自己也没有什么可稀奇的。

这个时候，黄花土牛喉咙里发出了声响。"哞——"的一声，又"哞——"的一声。声音又厚又沉，富有磁性，还有些哀婉，好像苟延残喘中的求助，倒把尤莱·叶森心绪的乱云吹跑了，压在腹腔横膈膜上的东西也散开去，好像积雪在水中融化。叶瑞克所带来的烦恼暂时先淡下去，搁下，不想也罢。

尤莱·叶森又把手中登天炮的光柱投向黄花土牛。黄花土牛依然站在原地，一步也没有挪动，好像被粘在了那里。尤莱·叶森看向它，想了想，决定设法把它弄到木屋那边去。他这样想着便走向黄花土牛，推着它说："走！走！到牛栏那边去。"但是，黄花土牛像拉了一车的砖却陷进泥里的驴车，要推它走，几乎不可能，尤莱·叶森使了浑身解数揉它好像也不管用。尤莱·叶森有些来气了，把登天炮往地上一扔，一手拽着牛尾巴，一手拉着牛犄角，像拖一大网鱼虾一样，把黄花土牛往牛栏那边拖。黄花土牛脚下果然有动静了，四只牛蹄胡乱地踩着登天炮扫过草地的光，挪向牛栏。尤莱·叶森显然是受到了鼓舞,便不松劲,拽,扽,拖,在牛的一头一尾用力,黄花土牛笨拙的身子总算被一点点向前推进。只是这样一来,它遭的罪显然重了,痛苦地喘着粗气。尤莱·叶森管不了那么多了,依然又拉又拖。他做得这样鲁莽,还不是为了它能活?

终于,可怜的黄花土牛总算是挪了七八十步后,被尤莱·叶森拖到了木屋旁的牛栏里。这个时候,尤莱·叶森也已经累到两条大腿外侧又酸又沉,膝头发软。

牛栏旁边有一大摞彩钢板材,正好可以用来给牛做挡风的墙。

这堆彩钢板材是孟帮着送来的,因为尤莱·叶森准备今年在秋营地开一家小餐馆,让叶瑞克的媳妇经营。尤莱·叶森家的秋营地在上白水台高山夏牧场的途中,离公路近,孟从威成·叶森口中得知他建议二哥尤莱·叶森在秋营地开个小餐馆。白水台夏营地那边有野花台风景区,秋营地恰在途中,开小餐馆不仅方便路过的牧民休息用餐,也能引得散客就餐,增加收入,主要是为叶瑞克和他媳妇再开一个增加收入的窗口。尤莱·叶森认可威成·叶森的想法。开餐馆不是他尤莱·叶森和卡米拉能张罗的事,他一个牧民,只会跟着牛羊一年四季随着时光的韵律走,如果下厨待客,他显然是个粗人。况且,他是真心想为叶瑞克做事情。叶瑞克是他和卡米拉一手养大的娃。孟事前并不知道餐馆是为叶瑞克准备的,但从威成·叶森那里听说了将来由叶瑞克经营,认为这对牧民兄弟很有些远见,也开明,就说一定要帮助他们做好这件事。不仅要帮,还要办出点样子来。搭个彩钢板房做厨房是不错的选择,雨不淋,日不晒,也算她下沉包户的一个业绩。孟想着自己就是为了做些事下沉来的,有好想法为什么不实施呢?如果不是下沉,她只会待在城里的办公室里码字。孟就跟尤莱·叶森说,既然她是叶森家的包户干部,那叶森家的事就是她的事了。彩钢板房是活动房,易建易拆,不用钢筋也不用水泥,环保又好建,一天就盖好了;一百毫米厚的彩钢建材万把块钱,她来付,还开玩笑说以后她来秋营地喝奶茶,尤莱·叶森不要收她的茶钱就是了。这样,孟便联系了一位好朋友,朋友的丈夫在建材市场卖板材,听说孟下沉到牧村了,就直接免了板材的费用。只因去年时节有点儿晚了,来不及开工,东西就放到秋营地,准备今年再动工。卡米拉曾对尤莱·叶森说:"快谢恩你的天使吧,她给你派了一个多好的闺女来哦!"

尤莱·威成把黄花土牛拖到那堆彩钢板材旁累了一身汗,就坐在牛栏旁边的一根木头上。登天炮还在刚才那个地方,光柱呆呆地扫着地面。尤莱·叶森便点了一支烟解乏。烟雾中,烟头的火光一下暗,一下明。他吐出一团浓烟,那烟雾就在满天星光下漫向面前的黄花土牛。夜影中,尤莱·叶森感觉到了黄花土牛的头正昂起来,冲向天空的昴宿星团方向。尤莱·叶森知道疼痛正折磨着它。尤莱·叶森又吸了几口烟,威成·叶森还没有打来电话,而黄花土牛依然把头冲向西天的星团,身体僵硬而呆滞。尤莱·叶森站起身去拿了登天炮来,把手电筒的光打到黄花土牛的脸上。刚才自己对黄花土牛那般粗野,这会儿心里却充满了怜悯和同情。手电筒光下,黄花土牛并没看昴宿星团,那双长在脑袋左右两侧的牛眼正把眼珠向上翻,几乎翻进上眼角去,眼睑下那层薄薄的皮膜也差不多要翻出来了。平时,牛受到极度惊恐或疼痛时,或它们感觉自己将被屠宰时才会有这样的表现。牛是白水台牧人家牛羊马驼四大家畜中最易得疾患的,什么脑炎、蹄叶炎、肺炎,什么肠扭转、子宫扭转,还有胃胀气、肠胀气,啥毛病都能找上它们。也怪这牲口,天生得了"笨牛"的绰号,因它们只要是送到嘴边的东西就能胡吃一气,塑料、铁钉都能被它们不加选择地吃进肚子里去。威成·叶森就常给牧人家的牛切肚皮,把胳膊伸进它们的肚子里掏异物。难怪白水台牧人家的女人都把牛叫卡拉桑,卡米拉就是把他们家所有的牛都叫卡拉桑。"卡拉桑"字面意思是"黑腿的鬼",至于到底是什么意思,没人说得清。也因此牛的身份永远不会拥有马那般的高贵,更别说能跟一匹骏马相提并论。

然而,此时此刻,尤莱·叶森对这头黄花土牛不仅充满了怜悯,还有些敬畏。毕竟,它战胜了一头熊!并正努力求得生存。尽管它正浑身战栗,仿佛离死亡的最后期限就几步之遥。仅此一点,黄花土牛就甩掉了所有低微与愚笨。尤莱·叶森自语:"你这畜生怕是真的活不成喽,这伤是要你的命嘞。"这样说着,他意识到自己是不是该尽快帮它结束生命。如若就这么让它死了,不仅损了它与熊搏斗的尊严,甚至连它这堆肉也废了。自然死亡的牲畜不可食用,因为死畜有可能给人带来祸害,无论它是死于疾病还是天灾。这是白水台人家自古以来的禁忌,是白水台教给他们的生活和生存法则。人不可以无视或颠覆这一法则。

好吧,那就让它有尊严地死去!而不是留下一个被野兽咬了或者死得苟且的名声。

尤莱·叶森这样想着,就往木屋那边走去。片刻之后,拿了一把刀和一盏LED(发光二极管)露营灯出来。刀是叶森家的老物件,有年头了。很亮很亮的露营灯跟登天炮一样是这些年的新鲜玩意儿,也跟彩钢板房和原本要投入黄花土牛体内的上等牛冻精一样,都连着孟的名字。

那次孟和村委会的胖古丽跟着尤莱·叶森一家体验转场生活时,尤莱·叶森得了这盏灯。胖古丽曾跟卡米拉讲过这盏灯的来历,她说,孟下沉驻村前,曾特地去户外用品店买装备,就好像自己这一去定是要攀登雪山,露宿荒原,过马背生活。孟曾猜想自己下沉到村里的住处,她可能会住在毡房里或条件更差的住所。至于差到什么程度,她自己也不曾想得出。户外用品店老板一眼看出她是个新手,又得知她要去的目的地,就劝她多买些户外用品,包括冲锋衣、睡袋、手电筒,还有防色狼的阻门器等,反正一股脑儿地都给她介绍。老板看起来人不错,三十岁左右,一口东北话,扎了一束马尾辫,脖子上戴着厚厚的金链子,老板向孟推介店里的东西时,很在行的感觉。他拎了一个盒子打开,顺手拿出一盏灯,说这灯叫露营灯,是LED的,好用极了。有了它,一定会给孟的户外生活带来无限的乐趣。他用戴着俄罗斯碧玉指环的手指按下露营灯上的一排红色按钮,嘴里"一挡""二挡""三挡"地解说着,说:"这灯不仅能给户外生活增添光亮,带来别样的人生体验,还能帮你在遇险的时候呼叫SOS,并为你的手机充电。所以,有了它,你就等于有了护卫舰,在海上遇到多大风浪都不怕。"孟想象着自己有可能遇到的险情——荒漠无垠,伴随着鸦与郊狼的叫声,那种感觉是挺可怕的,就这样被那个戴金链子的老板忽悠着买下了这盏露营灯。当她来到白水台村时却发现根本用不着它。白水台村是新建的,工作队的屋子是新的,都有宽带,全村农户、牧户家里也都有水有电。就是远在牧区的夏营地、冬营地、秋营地、春营地,牧户人家最不济也能用太阳能电池板发电。电话、手机随便打,除非是在信号极弱的犄角旮旯。她和工作队的人自然更少用到这东西了。她才明白自己是被那个老板忽悠了,这东西分明是专门给野营的驴友用的,而鸮与郊狼的叫声也只出现在民间故事里是传说中的声音了。所以,她做了尤莱·叶森家的包户干部之后,第一次去尤莱·叶森家入户走访,准确地说是跟着尤莱·叶森家体验转场生活时,特意带了这盏灯留在尤莱·叶森家了。然后,尤莱·叶森又把灯留在秋营地了。

尤莱·叶森从木屋里出来,露营灯已经被他点亮,灯光明晃晃地照亮了木屋和牛栏。他把露营灯挂在牛栏的一根木桩上。那桩上有一根钉子,也不知是什么时候钉上去的,反正它就在那里,像一个人并不太重要的记忆。用到它的时候就会被想起,挂上灯或一件雨衣,或一顶帽子,不用的时候也就被人忘却。这会儿那钉子上挂了露营灯,意味着黄花土牛的最后一个夜晚的最后一束光亮正在洒向它。

当尤莱·叶森真的决定要结束黄花土牛的生命时,这个中年汉子却又有些拿不定主意要不要下手了。毕竟,眼前是一头大牛,不是羊,不是鸡、虫、鸟。即便现在要结束它的生命,就凭他尤莱·叶森一个人,凭他这年过半百的身躯,也是无能为力,平日里是要好几个汉子一起用劲才能实现。况且,他若要这牛死,还是应该问问威成·叶森。威成·叶森是兽医,没有问他就这么草率结束了黄花土牛的生命显然不大对,也不好给卡米拉交代。尤莱·叶森就又拨了威成·叶森的手机号码,还是"嘟嘟"的忙音,就是说此刻威成·叶森定是帮不了他。可怜了这头牛!那个把自己当成一家人的孟姑娘,还跟威成·叶森商量,她虽然是外行,根本不懂牛羊世界的事,但是她可以敲边鼓,比如,帮着买冻精,让黄花土牛生出个优良的小牛。这对她而言也是件十分有趣的事。孟说过,城里人家养宠物狗,也要优良育种。她认识的那个朋友,也就是建材市场老板的妻子就花了好几百元,给她家的拉布拉多宠物犬做人工授精,还把那狗狗叫女儿,把自己叫妈妈,让孟总是禁不住起一身的鸡皮疙瘩。跟那种小资的奢靡奢华相比,她为包户家的牛做这样的选择,意义自然是大了去了。她的这个决定,基于威成·叶森正在实施的一个改良项目,参与这个项目的还有威成·叶森的老师鲁伊万。这个项目就是让黄花土牛这类改良牛再做进一步改良和优化,产出更为优质的牛来。这种改良牛跟直接引进的牛相比,更能适应白水台的环境,而不是只做棚里的"牛贵人"。威成·叶森的老师鲁伊万早年做过黄花土牛父辈的改良,现在轮到威成这一代人继续做改良。黄花土牛虽被卡米拉骂作卡拉桑,却有着白水台土牛中不一样的高贵基因。不一样,正是因为它和它的前辈是土牛中的改良品种,有鲁伊万的心血,是他多年科研的成果,曾结合了这个星球多种牛的基因。四年前,威成说服尤莱·叶森买下了它的父亲和两头土奶牛,共花了一万八千元。它的父亲被买来的时候,代号叫AT1,所以到它这一代时,代号则叫AT1的后代。孟笑着说,这种名听起来有点儿电子产品的感觉。在几代AT1们之前,白水台子的土牛们,虽说都有着顽强的环境适应能力,吃得了苦,经得住累,且耐粗放,就是把它们甩到冬营地荒滩一个冬天,只要不遭遇狼害,都能活得好好的。但是它们多半个头小,后躯不发达,肉用体型也不明显,奶产量也比不过西门塔尔牛。因此,它们吃苦耐劳的天性其实正被远去的牧歌带进时空深处去。鲁伊万和一名专家一头扎进它们的基因改良事业,便有了几代AT1。黄花土牛的父亲体格健硕,有着金黄的毛色,有着厚实而健壮的胸廓和管围,体斜长,十字部高,还有一个硕大的牛脑袋。三年前,尤莱·叶森买了黄花土牛的父亲,尤莱·叶森家牛栏的最后一头白水台土牛就毫不犹豫地跟它恋爱了,并生下了这头小牛。今年,威成·叶森得到了地区畜牧研究所的一笔资助,推广新一代改良牛冻精,一支三百元,就有了孟的决定。孟坚持自己付费,笑着说,将来她要把成果展示到抖音上去。对她来说，这是一件十分有意思的事。

威成·叶森原是计划好的，在去夏牧场之前，就要把冻精植入这头小牛年轻的宫腔。孟听威成·叶森说过，那冻精来自南方一家公司，质优，遇了这头年轻的牛身体里旺盛坚实的基因，定如白水台七月的夏营地，阳光明媚，山雨充沛，能让生命之绿遍地繁茂，生命的七彩尽染山川。只可惜，这头天真的黄花土牛就要体验当妈的感受时，竟被两头阉土牛忽悠到了秋营地，冷不防遭了这份罪。它不仅受了这般罪，还将糊里糊涂地毙命，实在可惜了。再说，尤莱·叶森那突然像吃错了药坏了良心的侄儿叶瑞克，这些日子正拿这些牛马羊闹事，就这么让它死了，也正好给叶瑞克落了口实，好像他尤莱·叶森成心所为，不让叶瑞克得逞似的。

这样，大概五分钟后，尤莱·叶森还是决定先不做最坏的打算了。威成·叶森一时联系不上，自己或许可以想想别的办法，威成·叶森总会得到消息的。

尤莱·叶森便把刀放到牛栏的一根木橡上，然后举着露营灯又去看牛背上的伤。

露营灯的光明晃晃地亮着，照得牛背上那处伤依然惨烈，骨血筋肉暴露，看得尤莱·叶森头皮发麻，好像头皮之下有无数个草芽疯长，往头颅里钻，以致他把舌尖顶到上牙和上颚处，发出"啧啧啧"的声响。这声响表达的是他此刻极度无语的感受。他摇摇头咧咧嘴,又骂牛:"你个贱物,咋就不长点儿心眼啊?亏那野熊笨,丢了到嘴的食,漏掉了你一条小命。否则,你这笨畜就是再长几只犄角,又哪能奈何得了一只冬眠醒了的熊?"尤莱·叶森这样自语着,大手又扶上牛的伤口,好像只要他这么一扶,那脱了的皮就会粘回去,痛得黄花土牛"呼呼"喘气,眼珠又翻上去了。那被扶上去的皮又掉下来了。这样明亮的露营灯下,尤莱·叶森便想到是不是应该把这堆烂皮缝起来。

他可以试试。

尤莱·叶森拎了露营灯进了木屋,钻到西屋客房的一个大木炕下,找了两瓶白酒出来。那是他背着卡米拉藏的几瓶私房酒。平日里,卡米拉总是管着他不让饮酒的。卡米拉这辈子也不会明白,作为一个男人,酒这个东西总是要用来撑面子的。他拿了酒,擦拭过瓶身,鞋也不脱,又爬上木炕,伸手从山墙挂着的一块绣毡上取下一根粗针,那是卡米拉做毡活用的针。白水台牧家女子大多都有这种粗针,用来做毡活。为防伤着人,女人们总会把针别在挂毡上。那里既安全,用时也方便取。

尤莱·叶森拿了酒,取了针,又从卡米拉放在火墙上的一个铁盒子里取了棉线。那个铁盒子曾是装点心用的,是当年威成·叶森从部队复员回白水台时带给卡米拉的一个点心礼盒。礼盒上绘的是唐僧师徒四人去西天取经的图画。唐僧骑着白龙马,猪八戒拿着耙子和沙僧护着唐僧,孙悟空扛着金箍棒在前面带路。那画面色彩鲜艳,云遮雾绕,宛若仙境,让卡米拉很是喜欢,说自己常在白水台夏营地看到这般仙境。尤莱·叶森曾笑着说这是因为他的女人卡米拉是从仙境中来的,所以能和神仙对话。卡米拉就把这盒子留到了今天,装了针头线脑,还有暗扣、纽扣什么的。

尤莱·叶森又回到了黄花土牛旁。

露营灯又被挂到那个木桩上,它的明晃晃的光把周遭照得煞白煞白的。这般光里,尤莱·叶森真的要给黄花土牛做手术,把烂皮给它粘上去。至于做了缝合手术,牛活不活得了,尤莱·叶森不想那么多了!谁让他的兽医弟弟威成·叶森不接电话呢。兽医暂时救不了它,能救它的就只有他尤莱·叶森了。

到这个时候,离尤莱·叶森把黄花土牛从事发地折腾到牛栏这边来,大概已经过了一个小时,加上先前大半天苦熬经受的痛,到这阵儿,牛终因体力不支,晃晃悠悠瘫了下去,瘫下时还发出"扑通"的声响,好像没有搭好的房梁,突然散了架,堆在地上。由于惯性,黄花土牛甚至在地上歪了一下身体,背上的伤挨着了地面,粘了杂草和泥沙。尤莱·叶森感到一阵泄气。这让他如何操作是好?但是,尤莱·叶森依然执意要干,借着露营灯的光亮,把那两瓶酒对着牛的伤处一股脑儿浇下去。威成·叶森给牲口洗伤口的时候就是这样浇双氧水的,那种感觉令人享受、过瘾。你想啊!只要双氧水一冲,深藏在牲口疮里的秽物就会被痛痛快快地洗刷干净。只可惜,此刻尤莱·叶森没有那药水。但是随着酒浇在牛的伤口处,酒液夹杂血水流溢,一股浓香的酒气弥漫开来,空气里酒香和蒿草香混杂在一起,还挺好闻,让人感觉精神一振。倒是苦了牛,受了酒精的刺激,身体抖着,它想站起来,但是身体太过沉重,便只把头仰了向天,喉管里喘粗气。尤莱用打火机烫了一下那根缝毛毡的针,算是消了毒,又穿了棉线,右手食指和拇指捏着那针,试着把那堆烂皮与肉缝到一起去。

然而,当尤莱·叶森真把针戳进牛皮里的时候,他才意识到这针不像威成的针是弯的,而是直的,而他自己正在做一件极其愚蠢的事。他粗糙的手指感觉着这活物的皮肉如此稀烂黏滑,要把它们缝合到一起,并像完好时那样天衣无缝,是如此不可能。原来,这事根本不是谁都能做得来。尽管他尤莱·叶森是白水台的牧人,一辈子跟牛羊打交道,为了生存,把牛羊剥皮剔骨的事没少干过,甚至可能一刀见血,但在一头活物的皮肉上缝缝补补,竟然如此笨拙!他曾多少次看着威成·叶森为一头站着的牛或一只站着的羊剖肚皮，然后像掏狐狸窝或旱獭窝那样，将手和胳膊伸进那牛或那羊的皮囊里，掏出异物来，然后又缝合。人家兽医威成·叶森用的可是又弯又扁的手术针，哪里是卡米拉这根又粗又直的毛毡针！兽医威成·叶森从不曾把一头受了皮肉伤的牲畜像他这样当作一块破毛毡来处理。就见这牛又翻了白眼，喉管里发出"呼呼"的声响，搞得尤莱自己也是一阵一阵感觉像被人抽了筋扒了皮。或许是为了排解自己的压力，抑或分散牛的精力，尤莱嘴里便也有一句没一句骂着、诅咒着："你这个可怜虫！蠢货！畜生……挺住……挺住！再忍一忍……一会儿就会好了。快了，快了！"只可惜，可怜的黄花土牛耳朵里一句人话也没听进，只顾自己喘大气，翻白眼。

折腾了一阵儿，尤莱·叶森终于感觉要住手了。准确地讲是手术做不下去了。这对他来讲是不可能完成的任务，尽管他的动机和愿望无可挑剔。尤莱·叶森住了手，从那根桩子上拎了露营灯下来，把灯靠向牛背。灯光下，那堆烂肉烂皮经他一折腾，经纬错位，如一堆秋末的麦草。细瞧，甚至能看清有毛被缝进肉皮。尤莱·叶森下意识地想起，弟弟威成·叶森为牛羊治外伤时，定会先刮毛，剪去死皮；给奶牛做剖腹产手术的时候，几乎会刮掉奶牛左侧肋旁的一大片毛，然后用碘伏消毒。这样想着，尤莱·叶森便自责，咋就忘了刮毛这事了呢？泄了气的他，顺势坐到一根木头上，放下露营灯，那露营灯的光亮就从地面升起，把他的下颌和脖子照得发亮，而夜影也因着这光亮变得暗沉沉的。

泄气的尤莱·叶森又给自己点了一支烟。因有了一丝热气上升，那烟雾绕向露营灯的上方，在那里晃晃悠悠地飘过，然后漫向夜空去了。夜色深沉，星空越发璀璨，昴宿星团落向西边天际，北极星旁的北斗七星初上时的勺把指向天东，这会儿也悄无声息地指向天南。

黄花土牛啊，生命的时钟似乎正在接近终止。

而这个时候，黄花土牛的救命恩人威成·叶森开着车，从离秋营地不远的地方向这边赶来了。

几个小时前，威成·叶森和他的老师鲁伊万在白水台另一条去往夏营地的峡谷里给牧人的一匹马看病。鲁伊万给威成·叶森打了电话，威成·叶森就开车去白水乡鲁伊万开的兽药店接了老师，然后到了马主人家。那是邻乡的一户牧人家的赛马。那马身体修长，血脉优良，威成·叶森和老师鲁伊万都知道，这匹马祖上与汗血马有亲缘，因了这优良血脉，这些年这匹跑马参加过很多白水台的民间赛事，为主人博得了好声誉，主人的口袋也是增加了真金白银的。说来这马跟尤莱·叶森毕生的老友与爱骏——红也是有过较量的。只是红已经老去，这些年不再参加过多的比赛，机会也就给了更多的后起之秀。红就像一名老战士,退了役,只把余热发挥出来。它身后的这些马也不负其重望。这匹马能在白水台创下佳绩,不仅是因了汗血马的基因,也是因了白水台土马的基因,耐寒耐走。只可惜,天下事总有旦夕祸福,人食五谷杂粮难免得病,马吃天地精华也难免怠倦。这匹马年方十四,正值马的大好年华,竟突发肠扭转。肠扭转是常见病,也是一种恶疾。马的某一段肠管沿着一个固定的位置鬼使神差发生旋转,那截发生了扭转的肠因肠腔受了压迫变窄引起梗阻,扭转与梗阻的肠又影响了肠管的血液循环和供应,发生梗阻的部位就会因为没了血液循环,而组织坏死,就要危及马的性命了。这个下午,威成·叶森和他的老师鲁伊万开着车到马主人家的时候,看见那匹马正经受痛苦,严重的腹痛让它烦躁不安,马鬃和马尾一刻不停地甩打。而主人的儿子——一个十二岁的男孩,正靠着毡房壁无声地抹泪,万般无助溢于言表,感觉像是他最亲的人活不成了,而他又无力回天。他是个小赛手,和马的感情成就于赛场,也存在于俗世的每一个瞬间。他的泪表达的是手足之情,就像当年的少年叶瑞克与红!

小男孩靠在毡房壁上,对于他流泪的感受,威成·叶森明白,鲁伊万也能透彻地理解。毕竟,他们是白水台牛羊世界的两代医者,他们会尽自己最大的努力。

但是，看着马受罪的样子，鲁伊万还是决定让马就此毙命，威成·叶森也赞同老师的方案。这是明摆着的事，人得了此病，尚且无药可治，只能手术治疗，何况一匹大马！身体如此壮硕，体量又大，如果做手术，不但不好控制，而且风险极高。奈何那马主人心里怎么也过不得让马毙命的坎儿，还有那个十二岁的孩子。威成·叶森耳边听着那娃已哭出声来，想起了当年他们的侄子叶瑞克与他们家的红，心里也是不忍心。马主人恳求，宁愿花钱为马治病救它活下去，也不希望做最差的决断。那匹漂亮的马依然痛得焦躁不安，喉管里"呼呼"地发出响声，脖子不住向后仰，甩得浓密的马鬃像大海疾浪之下的海草，愤怒地摇摆，两条后腿不停踢向自己的腹部，好像那里有一群牛虻在叮咬它、骚扰它。见此情景，鲁伊万说这种恶疾除了手术无计可施。威成·叶森却建议或许还有一策："用浓盐水吧，试试！"鲁伊万一下就明白他的徒弟威成·叶森要做什么了。他将为马注射三十毫升阿托品，缓解马的腹部痉挛，镇痛，再用五百毫升百分之十的氯化钠注射液加四十毫升百分之二十的安钠咖给马做静脉滴注，马或许就有活的希望了。鲁伊万退休多年，对亲手培养的这个徒弟是信任的，因为这个徒弟像当年的自己，敢于担当。所以，他二话没说，让威成·叶森动手操作了。尤莱·叶森给威成·叶森打电话的时候，正赶上威成·叶森举着五百毫升注射液瓶站在马的身旁。这条峡谷信号弱,尤莱·叶森的来电他确实没收到,但后来手机上显示嫂子卡米拉打来了一串电话,看那十万火急的样子,以为家里出了什么大事,有些心惊肉跳,便一边拔了橡胶手套,一边接电话。

这样,等那马看起来暂时度过了危险期,平静下来,天色已经很晚了。威成·叶森跟老师鲁伊万说了卡米拉打电话的事。鲁伊万说:"那你还等什么?走啊!"他们在马主人家里草草喝了碗茶,吃了胡尔炖和牛肉烧土豆,然后就开着车向尤莱·叶森家的秋营地这边来了。这一段路差不多有二十五公里,要盘山顶过山梁,再过两道山溪。路上,鲁伊万还打了一阵子盹儿。这是他当兽医风餐露宿多年养成的习惯,或者叫练出来的本事。威成·叶森曾听鲁伊万的同龄人开玩笑说,鲁伊万可以骑在蚂蚁背上打盹儿。

尤莱·叶森家秋营地上,威成·叶森车灯的光终于出现在星空下了。

车灯光从南边的山梁上来,随山梁的坡度在砂石路面起起伏伏,车灯光忽而投向星空,忽而又射在低洼处,或掠过松林的树梢。人间的光影在空旷的山中晃动,在头顶那浩荡的夜空下竟也显得几分孤独,好像普天之下只有这一柱光亮。威成·叶森开这辆车已经八九年了,这车的轮子天生就是跑白水台县乡村的料,能北上高山,去遥远的白水台夏营地,也能南下准噶尔腹地沙漠去冬营地。尤莱·叶森家在白水台夏营地,再往北去一小截就靠国境线了,那里有片野花台景区,夏天野花遍布。由于家在那儿,威成·叶森的这辆车也没少去那里。上山的那段路按理说应该是只有山地越野车才能走上去,可是威成·叶森硬是能把这本不是山地越野车的车开上去。夏营地上,雨后的地面泥泞难行,但这车在他的把控下,会摸着凹凸的石块找到自己的路。相形之下,去白水台冬营地,威成·叶森更是会把这辆车开出赛车的感觉,那里没有交通标识,不影响别人,这车就能在威成·叶森的把控下,在柽柳与骆驼刺,还有野生马齿苋、芨芨草、直秆驼舌草之间穿梭自如,就好像海里珊瑚丛中的小丑鱼。对威成·叶森来说,那是一种如鱼得水的体验。

尤莱·叶森家秋营地的这座木屋,就在去白水台夏营地和去野花台的路旁。无论白天还是夜晚,只要有人马车辆路过,都能看得见。尤其夜间,路过的车灯在这星空灿烂的夜幕下,虽显孤寂,却也很近很近,好像一伸手就能抓住它的光亮。此时此刻,当尤莱·叶森确认那光亮正晃向他家木屋这边,就知道弟弟威成·叶森终于来了,并自然而然猜到威成这么快就出现,一定是他就在附近巡医。他给威成打电话时,威成不接电话,也一定是他那里信号不好。不管怎么说,在他最无助的时刻,威成总算是出现了。黄花土牛能不能活,那就看威成·叶森的了。

就见威成·叶森的车下了那段砂石路,车灯晃悠着向木屋这边来,越来越近,小车引擎发出的声响也清晰起来。尤莱·叶森站起来,踩灭了烟头。

从威成·叶森的车窗望去,哥哥尤莱·叶森的身体隐入在黑黢黢的山影中,木屋、牛栏、牛栏旁那堆建材却被露营灯映亮。等他把车灯熄灭,把引擎熄火,他便看见了那头黄花土牛,就是那头总是被卡米拉骂作卡拉桑的牛。在露营灯的光亮里,黄花土牛黄白相间的身体蜷缩成一团,背上血糊糊的。

随着车左右两侧车门打开,落下两双脚,尤莱·叶森意识到弟弟威成·叶森不是一个人来的,一同来的还有他的老师鲁伊万。瘦的是威成,胖的是鲁伊万。威成手里提着他的医药箱。看见这个药箱,尤莱·叶森总能下意识想起当年他们家在白水台夏营地旁时边防连的几任军医。在他们小时候,那些军医也总是背着或拎着他们的药箱。军医的药箱是棕色的,是牛皮做的,箱盖上面总是有个红色的十字。药箱打开时,里面也总有酒精诱人的清香。儿时的威成·叶森喜欢那种气味,长大后,他做了兽医,天天伴着他喜欢的气味。他的银灰色的药箱箱体上也有个红色的十字,但已不是牛皮箱,而是合金材质箱。包里不仅有酒精,还有碘伏,以及随时都有可能用到的剪刀器具。他的车里除了一套工作时换穿的衣服,还总放着一个冷储罐,用来放牛羊的冻精。一同来的鲁伊万也是尤莱·叶森的老熟人,他把鲁伊万叫"老眼睛",鲁伊万也把他叫"老眼睛",就是"老根儿"的意思,多年长在一起的,盘根错节,不分彼此。这是生活使然!事实上,尤莱·叶森的这个"老眼睛"比他大,已经六十奔七了。鲁伊万与瘦弱的威成·叶森相比,健硕结实,但并不给人臃肿邋遢的印象,且无论走到哪里,身上总会有一股热乎乎的气息伴随到那里,像个火炉。大概因此,鲁伊万的嗓门也就相应地大些,发出的笑声也是豪爽干脆的"哈哈哈",像从喉咙里蹦出来的,很是爽朗。全白水台,有这般爽朗的笑声的,也就他鲁伊万了。

看到这两个人同时出现,尤莱·叶森心里踏实了。显然,牛有救了!在白水台只要有鲁伊万和威成出现,多半儿会给牧户人家带来幸事。就好比当年遇了病,来了军医或赤脚医生,就尽管把心放进肚里去。此时,看见他们,尤莱·叶森虽松了一口气,但转瞬又心虚了。毕竟,他自作主张,先于两名专家为牛动了手。就好比小孩子坏了家长的什么事,弄得一地鸡毛,不知道家长将如何拾掇自己。

露营灯的光中,尤莱·叶森看着那一瘦一胖的两个人走向他这边。

果然就听鲁伊万笑声伴着说话声先到:"啊哈!你咋搞的嘛,当了一辈子牛倌儿,咋连一个牛娃都看不好吗?天刚入夏嘛,你老兄咋就让人家牛娃遭了熊吗?熊咋就惹到你尤莱家了嘛。"

有趣的是,每当听到鲁伊万的说话声,性格内向的尤莱·叶森就好像被点了穴一样,某根一向沉稳的神经会跟着兴奋起来,笑着问:"谁告诉您牛娃遭了熊了?"

鲁伊万瞪了眼说:"是你自己的媳妇亲口说的呀。刚才她给你弟弟打电话,我是听着的,卡米拉说是你说的牛娃被熊害下了。"

尤莱·叶森心里嘀咕了一下,自己那个沉不住气的婆姨,家里无论有什么破事,到她那里后,纽扣大的事就变成骆驼一般大。又一想,熊的事确实是自己跟卡米拉说的,而卡米拉打电话给威成时咋能知道野外的风会第一时间就把话传到旁人的耳朵里?再说,黄花土牛确实是他自己没看好。这事不大不小,白水台人家明天就全知道了。

又听鲁伊万说:"刚才在路上,我还跟你兄弟威成说这事。这些年不像以往,熊啊狼啊猞猁雪豹什么的,差不多看不见它们的影子,现在倒多起来了!野兽可不会跟人打招呼,说自己要吃了你们家牲口,对不对?"

鲁伊万说话的时候,凑近尤莱·叶森的脸,一脸调侃。尤莱·叶森扬了眉头,点了头。鲁伊万又接着说:"威成刚才还猜说应该是它遇着狼了,我说可能是猞猁或雪豹,就是那两个像大猫一样的兽。是这样吧,威成?"

威成·叶森一边走向黄花土牛,一边应着鲁伊万的话:"这个季节熊不该来秋营地这么靠近人烟的地方,如果是在白水台夏营地倒说得过去,那是棕熊冬眠的地方。"

尤莱·叶森辩解说:"确实是一头棕熊。牛犄角上有熊留下的鬃毛。"

鲁伊万和威成·叶森都被这个实证镇住了:"啊哈,尤莱是有证据的。"

鲁伊万看向黄花土牛的犄角:"是真的啊!当真是熊嘞!确实是一头熊干的。如果是这样,它应该是一头瘦家伙,没啥气力,或许已经老掉了牙,又从冬眠地那么远的地方一路到这儿,累个半死,一头小土牛就把它顶跑了。"

叶森兄弟听着鲁伊万说话,围着那黄花土牛,不看牛伤,而是先看牛角上的那点儿血迹。露营灯照着他们的脸。威成·叶森皱了皱鼻子,说:"咋有酒气嘛!天啊,尤莱,你都干了些啥吗?"

鲁伊万说:"你哥已经给牛娃洗过伤了,这还用问?"

鲁伊万看了牛伤,又摸了那牛,然后转向尤莱·叶森:

"当真是你缝的?"

尤莱·叶森点了点头。

鲁伊万又问:"酒……当真消毒了?"

尤莱·叶森依然点头。

鲁伊万不停地摇头说:"尤莱啊,你可真行啊!"威成·叶森也跟着摇头,然后打开药箱,从里面拿出刀子、剪子、药水等,还有一副塑胶手套,准备套在手上。不等威成·叶森戴手套,鲁伊万却拿了剪刀,把剪子横咬在嘴里,又拿了威成手上的手套套在自己手上,拿下剪刀,一剪一剪把刚才尤莱·叶森缝的线全拆开了。那牛伤处的皮毛就血肉模糊地露出来。鲁伊万手下操作着,嘴上一遍一遍重复着说:"尤莱你可真有能耐啊!你兄弟威成跟了我十几年,还没从我这儿学过你这本事嘞。"尤莱显然明白他的这位老眼睛是在挖苦自己,也不敢附和,硬着头皮听鲁伊万奚落。倒是威成·叶森说:"亏了那是一头弱熊,不然这么一头小牛,定会被它吃了,哪里还能留下它这小命让我哥折腾?"鲁伊万却说:"我看你兄弟对这头牛做的事,跟那头熊也差不到哪里去。"

尤莱·叶森扬起嘴角笑了笑。

鲁伊万剪掉了皮毛,又要清理线头,威成·叶森说:"我来吧,您歇歇。"就接过老师手中的剪子、镊子。鲁伊万也没挡着，顺手把剪子、镊子递给威成·叶森。这一接一递，两个人动作默契。鲁伊万还叮咛说："仔细点儿，这牛遭罪嘞。瞧瞧！伤口里还有杂草没洗干净嘞。"鲁伊万这样说着的时候，脱去了塑胶手套，然后习惯性地从身上的摄影马甲口袋里摸出烟盒。威成·叶森向尤莱·叶森歪了一下头，示意他看自己的衣兜。尤莱·叶森明白了，威成·叶森是让他从口袋里拿打火机。这个时候鲁伊万已经从他那个摄影马甲的兜里掏了打火机出来，准备点着，看尤莱·叶森也点了火，就又把自己的打火机装回马甲兜里。这个马甲是他的一个搞摄影的朋友送的，挺能装东西，通常只要出诊，鲁伊万就会穿上它。尤莱·叶森给鲁伊万点了烟，鲁伊万就抽起来。烟对鲁伊万来说，差不多如同镇静剂。

鲁伊万抽着烟，看着威成·叶森从药箱里取了双氧水冲洗牛的伤口。这道程序刚才在剪线头的时候就应该做了，但鲁伊万没做那么多。牛已经受罪了不是？！威成·叶森冲洗过牛的伤，又用百分之五的碘酒做了创面消毒，然后撒了一些青霉素粉，最后在小牛的前腿上打了一针，应该还是消炎用的药剂。这一套动作，威成·叶森做得麻利顺手，鲁伊万已经不挑他什么毛病了。

鲁伊万吐了一口烟，看着尤莱·叶森说："我说你这个做哥的，跟你兄弟比，脑子咋就有水嘛。"

尤莱·叶森便看向鲁伊万,等着鲁伊万说话。

鲁伊万说:"你看你兄弟当了这么些年兽医,治了那么多牛伤马伤,你啥时见过他一上手就把伤口做缝合处理的?那你咋就自己做主把这牛缝了嘛。"

威成·叶森笑着接话:"我哥定是把牛当成人抢救呢。"

尤莱·叶森这会儿自知理亏,但他想鲁伊万说得好像也并不全对。早年,他家牛栏里一头奶牛因胎儿过大,奶牛产道狭窄难产,鲁伊万就站在奶牛的左侧,手把手让威成·叶森给奶牛做剖腹产手术。那是威成·叶森当兽医不久的事,之前没咋做过手术。因是他们叶森家自家的牛,威成·叶森就大胆地在鲁伊万的训导下动了手,这就好比良医先在自己身上做实验。当然,麻药是鲁伊万给牛打的,那是一种叫利多卡因的麻药。鲁伊万给奶牛注射麻药的时候,一边讲着药物的名字,一边给威成·叶森做示范。而在尤莱·叶森的认知里,那个奇怪的药名像他们白水台谁家新过门媳妇的名字,听起来既陌生又好听,还有些神秘。这些内容威成·叶森拿上岗证的时候已经学过,耳熟能详,但鲁伊万还是要说,一遍遍地说。鲁伊万说,伟人讲这叫实践出真知!其实这是他的职业习惯。鲁伊万还说,给一头奶牛做剖腹产手术,最好选用局部麻醉,而避免全身麻醉。因为全身麻醉可能会让麻醉药通过胎盘进入胎儿体内,抑制难产中胎儿已经衰弱的心脏、呼吸以及神经系统,增加胎儿的死亡风险。鲁伊万就在奶牛左侧肋条上摸到了位置给牛注射了麻药,又给奶牛打了一针,说那是止血针,然后就让威成·叶森在奶牛事先刮净的皮上动刀。威成·叶森听着鲁伊万的指示,在奶牛左侧肚皮的指定位置一刀刀划了刀口,又一层层切了奶牛的腹外斜肌、腹内斜肌。鲁伊万站在他身旁,用止血钳夹住牛血管上的出血点,嘴里依然说着话,说给奶牛做手术,左侧这个部位比较安全。如果从牛下腹切口也不错,但那里刀口不好愈合,因为奶牛肚子大,里边装的东西多,腹下张力大,加上牛大多卧地反刍消化食物,刀口难免碰着地面,容易感染。如果让牛站着,在左侧动刀,刀口压力就相应小。鲁伊万还说给奶牛做剖腹产手术时间不能长,手术要稳快准,这样才能尽可能保证牛娃成活。鲁伊万说这话的时候,威成·叶森的手真的就快起来,开了牛腹,手伸进奶牛腹中,一股羊水就稀里哗啦地带着绛色的血水冲出奶牛的肚皮。那次,尤莱·叶森甚至还看见有鼓囊囊的组织堵着刀口,他想那大概是牛胃,威成·叶森的手却在那堆组织下划拉着。鲁伊万问摸着牛娃的后腿了没?威成·叶森说摸着了。鲁伊万说:"好,那就拽着牛娃的小腿往外走。注意!让牛娃肚子向下,不要朝上。"威成·叶森应着,只见他的手一拉一拽,那刀口处就有牛娃的两条后腿露了出来,牛蹄精致洁净,然后是腹、肩部,最后是头,又细又长、粘着胞衣、湿乎乎的牛娃就被拖着脐带抽出来了。鲁伊万让威成·叶森把牛娃倒提着放到麦草上,清了牛娃鼻子上的胞衣,用一把大注射器似的塑料管打开了牛娃的气道。而奶牛就要向它的牛娃奔去,也顾不得肚子上的刀口。鲁伊万笑着说:"喊!瞧它!可是做了妈了!"威成·叶森安置了牛娃,然后就给奶牛缝合刀口。他用的是一根月牙状的针,跟尤莱用的毛毡针不一样。威成·叶森一层一层地缝,整个过程中,奶牛除了曾试图去舔它的娃,就一直站立着。要不然说它是一头牲口呢!换作人,万不可能。

往常,白水台的男人们喜欢斗嘴皮取乐,鲁伊万跟尤莱·叶森也是这样。刚才尤莱·叶森听鲁伊万奚落自己,本该回鲁伊万几句:"给牛马动刀弄剪,缝缝补补,是您和威成的拿手活,开了牛肚取娃又把牛肚合上,也是您二位专长,我哪里知道那么多?"但是,这个夜晚他显然没有过多斗嘴的心情。这个星空浩渺的夜晚,尤莱·叶森确实没有心情说笑。不仅因自己鲁莽地给黄花土牛处理伤口,还因叶瑞克惹的那些烦心事。

尤莱·叶森就问威成·叶森:"这牛,还能活不?"

威成·叶森摇摇头,意思是不好讲!

鲁伊万胖胖的身体坐在一根木头上,吐了一口烟,看看满天星斗,对尤莱·叶森调侃说:"尤莱,你没玩玩你的占星术吗?问问头顶的星星,问问它们你家这牛还有活的希望没有,再帮它问问到底是啥家伙把它咬成这个怂样子。"

尤莱·叶森看了鲁伊万一眼,说:"算了吧。"

威成·叶森停下手里的活,看向鲁伊万,笑着说:"老师,我哥哪懂什么占星术?"

有关尤莱·叶森能占星的事,一直是威成·叶森的一个软肋,这事闹得就好像他们叶森家有个跳大神的主一样。毕竟,人家威成·叶森是正经的初中毕业,当过兵,又有十几年干部的身份。虽然他知道二哥尤莱·叶森自小确实对头顶的天空有着某种天生的感知,懂得看天牧养牛羊,偶尔还玩些点了柏松枝给牛羊驱邪,用羊肩胛骨看冬夏营地牧草墒情好坏什么的小把戏,说起马神康巴尔、牛神赞格芭芭、羊神乔盘、骆驼神奥斯尔卡拉也是头头是道,但他觉得一个堂堂大男人最好不要玩这些个精灵古怪的事。给人占星,算中了好说,算坏了,让人笑话不说,有可能还害了人家。卡米拉说话有些口吃,威成·叶森就听有人说,你哥会占星,咋没算过她有口吃就娶进了家门? 好在尤莱·叶森人好,乐于助人,出手大方,人也沉稳,又在大哥驾鹤西去、大嫂改嫁后,续了他们叶森家的烟火,而且一直帮衬他读书,当兵,当了兽医。这些年如果没有这位二哥,他很难有今天。所以,他尊重二哥,几乎把他当成了父亲。家中有喜事,他和二哥一起分享;有忧事难事,他也都帮二哥出主意想办法。提到二哥尤莱·叶森那点儿爱占星算卦的事,他是不大高兴的,但有时候想想尤莱·叶森主要是跟天空跟星星说话,跟云风雨露耳语,跟牛羊心语,便也装聋作哑,装作没看见。他以为,只要尤莱不因为这些事给村干部们添堵,不影响村里人家正常日子就好。事实上,二哥尤莱·叶森在这方面的收敛也是由于有他这个做弟弟的时常提醒。威成·叶森也知道,在二哥尤莱·叶森的内心世界里,确实也只有单纯的人和物。

威成·叶森的手机来电话了,铃声是那种炫酷的网络神曲,吱哩哇啦的,瞬间就把秋营地的静好划破了似的,头顶的星空仿佛也跟着起了涟漪,伤牛也紧张地抖了一下耳朵,甩了甩头。威成·叶森起身接电话。

尤莱·叶森和鲁伊万依然看向伤牛。鲁伊万还在抽烟,那烟本是点了一阵子的,咋经得起这么长时间抽?尤莱·叶森问:"兄弟,你倒是说准点,这牛还能活不能活?"

鲁伊万笑着说:"问问牛神赞格芭芭嘛。"

尤莱·叶森说:"不开玩笑,真的问你呢。"

鲁伊万看出尤莱·叶森是认真的,便换了口吻:"这不好说啊!要看它的造化了,但愿能活吧。只要它伤口不感染就能活。"

尤莱·叶森犹豫："那得个把月吧？"

鲁伊万说："你是牧人，应该有经验。"

尤莱·叶森叹了口气说："叶森家几代牧人，牛羊驼马狗猫养过不少，其实也看习惯了。若不说这牛是改良土牛，不是孟姑娘期盼这牛产下小金牛，或许刚才真的就已经把它杀了，免得它受罪。"

鲁伊万笑笑："先让它活着看看是对的。其实，这点儿伤不算啥的，牛羊嘛，比不得人，生命力强着嘞。"

尤莱·叶森应着："是的，活在山里荒野的牛羊受了伤，靠着天力就会好。"

鲁伊万的烟终于抽得只剩下烟蒂了，险些烫了他的手，他就把烟扔在地上，踩灭了。然后鲁伊万用下巴指了指黄花土牛，问道："哎，你那大侄儿跟你抢的牛有它不？"

尤莱·叶森心里沉了一下，点点头："算有吧。"

鲁伊万笑笑："那娃挺横啊。他要是跟你抢这头牛，那他定是要赚了。这牛今年怀了胎，产了上品的犊，往后还能赚一笔。现在的娃们，咋都学得这么精明？"

鲁伊万这话本是想抚慰尤莱·叶森的痛说的，尤莱·叶森却听得有些不舒服，回道："那娃……心还好，就是还不大懂天理……他想抢这牛，就给他好了。只怕这牛命短。"

鲁伊万就摇头，又摇头，笑着："没说实话吧。你那大侄子……坏了良心了！"

尤莱·叶森无语了。因为鲁伊万说的并没错。

鲁伊万说："这些事我刚才是听你女人给威成打电话听到的，算我没说。你老兄也别往心里去，我也是胡说的。"

尤莱·叶森这才想到，卡米拉只说了叶瑞克要草场的事，好像没说要牛的事。

威成·叶森从旁边接了电话回来，接了鲁伊万的话头说："大哥，我嫂子也没说清楚，反正只说叶瑞克要草场。"

尤莱·叶森瞪了威成一眼："好了，别说了。"

威成·叶森说："哥，你还是护叶瑞克的嘛！"

尤莱·叶森有些急，埋怨说："就你懂得多。"

鲁伊万听出这是他们兄弟间麻烦的话题，便不再往下说，笑了笑说："人同牛羊一样，是杂食动物，有便宜就会胃口大开！"鲁伊万说着站起来，走向威成的药箱，拿了几根塑料管、一些药棉、双氧水和碘伏给尤莱·叶森，又说了几种药的名字，让威成·叶森开药方，并让威成·叶森去他在镇上开的兽药店拿药，最好明天就去。药拿来后，两天给牛换一次药，过一周他会再来看看牛。威成·叶森说："牛这事就不用老师操心了，今天已经够给老师添麻烦的了。"鲁伊万说："少说客套话，怪让人肉麻的。天不早了，我要下山回家休息了,这把老骨头经不起折腾了。"尤莱·叶森也不好意思,催威成·叶森快带鲁伊万下山。路远,鲁伊万年纪确实不小了。威成·叶森却说:"还是你跟着老师下去吧。孟不是说明天村委会要开会说叶瑞克状告你的事嘛。卡米拉嫂子在电话里一再交代让你务必回家。不抓紧封了叶瑞克的嘴,全白水台就要拿咱们叶森家的破事当笑料了。"尤莱·叶森一脸愁容说:"我走了牛怎么办?"威成·叶森说:"我留下不就得了,这么简单的事别搞那么复杂,一头被野兽撕破了皮的牛,至于这么挂心吗?最不济就是它活不成了嘛。"相比之下,叶瑞克的事果真是他们叶森家的大事。但是尤莱·叶森不会开车,威成·叶森不送,鲁伊万怎么下山?鲁伊万便笑着说:"你这个尤莱呀,瞎操心,当心操心太多,你那个拳头大的心窝窝搁不下。你尤莱不会开车,我鲁伊万会开车,咱们一样下山嘛。"

这样,三个人就商量妥了,由鲁伊万开车,尤莱·叶森跟着鲁伊万下山,威成·叶森留在秋营地看牛。明天尤莱·叶森去村里处理了侄儿叶瑞克带来的麻烦,再打区间车去镇上鲁伊万的药店买药回来,威成·叶森再下山。尤莱·叶森的摩托车就放在秋营地,威成·叶森用得着。上车时,鲁伊万对威成·叶森开玩笑说:"威成啊,今晚你就一个人待在这空空的秋营地,看看空空的天,想想空空的事,再帮你哥尤莱看看天象,看看那牛是不是能躲过命中这一劫,再看看你哥尤莱能不能躲过大侄儿那一劫。"

威成·叶森也笑着说:"好的,好的,我尽力,只怕星星听不懂我说什么。"

尤莱·叶森就跟着鲁伊万上了威成·叶森的车,向星空下的白水台新村去了,留下秋营地里那盏露营灯的光亮映照着木屋和牛栏。当那光亮在后视镜里越变越小,尤莱·叶森回头从后车窗看到了一束光柱来回扫过黑黢黢的秋营地,好像电影里的探照灯。一定是威成·叶森正拿着那把登天炮,也许他是想借那登天炮的光亮再确认一下,那头熊是不是还在秋营地的什么角落躲着,伺机反扑。

尤莱·叶森向车窗后的秋营地看了片刻,然后收回目光,轻轻地叹了口气。

叶瑞克!若不是他,这个夜晚其实不该让他感到惆怅。这个浑小子曾背着他,卖掉了他尤莱·叶森一生最牵挂的马——红!

旧 文 件

白水台新村建在一块很大的台地上。

若说是天老爷造了地,地老爷造了山,那山老爷便是造了台。因了山老爷造台,多台地,便成了这个叫白水台的村子主要的地貌特征。活在白水台的人,把这些台地叫作"托别",就是"台地"的意思。沿着白水台新村北面地势拾级而上就是连绵的阿尔泰山,山体庞大到占去了半个天际,横贯东西走向。连天的山脊不是冬日雪峰刺天,就是夏日白云封顶。山体深处,最高远的地方便是白水台夏营地。新村南面原野无垠,地势亦一级一级下沉伸向准噶尔盆地北沿,再往南去,便是盆地最低处。在那北沿地上,苍天把沙地与原野变成巨大的沙盘,地势蜿蜒起伏,冬日原驰蜡象,夏日紫气苍茫。红日东升时,阳光横铺高天厚土。斜阳西去,残阳亦是霓光无限。人马处在这般苍茫中,形同蝼蚁,渺小到要自知天命,只因老天的气魄在这里甚是磅礴,气韵浩荡。但,人还是受宠于老天的。

　　站在白水台新村面向南,西南八公里是白水乡所在地,正南十二公里是县城,正北有春草地,也就是春牧场,正东两公里有白水河。白水河和村子中间有上山的公路,路是近年新修的柏油路。路两旁每隔一段都立有交通标志。人们把这些事做得很是精细,而白水河也把白水台夏营地作为源头,汇集了山顶沟沟壑壑的融雪,经山中九曲十八弯,冲出山谷,流过了白水台新村,然后汇入额尔齐斯河。白水台的老人孩子们并不大知道白水河最终流向何方,至于它是不是流到北冰洋那边去,更是没人在乎。大家只知道,它的源头在高山夏营地——真正的白水台这边,就像婴儿天生知道母亲的乳房在哪里。

　　五六年前,这里还算不上是一个完整的村子。那条翻新的公路旁原是有十几户人家的,有村委会的一排简易房子。其中,两三户在白水河渗出的海子里养鱼;几户开了小茶馆,卖日用杂货或小山货;一户养蜂人家,季节到时,会像候鸟一样出现,蜜蜂被他们装在蜂箱里,走南闯北。有了这些人家,老白水台村便如同早年的驿站,就是行客和转场的牧人歇脚的地方。这几年,这里竟变成了一个村子,这里被当作游牧人家的定居点,定居下的人家,九成是牧户。新村档案信息里,全村共二百二十九户,七百一十六人,五个村民小组,二十三名党员,十八名团员,耕地六千三百亩,打草地一千八百亩,沙漠草场二十四万亩,牛羊两万头(只)。这些数字不仅收在村档案里,也写在村委会院子的几块展板上。展板上还有两块白水台子村鸟瞰设计图,那图真的就像一只大鸟从高处看向村子的全景,视线与水平线有个俯角,真实立体。在图上,白水新村的各种要素都根据透视投影规则被描绘出来:三千六百株景观树,一座村文化活动楼,三座养殖小区,一所幼儿园,村道上有太阳能路灯,小广场上有绿化的草地花坛,一百四十四栋红色的屋顶、土黄的墙体的农屋,还有九十六座暖圈,整齐排列着。整张图近大远小,近明远暗,绿中透着紫色烟气,好像新村建在童话故事里。村民们建新屋的钱,政府出了大头,村民自个儿出了小头,屋里水电暖都有,还有网络,只是还没有水冲式厕所。

尤莱·叶森家就在鸟瞰图最南的地方,屋旁有圈,屋前有一排鸟瞰图上描绘的风景树,那是一排榆树和一排橡树。孟做了尤莱·叶森家的包户干部后,来过尤莱·叶森家,曾想过在他们家门前或院子里再种几棵树,比如苹果树、樱桃树,或者景观树。至于究竟种什么样的景观树,孟并没有想好,毕竟,在这方面她的兴致可能大于她的经验。关于种树,其实是孟内心里一种对田园的眷恋。住在城里的人希望在城郊或乡下有处田园,应该是一种美好的向往,孟也是这样。只是后来她把这个想法搁在心里了。因为她听卡米拉说,村里人家都还有牛羊圈养,牛羊是畜,只知以食为天。村里人家刚定居才几年,那些牛羊暂时还守不得定居的规矩,总是误以为种在村里的树和路旁的灌木乔木花草是为它们种的,不大想让灌木乔木就那么在路边屋旁长。对它们来说,让灌木乔木长在路边,不如吃进肚子里来得实惠。孟听了卡米拉这样说就不再想这事了。由于孟在村里分管村居环境建设,每当村民开会时,她还是会提醒一下包户们,好生看好村里的榆树和樟子松,还有杨树、柳树、白蜡树、橡树,那是大家伙儿的集体财产,等它们将来长得能遮阴纳凉了,就能帮咱们吸附尘埃、净化湿润空气了。对她的提醒,村民们总是觉得对,因为她的话说得在理,只是事后大家会无意识地又把她的话忘掉。

昨晚鲁伊万把尤莱·叶森送回家,开车去八公里外的镇上了。尤莱·叶森进了家门,已经是夜里三点多快四点了。卡米拉依然是说了好多话,不外乎问黄花土牛,不外乎说叶瑞克,当然还有问威成·叶森。威成·叶森一个人住秋营地了,吃啥喝啥? 饿着他了,住在县城的妯娌话又要多了。听得尤莱·叶森很烦很烦,人家威成·叶森的车里有备的食物,他当兽医,户外生活有的是办法。但他不回话,只简短地用"是""不是""没有""还行"答应,然后进了屋,钻进大炕上卡米拉铺好的被窝里躺下了。睡在大炕上的还有他们的女儿努尔,这个孩子以为今天父亲不回家了,就在大炕上睡着了。她今年要高考,精神疲惫,平时基本是复习着功课,累了困了,将就着就倒下睡了,家中琐事基本与她无关。平日里,她人也不在村里,而是住在县一中。今天是回来拿一些衣物,天亮后还得回一中去。尤莱·叶森两口子住毡房或住老房子时,由于空间小,挨着铺盖睡;住了新村新房之后,空间大些了,可以分房睡了,互不打扰。当然,卡米拉有时要从中屋的炕上爬起来,借着月光或手机的光亮,看看丈夫睡得是不是还在人世。这事着实吓人,只因尤莱·叶森这些年睡觉打鼾,有时候好像要断气似的。卡米拉一怕,就把他拍醒推醒。尤莱·叶森从梦里惊醒,一头雾水极不情愿地问卡米拉:"你这婆姨! 干啥?"卡米拉便说自己怕他憋了气。尤莱·叶森说:"怕啥? 咱不是有保险嘛。"说完翻了身又睡去。害得卡米拉一夜不能入眠,想他刚才那句话。想不明白打鼾憋气跟保险之间究竟有啥直接的联系。

这个晚上,卡米拉说了那么些话,由于太过兴奋激动,害得自己也没睡安稳。可气的是,尤莱·叶森单调乏味的鼾声总是多于他的言语。

其实,这个晚上,尤莱·叶森想着孟找自己的事,又想着熊伤黄花土牛的事,夜里并没睡踏实。早晨就起得早,看东方天空熹微间比他还早起的启明星,也就是昨夜他在秋营地看到的长庚星。这个星星他认识,白水台人叫它乔丽番,早晨和黄昏出现的星,都是它。多少年他跟着牛羊过转场的日子里,这颗星便是他和时间还有季节对话的对象,只是尤莱·叶森基本没有想过白天这颗星去了哪里。这天早晨走出家门,他习惯地看向东方天空时,启明星一如既往,明明亮亮出现了。他在周围走了一圈,算是做了个晨练,这是因他听从了威成·叶森建议,如今转场生活正在远去,威成说要注意锻炼身体。其实,他出门走走,更多的是调节心情。今天,他是要走走的,平复一下心情,理理思绪,但是走完了,心情依然,思绪依然。那星淡入天空明亮起来的晨光里去了,他就回了屋。

喝过卡米拉烧的早茶,时间尚早,女儿努尔还没有起床。要高考的娃,睡个懒觉未尝不可,回了学校定是不敢这么奢侈的。卡米拉便小声喊尤莱·叶森去牛舍帮她挤牛奶。早起挤牛奶,天黑挤牛奶,是白水台人家一天必做的活计。这个早晨,他家圈里有五头奶牛,其中一头便是昨天被狗熊扒了脊梁的黄花土牛的亲娘。今年,这牛产下了到尤莱·叶森家后的第二胎,也就是黄花土牛的弟弟。另外四头土牛今年也都产了犊子,五只牛犊同父异母。这座牛舍也是个的大家族了。说明住了新村以来,尤莱·叶森家的小日子还是过得不错的。村民开会时,村主任阿斯喀尔曾当众表扬他们,说他们一家吃苦耐劳,不靠天一样过上了新生活。这让包户干部孟也感觉脸上有光,跟阿斯喀尔和几位村干部一起坐在一排小桌后面,还当众向他竖了大拇指。村民中有人喊:"那是尤莱·叶森的弟弟帮他的,让尤莱喂奶牛吃鸡蛋嘞,把牛当产娃的婆姨呢!"阿斯喀尔就笑着说:"叔啊,你也可以把你家奶牛当产娃的婆姨喂鸡蛋吃嘛。"人群便发出嘻嘻哈哈的笑声。尤莱·叶森确实听威成·叶森说过,产娃的牛就是产娃的婆姨。这些牛肚里的娃都是AT1,若产下的是公牛娃,能卖高价,产下的是母牛娃,它又能生下卖高价的公牛娃。拿愚公的话讲,它们子子孙孙没有穷尽。所以,守着家门口的牛舍,就有钱好赚,比他尤莱·叶森一辈子带着卡米拉,骑着大马赶着大骆驼,跟着牛羊的屁股度春守秋、出冬入夏地过日子显然安稳得多。尤莱·叶森感觉自己把日子过得得到阿斯喀尔表扬和孟姑娘竖大拇指,除自己遇了岁月静好,还得感恩他那个叫威成的弟弟,虽然大哥的生命已经化作一颗流星,但有了威成,无论冬夏,无论天狼星是否升起南天,夜空中他的铁马桩——北极星总是为他们叶森家亮着。就好比老话讲的那样,兄是衣领弟是袖。

自己的日子虽然没了领,但有了袖,生活依然温暖,不会捉襟见肘。况且一家亲兄弟,就好比左右两只眼,彼此不能分离,缺一不可。

虽然他们叶森家这对健在的兄弟固守家风,但大哥留下的儿子叶瑞克却正在搅局。

牛娃们刚出生一个月,还小,卡米拉挤牛奶时,尤莱·叶森在一旁帮卡米拉。其实是人在跟牛娃们抢奶吃,白水台人家养活牛,原本就是为了跟它们分享牛乳。这是因为,白水台人家与牛的祖辈有个旷世的约定,那便是主人负责逐水草养活牛爸牛妈,而牛爸牛妈负责贡献牛乳养活牧人全家,不会把牛奶全都据为己有。主人们挤牛妈的乳汁时,牛娃们的任务就是先吮吸了牛妈的乳头,方便女主人挤奶的时候不要太累。挤到中间,深层乳不好挤出时,主人们还会让牛娃们吮吸几口,把牛妈深层的乳引下来。最后,女主人再给它们留点儿乳在乳囊里。只是牛娃们管不得这些,只想自己吃饱。说来这也是它们的权利,便不服从主人。主人就会拽着它们,就像尤莱·叶森帮卡米拉拽着它们一样。这种时候,牛娃们最好服从,不然惹了主人生气,是会挨骂或挨揍的。说不准是一根烧火棍还是一根羊棍或一记巴掌就会揍到它们的屁股上或敲到它们的鼻子上去。揍到屁股是小事,只怕有时会有一拳头或一棍子敲在鼻子上,那滋味可就不大好受了,酸溜溜的,会让牛眼淌下泪。

对一头牛犊可以这样,但对一个人是不可以这样的。比如,尤莱·叶森就不可以这样对待叶瑞克。

这天早晨,尤莱·叶森和卡米拉的心情真的都不好。卡米拉的嘴一直没闲着,但她不骂牛犊,而是咒叶瑞克,不但咒,而且还咒得很不入耳,让尤莱·叶森这个陪了她大半辈子的男人也感觉她嘴里蹦出来的话像蛇穴里的卵,个个有毒。尤莱·叶森口舌迟钝,无助地劝她少说几句,让村里人听了去,反倒说所有恶事都出自你这个婆姨的三寸不烂之舌。卡米拉也不听,只顾自己说。不知牛舍外是否有耳,但牛舍里的牛们都有耳朵,就见牛妈们时不时扇扇牛耳,五头小小AT1也是歪了脑袋听,呆萌呆萌的,不晓得主人家发生了什么事。

挤完了奶,时间已经不早了,卡米拉便催尤莱快去找孟去。孟说过今天上午在村委会等他和叶瑞克。

尤莱·叶森走出牛舍时,听到了村委会那边的大喇叭响着,大概是在播新闻,内容应该是讲某个贫困县摘帽的事情,说摘帽由第三方验收,验收极其严格精细,避免脱贫造假。这样的新闻,尤莱听得懂也听得明白。早些年,他曾任过一届村委会委员,知道村里大事小事的来龙去脉。只因自己一年四季总在转场分了心,村委委员的工作做得不扎实,就没再参加选举了。听着新闻的内容,尤莱·叶森心里自然地应着说,第三方验收就对了。

尤莱这样想着,准备进屋换双鞋子去村委会,忽然听得院墙外有小娃的哭声,就快步走向院外,竟看见努尔正推搡着巴罕。巴罕是叶瑞克五岁的儿子。努尔见了父亲,便嘟着嘴嚷:"爸,这小东西又跑咱家来了。"

巴罕转了头来,扑向尤莱这边:"爷爷!爷爷!"

只几步路,五岁小娃的肩就钻进尤莱·叶森的两腿间,小胳膊也抱住了他的左腿,好像一只风中的蜻蜓趴到苇秆上,脸冲向努尔喊:"不要你,不要你!"

努尔也嚷:"谁让你来我家了?给我滚回去!我们不想再见到你们了,滚回去!"

"不回,不回,就不回!"

努尔说:"你爸坏了良心懂不?我爸养你爸护你爸,给你们房子给你们营生,你爸却给我们家挖坑。"

尤莱·叶森说:"你这个娃,闭嘴!小娃懂个啥嘛。"

努尔依然冲着巴罕说:"小东西,滚!要是再敢来我家,看我不拿你喂狼,让你爸也去吐血!"

尤莱·叶森怒了,说:"我让你快闭嘴呢!回学校做你的功课去,家里的事用不着你瞎操心!"

努尔盯着父亲:"爸呀,您傻啊,睁大眼睛看看吧,人家把坟都掘到您脚底下了。"

尤莱·叶森依然呵斥努尔回学校去,说如果今年考不上大学,就回白水台放羊。努尔才赌气转身进了屋里。五岁的娃也委屈地哭起来,他差不多就像牛舍里的那些萌牛娃,着实搞不明白这些让他仰头看的亲人们之间到底发生了什么事,直到卡米拉提着奶桶从牛舍那边过来,他就又扑向卡米拉。卡米拉护着他,问:"你爸是不是喝酒了?"巴罕摇头。卡米拉又问:"是不是你爸欺负你妈了?"巴罕还是摇头。卡米拉还问:"你妈去小铺子了没?"巴罕点头。卡米拉就说:"可怜你娘不长眼啊,死乞白赖嫁给了我家那个孽障,现在知道苦了。"尤莱·叶森骂道:"你这个傻婆姨,咋跟小娃说话呢?"卡米拉也觉得自己错了,就吻了巴罕的脸和手,用掌心抹了巴罕的泪,说:"娃,就待在爷爷奶奶这儿,不回去了。"然后一手牵着巴罕,一手提着奶桶,嘴里诅咒着叶瑞克溺死深水便进屋去了。尤莱·叶森站在原地,看着自己被太阳拉长的影子,感觉着一股汁液夹杂着辛辣往喉咙上涌,那是苦涩的胆汁引发的食管反流,尤莱·叶森患有胃食管反流病,他苦涩地咽下一口唾沫。

尤莱·叶森进了屋,一边换干净的鞋和衣服,一边给威成·叶森打电话。这会儿威成·叶森那边的信号是好的。尤莱·叶森问黄花土牛情况怎么样了,威成·叶森回话说情况不咋样。黄花土牛神色比昨天差,让他快点儿弄些药来。尤莱·叶森说等去过村委会,就去镇上鲁伊万那里拿药,然后马上回秋营地去。威成·叶森便问他没车咋上来?尤莱·叶森这才想起自己的摩托车还在秋营地,犯了愁,说这咋办?电话里威成·叶森一定也没想那么多,顺口说:"那你带叶瑞克一起去白水乡鲁老师那儿取我的车,开回来不就行了?"

尤莱·叶森发怒说:"你的意思是让我去求那小子?休想,我爬回去!"说完气恼地关了手机。关了手机,才意识到卡米拉正拿着叶森家的草原使用证站在他面前,说去村委会用得着。叶瑞克的小儿子巴罕站在卡米拉身旁,扯着卡米拉的裙子正看向自己,目光怯弱、困惑,左手食指下意识咬在嘴里。尤莱·叶森心里软了一下,摸了摸巴罕的头顶,然后接过卡米拉手里的草原使用证,出门去了。

尤莱·叶森走在去村委会的路上,有人迎面而来,有人跟着他走,路人都跟尤莱·叶森打招呼,但尤莱·叶森却感觉脊背发凉、头皮发麻。他感觉大家十有八九都关心他和叶瑞克的事。事实上,如果村里人知道他和叶瑞克的事,肯定会持批评叶瑞克的态度替他尤莱·叶森打抱不平。白水台何曾有过儿子跟老子打官司的事?大家都知道,叶瑞克是尤莱·叶森带大的,视他为尤莱·叶森的长子,他告尤莱·叶森,就是儿子告老子。不管大家如何替他尤莱·叶森打抱不平,在尤莱·叶森看来,这事出在他们叶森家就是极不光彩的。毕竟他是长辈,叶瑞克是晚辈,子不教父之过。最难言的是,虽然大家都铁定认为叶瑞克是他儿子,但毕竟不是他亲生,而是他大哥的遗孤。早年尤莱·叶森大哥和大嫂赶着牛羊转场走到白水台夏营地,上最后一个台地,也就是上阿苏达坂的崖时,由于道路泥泞,大哥骑的马蹄滑,坠下石壁,留下一个女儿和叶瑞克。后来大嫂改嫁,尤莱·叶森就扛起了叶森家的大梁,监护叶瑞克。大家就视他为叶瑞克的父亲。

去村委会的路是一条商业街道。把街道办出商业的氛围来,也是这些年新村落的一个特点。早在做新村规划的时候,政府就把这点设想好了。规模虽然比不得镇上、县里的大,但小铺子的门面也是一个挨着一个,日杂、山货、裁缝、蔬菜水果,甚至还有一家是搞电脑打字复印的。总之,那小市场寂寞中也带着点儿热闹。叶瑞克的媳妇巴格娜就开了一间小裁缝店。说是裁缝店,其实是个刺绣店,因为白水台人习惯把做针线活的店叫裁缝店。裁缝店的名字就叫巴格娜,"巴格娜"这个名字有"福成"或"梦福"的意思,应该是她父亲和母亲当年希望女儿此生福成,字面上看也很有女人味,叫起来令人印象深,又好记。那年叶瑞克说要跟一个叫巴格娜的姑娘结婚,光这个名字就让尤莱·叶森和卡米拉很开心。路过店门,尤莱·叶森禁不住往里面瞥了一眼。果然见得小店门已开,门前也清扫过,洒了水,那个塑胶女模特依然穿一条绣了草花的长裙立在门外。巴格娜在里边忙着。尤莱·叶森本想进去,但一股辛辣的汁液似又涌进食管,尤莱·叶森感觉不舒服,便继续往前走了。

这样,尤莱很快到了村委会,走到那排展板前。

村里最高的房子是三层高的村委会小楼,大门外立着四根水泥柱,四根柱子顶着一个正三角形的大门楣,门楣上是一个红五角星,红五角星两边有三根装饰线,像写意的鸟翅,红五角星下写着"白水台村委会"几个字。村委会楼外种了一圈樟子松。樟子松总是给人一种可以依靠的感觉。

尤莱·叶森走进村委会一楼的过厅,就看见村委会的古丽正坐在过厅值班。古丽是个身材微胖的年轻女人,为人自信又热情。见了尤莱·叶森,就笑着说:"孟刚才还在这儿等您呢。您去楼道东头的小会议室吧,一会儿开调解会,孟说她马上就去。"尤莱·叶森一听孟在小会议室里,还说要开村民调解会,便感到了内疚,不禁脸红了。不懂事的叶瑞克!给人出难题本是他们叶森家骨子里最忌讳的事。

尤莱·叶森揣着这般心情,走向楼道东头的小会议室,他认为叶瑞克应该已经到了,没想到小会议室暂时只他一人。他就找了一个长条铁椅子坐下,下意识想点一支烟抽,一想不对,这是公共场所,就又收了烟。他身后的墙上是村务公开栏和政务公开栏。尤莱·叶森习惯地看了看,那上面贴着村民领取补助的各种表格,有一些是去年的信息,诸如农村合作医疗、粮食补贴、养殖补贴、草原畜牧补贴、村里大学生补助,他的大名也在多个表中出现。

几分钟后,孟推了门进来,一进来便问:"尤莱叔,听婶说,熊咬了那头黄花土牛,要紧不?"尤莱·叶森有些难为情,仍笑着回复道:"还行。"孟说:"那好,我还等着它今年完成任务生小金牛呢。"两人说着话,阿斯喀尔和老柯力奇也进来了,同来的还有村委会出纳老佟,都是村里受人尊敬的人。几个人进来,也都问黄花土牛的事,尤莱·叶森感觉很是不自在,但又不好表现出来,就下意识地有一句没一句地应着。

柯力奇说:"喔唷,让熊咬啦,还行个啥嘛!"

阿斯喀尔也问:"人没伤着吧?"

尤莱·叶森急忙应道:"没,没有,没伤人。那牛已经没事了,也不知是不是熊干的,或许是一只猞猁,不碍事的,小事,已经没事了。"

阿斯喀尔说:"猞猁的个头也不好小看呢,咱们村牧户眼看就都要转场白水台夏营地了,看来要提醒牧户注意防范。"

柯力奇说:"这些年野兽多了。"

孟笑着:"昨天我去尤莱叔家,听说牛被咬伤的事,可是把大婶急坏了。"

尤莱·叶森说:"没事了,现在威成在山上。"

阿斯喀尔说:"我这边联系一下鲁伊万老师,让他去帮您看看?"

尤莱·叶森说:"不用了,昨天晚上鲁伊万已经跟威成去过了,帮着处理了牛伤。"

孟笑着说:"挺快呀。威成做事就是利索。有他在,叔您就放心,如果那牛真有什么事,咱们不是还买过保险理赔嘛。"

尤莱·叶森这才想起他们家的牲口都是买了保险的,便说:"真是难为情,给大家丢脸了。"

阿斯喀尔说:"是呀,把有可能存在的问题想到前边就对了。"

阿斯喀尔和孟一样,也是驻村干部,他是驻村第一书记,二十九岁,身高一米八,他也当过兵,去过西藏阿里,跟威成·叶森有共同话题,只不过一个当兵早,一个当兵晚。

孟听过威成·叶森上阿里的事,和阿斯喀尔聊起时,阿斯喀尔很是惊喜。后来,这两个战友只要碰到一起,就会一起回忆阿里的兵营生活。比起威成,阿斯喀尔虽然年轻得多,但比威成老成。听尤莱·叶森说难为情,阿斯喀尔便说:"叔,您家牛羊运气好呢,有威成老师当兽医,能帮您操心。话虽这么说,如果您需要村里做什么,尽管给孟说,或给我说,都行的。"尤莱·叶森还是说:"不了,不给村里添麻烦了,这事我们自己解决。"

在尤莱·叶森眼里,这个和威成·叶森一样当过兵的年轻人很是体贴人。他带着六名年轻人来白水台新村已经两年多,远离家人,住在村委会办公楼旁的那排周转房里,自己做饭吃,很不容易。孟是队员中唯一的一名女队员。人长得清秀,马尾辫有时扎起,有时放下,爱穿户外服,好看得很。这么一个城里娃,能来白水台工作很不容易。白水台村的人都知道她,有空的时候她要绕着村子晨跑,偶尔还见她面向长满地肤子的荒野亮嗓子唱戏,只是她跟别人唱得有点儿不一样。威成·叶森曾听阿斯喀尔说,孟唱的那曲子叫昆曲。昆曲是啥?威成·叶森知道一点儿,但尤莱·叶森不大懂,但他知道应该跟京剧一样。尤莱·叶森这一代白水台人,年少时耳里听得最多的是样板戏。比如有李铁梅、李奶奶和李玉和的《红灯记》。尤莱·叶森也曾听过孟唱昆曲,感觉听起来比《红灯记》的腔调要柔软。

孟和阿斯喀尔就是这样的两个年轻人。相比他们,刚才跟阿斯喀尔一同进来的柯力奇是尤莱·叶森的老相识。他是村里的老人,差不多是尤莱·叶森的父辈。如今尤莱·叶森家这一地鸡毛的事,柯老心里应该明镜似的。跟柯老一样知道叶森家情况的,当然还有一同来的村委会的老出纳佟明成。佟明成是锡伯族,说得一口流利的锡伯语、汉语、哈萨克语、维吾尔语,甚至还会说蒙古语。白水台村民都说老佟一家是老天爷给他们先人的舌头点了油的,顺溜,有学习语言的天赋。刚解放那阵,北京故宫要整理一批清朝满文资料,老佟的外祖父佟松林就曾被政府请到北京帮助整理大清文书,因为他满文好,那可是白水台的一段佳话。老佟比尤莱·叶森大不了几岁,因此尤莱·叶森家的这点儿事,人家老佟心里也是清楚得很。

大家互相问候过、说过那牛的事后,阿斯喀尔便问尤莱·叶森,叶瑞克怎么还没有到?

孟抢了话说:"我通知他了,他会来的。"

尤莱·叶森低着眼皮说:"给大家添乱了。"

孟又接了话:"他应该就到了,说好了的。"说完看看窗外。

正说着,门开了,叶瑞克进来了。

叶瑞克进得门来,神色显然有几分不自在。尤莱·叶森没有看他,但余光里能感知出这娃确实是有些窘迫的。因为他的脚在门槛处迟疑了一下,而且他的气息几乎是听不出的。亏心的娃!看你脸往哪里放!尤莱·叶森这样想着的时候,阿斯喀尔已经说话了:"进来吧,快坐,大家都在等你。"

孟也说:"进来进来,快进来,大家就等你了。"

是啊,一屋子的大人还有领导,都在等你——一个毛头小子!尤莱·叶森心里实在没好气儿。叶瑞克定了神,就势欲在门边的一把单人椅子上坐下,阿斯喀尔却让他跟尤莱·叶森一起坐在三人长椅子上,紧挨着他的叔父。这期间,尤莱·叶森一眼都没看他。叶瑞克倒是用眼角瞟了好几眼他的叔父,之后便不再看向他,而是将目光投向阿斯喀尔的脚。

阿斯喀尔继续说:"好吧,咱们今天开个小会。关于会议的内容,想必大家都应该知道了。乡司法所昨天打过电话给我,说叶瑞克要他叔父尤莱·叶森在咱们白水台的四季草场的继承权。这个事虽然咱们还不知道是不是家庭纠纷,有没有到要开村人民调解会、动用调解程序的程度,但我跟柯力奇叔还有老佟叔征求意见,两位老人都说把你们两家叫来先了解一下情况。因为这个事就发生在咱们村,土地确权的事这两年都已经过了,突然出这么个事,对村委会,还有对你们两家都不太好。我们只是问问情况。参加今天会的有咱们村的调解员柯老,村调解委员会的老佟,还有你们两家的包户干部孟紫薇同志。柯老,您看……"

不等阿斯喀尔话音落地,柯力奇就发了话,看向叶瑞克:"娃,你叫啥?"

"叶瑞克。"叶瑞克知道这是柯老明知故问,但还是如实作答。

"多大了?"

"二十六。"

"是你去找乡司法所投诉你叔父尤莱·叶森,说他抢了属于你父亲的草地?"

叶瑞克说:"就算是吧。"

尤莱·叶森听叶瑞克这般说话,就用左胳膊肘狠狠撞向叶瑞克的右胳膊:"你个腐蛆臭虫!有什么委屈都当着领导直说!"

叶瑞克显然是被这冷不丁的一击撞痛了,像是有根铁钳子拃住他的喉管往上拉了一下,一股酸痛感从胳膊肘沿肩膀一下蹿过后脑勺,头皮和上牙一阵麻胀,他下意识看向尤莱·叶森问:"你打我?"

尤莱·叶森一听这话,腾地站起来,举了拳头,怒向身边坐着的这个侄子,感觉就像一头睡狮,突然遭遇骚扰,便要咆哮,便要有所举动。惊得在座的人一下乱了阵脚,都七嘴八舌说:"嗨嗨嗨,干吗?干吗?"老佟甚至绕过中间的会议桌,一把按住了尤莱·叶森举起的那只手。孟也用身体护着了叶瑞克。

尤莱·叶森身体颤抖着,目光跃过孟的肩,看向叶瑞克说:"你这个腐蛆,打你?你倒是提醒我揍你嘞。"

柯力奇笑着说:"尤莱呀,亏你还是个长了须眉的人,别忘了胡子的尊严。"

阿斯喀尔沉稳说道:"叔!这是村委会。"

柯力奇和阿斯喀尔的提醒果真让尤莱·叶森意识到自己的失态,便放下手,慢慢坐下,垂下眼皮,咽了口唾沫,说:"不好意思!见笑了。"

孟显然有些受惊,她镇定了一下,拍了拍叶瑞克的肩,让他也坐下。孟的手明显感觉叶瑞克也受了刺激,身体抖着,就建议说:"阿书记,两位大叔,这事是不是由我先说一下,我是尤莱·叶森叔家的包户干部,我大体上了解一些情况。"

事实上,尤莱·叶森家这点事的大体情况,柯力奇知道,阿斯喀尔知道,老佟知道,全白水台爱管点儿闲事的人都知道一二。只是怎么突然出了告状的事，大家还是有些不清楚。而村委会是全体村民的村委会，做事是要讲程序的。这叔侄二人此刻都有些激动，肯定说不好出了什么事。所以，孟建议由她说一下，梳理梳理来龙去脉，也好让这对叔侄镇定下来，方便做个记录。毕竟现在还没有到正式启动人民调解的程度。阿斯喀尔、柯力奇和老佟也都默认了孟的建议，尤莱·叶森和叶瑞克也不表示反对。这也是明摆着的事，凭大家的经验，如果真让两个当事人自己说自己的事和理由，定是免不了各执一词，结果自然就说个没完没了，耗时又耗力，到头来该说的谁都没有说清楚，闹得调解的事情毫无效率。村民调解毕竟不同于法庭，摆证据讲事实，申辩都直截了当！

　　按孟的梳理，尤莱·叶森的大哥胡安·叶森和嫂子茹赫娅，三十年前赶着二百五十只羊、五十头牛、八峰骆驼、十三匹马往白水台高山夏营地转场，上阿苏达坂的时候，胡安·叶森遇难了，留下五岁的女儿和三岁的叶瑞克，后来茹赫娅改嫁了。大哥胡安·叶森当年承包了白水台村冬草场、夏草场、春秋草场、天然打草地、人工打草地，总共二千九百三十四亩。到二十世纪九十年代第二轮草场承包的时候，承包人由过去的胡安·叶森变更成尤莱·叶森。现在，叶瑞克认为他叔父尤莱·叶森现有的近三千亩草地应由他全部继承，他的依据就是当年第一轮草原使用权的登记册上写的是他父亲的名字。所以，草地继承人应该是他，而不是他的叔父。昨天乡司法所建议村委会了解的大体就是这么个情况。

孟说完了，阿斯喀尔问叶瑞克："叶瑞克，孟紫薇同志刚才说的，是你的意思吗？"叶瑞克不说是，也不说不是。阿斯喀尔又问尤莱·叶森："是这样吧？"尤莱·叶森点头说："一点儿错都没有。"阿斯喀尔转向柯力奇，抬了一下眉头，意思是要听听他的意见。但柯力奇只是定定地看向叶瑞克，目光有些犀利，好像已经看穿了一个人，看得叶瑞克目光闪烁不定。叶瑞克拿出两张纸递给阿斯喀尔，说，这些是他要说的话，能证明叔父家现有的全部草地归属的应该都在这里了。叶瑞克还点了点那张纸上写着的几个字，说这上面写的是他父亲的名字胡安·叶森，而他的名字叫叶瑞克·胡安。

阿斯喀尔接过那两张纸，看得出是新近复印的，原件内容确实是正规文书，上面的字迹虽然比较模糊，但可以辨认。一张上是表格，是白水乡白水台草场基本情况登记表。表格有好几栏，栏中分别注明了夏草场、冬草场、天然打草地，登记人一栏里确实写着"胡安·叶森"几个字，还有指印。另一张是草原使用权证，下面也有字迹，应该是时任县长的落款,县长叫詹多斯,还有县人民政府的印章。登记时间是一九八四年四月。

阿斯喀尔有些诧异,抬起眉头,瞪大眼睛问叶瑞克这个文书是从哪儿来的。孟、柯力奇和老佟,包括尤莱·叶森也都倒抽了一口气。对啊,这个年轻人从哪儿弄来这文书?这文书应该早入了县人民政府草原局的档案室了,连他们白水台村都没有这样的底本。问尤莱·叶森见过没有。尤莱·叶森说那是在很早以前见的,现在早淡忘了。

村干部阿斯喀尔和孟虽说来白水台快两年了,整理过不少村里的档案文件,但确实不曾看过这么有年代感的文书。那么,叶瑞克又是从哪里弄来的?叶瑞克不假思索,脱口说:"从哪儿弄来的你们就别管了!你们认不认吧?"尤莱·叶森一看叶瑞克这般无礼地跟村干部们说话,禁不住又是一胳膊肘撞向叶瑞克,而叶瑞克好像有了防备,身体一闪,尤莱·叶森的胳膊肘便扑了个空。

就听柯力奇说:"尤莱,你也拿证据来嘛!看啥嘛。"

尤莱·叶森听出柯力奇是在提醒他也拿出草原使用权证,手往自己的衣兜里伸了一下,又收回来了。那手显然替尤莱·叶森做了否定。

柯力奇问:"又咋了?"

尤莱·叶森痛心地看了看叶瑞克,微微皱了眉头说:"各位领导,这事,你们决定吧。如果这娃手里的文书成立,那……这个娃想从我这儿拿走的,你们全都批给他好了……我没啥说的。所有的草地,还有我住的房、家里的牛舍,都给他拿去好了。我没啥说的。"

柯力奇和老佟对视了一眼,笑了笑。老佟笑着说:"看看你,说气话呢。"

柯力奇也笑着说:"他这话是想气咱们呢。我说尤莱啊,你把草场都给了你侄儿,往后你和媳妇打算守着空灶,撒了尿当渠水烧了喝啊?"

阿斯喀尔也笑了笑说:"叔,咱不说气话,老柯叔让您拿证呢。"

孟也说:"叔,我昨天跟婶说过的,草原使用权证。"

听大家这样说,尤莱·叶森才拿出他家的草原使用权证。那证是省级的草原使用权证,登记人写的是尤莱·叶森。

孟接过草原使用权证递给了阿斯喀尔。阿斯喀尔看过草原使用权证,又递给了柯力奇。柯力奇看过,又给了老佟。老佟看过证书,孟接过给叶瑞克看。叶瑞克说不看,那上面每一个字自己都看过无数遍,就像能数千足虫有多少只脚一样知道上面的数字。那证就又回到尤莱·叶森的手里。没错!尤莱·叶森手里的证书是自治区草原使用权证,核发单位是县人民政府。尤莱·叶森把草原使用权证放在面前的小茶几上,依然喃喃地说:"还是请各位领导决定吧!这娃要这证,就让他拿去好了,变更成他的名字就好了。我尤莱·叶森没啥好说的。早年,我们当家的人确实是我大哥,我们的父母死得早,是我们的大哥当家。"

孟就笑笑说:"叔,刚才柯老不是说了嘛,您把啥都给了叶瑞克,往后,您全家吃啥喝啥?"尤莱就低下了头,看着地面,看着自己的脚尖。

却听柯力奇说:"尤莱,说了气话你是想过嘴瘾嘞!依我看,你这样会给咱白水台出难题呢!你把家底都给了你侄儿,我可提醒你,咱白水台,咱村的领导阿斯喀尔、孟姑娘,可是没有多余的草地再分给你喽。村集体的地也不可能是谁想要就能要的,那要经过村民大会嘞。"柯力奇说着转向叶瑞克,"娃,你们叔侄俩不会是合计好了要折腾咱们白水台吧?想着法多捞点儿啥?"

听了这话,叶瑞克显然有些慌,但不等叶瑞克回话,尤莱·叶森抢了话说:"老柯,我尤莱·叶森连自己的草地都看不好,还想占村集体的地?你可真能想得出来!那……各位听好喽,我再说一遍,这娃想要的,他说都是他爹留下的,那我们叶森家所有的承包草地都应在他名下嘛。当年,政府的文书上不也清清楚楚写的是我哥的名字嘛。"

柯力奇把他那老寿星般的目光投向叶瑞克:"娃,我问你,你父亲可曾给你留下过遗嘱?"

叶瑞克说:"爷爷,我爹死的时候,我才三岁。"

柯力奇就又问:"那我问你,早产的羊娃死了娘,主人会让羊娃跟它娘一起死不?"

柯力奇一句话把叶瑞克呛得不敢言声了。柯力奇话里的意思,在座的人心里都跟明镜似的,孟以前可能不大听得懂,但现在她懂。白水台原本是牧业村,所以白水台人家春耕秋播的不是麦子,而是牛羊。牛羊是血肉之躯,不同于冬小麦。白露早,寒露迟,秋分种麦正当时。麦子收割后,时节运行到九月下旬或十月上旬,再播来年的种子,只要农家事先选种、整地施肥、药剂拌了种子播到地里去,那不长眼睛不长耳朵不长嘴巴的种子,只要把根扎进泥土,即使一冬天被积雪覆盖,也能等得来年春回大地时,再经农家测土配方,让肥当家,又遇风调雨顺了,便能遍地金色麦浪。相比庄稼的种子,牛羊是长了眼睛又长了嘴巴的,或许还拥有七情六欲,虽食天地精华,却也要经历风餐露宿。繁衍后代时,死伤也是它们的家常。不过,虽说牛羊天命在天,但也在人。每遇春寒产崽时节,没了娘死了儿的畜,随时都会出现。好在无论是丧母还是失犊失羔,只要有主人在,它们的情感总会有新的依托,主人们总会使了招出来,帮它们再认个娘或再认个儿。凡此种种,办法似乎也并不复杂,只要主人有足够的耐心,从那些不幸成了孤儿的乳羔或牛娃嘴角取了口水,抹到待认的羊妈或牛妈的鼻子上去,再把孤儿饥饿的小嘴送到失犊失羔母亲的乳头下去,那母亲便会从此认生孤为熟亲,一两天后,更是情同骨肉,以为是血脉一族了。白水台人把这类没了娘又认了娘的孤羔叫作"贴乐羔"。老柯力奇刚才话里的意思也就不言自明,是在提醒叶瑞克,你这个怂娃!白水台人家谁个不知你是尤莱·叶森的"贴乐羔",你和你叔父尤莱·叶森甚至都根本用不着别人硬帮你们贴什么乐,因为你们原本就是贴在一起乐在一起的一家血亲。那你这娃,今天咋就搭错了什么神经,闹什么幺蛾子呢?

这时,村委会的这间小会议室里,大家都沉默了,倒是窗台上摆放的一盆大叶海棠花突然绽开了两朵花,大概是昨夜积攒的能量遇了此刻充裕的晨光,那能量就迎向太阳绽放了。孟打破了沉默,把目光投向叶瑞克:"叶瑞克,你把那些草地都要了去,然后呢?"

"放羊牧牛!还能做什么!"

"就凭你自己?你这个毛头小子?"

"这您就不管了。"

"可是,你尤莱叔的草原使用证是政府核发的,已经发生了变更,是具有法律效力的。"

"这个也不要你们管,我只要我爹留给我的东西。"

柯力奇听不下去了:"你个怂娃,你眉毛下的两个洞可是两个疥疮?!"

叶瑞克不急着回答,片刻之后才说:"爷爷,我额头上的这两个疥疮没像您的那么糟。"

"太放肆了!"尤莱·叶森终于没忍住,腾地一下站起来,一把揪住身边叶瑞克的衣领,紧接着右手的巴掌跟上去,抽在叶瑞克的左腮上。巴掌又举起,打到叶瑞克左手,叶瑞克的手机被打掉在地上,屏幕顿时摔出了裂痕。当巴掌再次举起,老佟和阿斯喀尔的反应都已跟上,老佟拉住了尤莱·叶森的肘,阿斯喀尔拉住了尤莱·叶森的后衣摆,尤莱·叶森就被拉回到自己的座位上。这个时候,放在面前小茶几上的纸杯已经倒了,茶也洒了,叶瑞克像只受了惊吓的山鹿,擦去嘴角上的一抹血迹,说:"叔!这个事我说定了。我爹的草地,我要定了。不光是我爹的草地,我连您和婶,都要定了。"

尤莱·叶森嚷道:"闭嘴,狼崽子!"

"我爹娘给我的嘴,凭啥你要让我闭上!"叶瑞克转过脸去。

阿斯喀尔也严肃起来,大声呵斥:"好了,这是村委会,不是你们吵架的地方!"

尤莱·叶森和叶瑞克显然被阿斯喀尔这一声呵斥震住了。可不,这是村委会,不是他们叔侄俩闹家事的地方。尤莱·叶森痛苦地把自己的右拳碰向自己的左掌心。叶瑞克也站着,擦着嘴角:"阿书记,各位长辈,孟姐,这事你们就别怪我了,我知道你们解决不了这事,我才去找的乡司法所。如果乡司法所也解决不了,那我就还往上面反映!这是我的权利!这件事,问题并没有出在我身上,而是出在我叔身上……"

叶瑞克越说越激动,脸红了,脖子粗了,大概是怕自己再说下去要完全失控,边说边转身夺门而出。

孟在他身后喊:"站住!你回来!"

叶瑞克头也不回甩了门走了。那门在他的脚后跟上碰了一下又弹开。孟和老佟要去追,被阿斯喀尔叫住了,显然这个时候阿斯喀尔已意识到事情有些复杂,不是他们开一次小会了解了解情况就能解决的。他甚至意识到今天的事安排得有点儿草率了,搞得大家都难堪。他真的没想到事情会这样。白水台巴掌大的一块地方,二百来户人家,上通下达的大事小事,就好比日月星辰,四季流转,原本都有各自的轨迹,可今天咋就让他措手不及,遇到这种添堵的人和事?而且,叶瑞克闹的这个事,原本就不该是个事。两轮草地承包，都是经过政府部门、村委会和村民共同参与确定下来的，是公平的。况且叶瑞克是尤莱·叶森抚养大的。在草场使用权人的问题上，无论政府，无论村集体，也无论当事人尤莱·叶森，并不存在过错。但经叶瑞克这么一闹，影响的不仅是尤莱·叶森一家，可能还会影响整个白水台，甚至影响到乡政府。明摆着，说明村委会工作不力，他工作无方，到了年底，全村考核的事都会受影响。阿斯喀尔很是郁闷。

柯力奇也叹了口气说："尤莱啊，你可真行，你就管不住你那肚子里藏着的妖怪。好了，你这一激动，大手一挥，你算是痛快了，却把个马群赶到死胡同里去喽。"

小会议室安静下来，那两朵新开的海棠花沐浴着明媚的阳光。

尤莱·叶森泄气般低声说："不好意思，我真是丢了脸了……领导们，我还是那个意思，刚才那娃想要啥，你们尽管给他好了！需要办什么手续，我签字就是了。"

孟无奈地闭了一下眼睛，说："叔，您就别再给村里出难题了。您和您侄儿的建议都不合适，也不对，明白不？您的草原使用权证的审批审核程序都是合法的，政府咋能说给你们变更就变更的？"

柯力奇看向尤莱·叶森问："我说尤莱，你自己是不是做事有什么不地道的地方？把个娃逼到恨不得给你扒皮又抽筋，害得人家娃青筋外露，肋巴骨外翻，只能想此损招？"

尤莱·叶森无奈地叹了口气，摇着头："老柯叔，我尤莱·叶森这一辈子就三个娃。大的是叶瑞克，尽管他是我哥的娃，但他是我养大的，就是我的娃。我家老大是女儿，您知道的，她考学走了，在外地工作了，不回来了。二女儿今年也要考学，我就这三个娃……"尤莱·叶森这样语无伦次地说着，感觉自己说这些好没劲，养娃养成今天的样子，还有啥可说道的？他停了片刻，继续说："老柯叔，求您了，别让我说了，如果我有对不住叶瑞克的地方，那是我娃……但是，他要什么，政府也别想着我了，能给他就都给他，我什么也不要。那些草地，本来就是给叶瑞克的。"

尤莱·叶森这样说话，倒把几个人搞糊涂了。照此说来，这叔侄俩中间不应该有什么纠纷的嘛。一个要，一个给，这不明摆着是两相情愿，那又何必闹呢？又是乡司法所，又是举巴掌动拳头的，这是啥事吗？几个人就又不知道说什么好了，他们自己得先理理清楚才是。直到夏营地那边的威成·叶森又打了尤莱·叶森的手机，问他有没有去乡里买药，黄花土牛已经吃不下喝不下了。尤莱·叶森接完电话说："各位领导，实在抱歉，叶森家给村里添这么大个堵，我自感无地自容。村委会看着办,无论村委会怎么处理这件事情,我尤莱·叶森都接受,不会给村委会添麻烦。这事快快过去,别闹得全白水台都看叶森家的笑话。"然后,尤莱·叶森要求离开,说自己要去白水乡鲁伊万那儿买药。村委会的几个人彼此看看,交换过眼神,阿斯喀尔建议尤莱·叶森快去买药,并说让村委会的工作车送他去。孟说那车去县城办事了。尤莱·叶森说他自己可以去,不麻烦村领导了。

尤莱·叶森就这样带着不自在告辞走了。今天他确实感觉自己脸上无光。当着领导的面打侄儿,咋说也是他的不对,咋就那么冲动?他走后,屋里剩下了阿斯喀尔、孟、柯力奇和老佟。柯力奇和老佟是村里的老人,都说这事明摆着是叶瑞克在胡闹。说尤莱·叶森是一个老实本分的人,面皮子薄,心底子软,踏实,自食其力,当然偶尔也有暴脾气,像一匹坏脾气的马。一年四季转场白水台夏营地和冬营地,他命里像是有另一个尤莱·叶森,如一头犟牛,一根筋硬到底。他大哥死后,他和媳妇卡米拉确实视大哥的遗孤叶瑞克为亲生孩子,拉扯大了他,供他读书娶媳妇,成家立业,哪样都不曾怠慢过叶瑞克。老佟说,叶瑞克夫妇盘了新村小集市的门面,尤莱·叶森也出了钱,好让他们小夫妻有收入,每年还给他们小夫妻分牲畜。叶瑞克媳妇生的孩子巴罕也是卡米拉帮忙带大的。这一切白水台的人都看在眼里。至于政府的各类补助尤莱·叶森是不是也分给了叶瑞克，当然就不好说了，毕竟分到了他们家，那就是他们家的事。如果真是因为补助闹事，那村委会可以上报，以后直接把补助的份额打到他们各自的银行卡上。

今天这对叔侄的表现确实让大家一头雾水。老佟提醒说，刚才叶瑞克跟他叔说，他不但要叶森家的四季草地，连他叔和他婶都要了。这是啥意思呀？几个人就都笑起来，搞不清叶瑞克葫芦里卖的是啥药。

柯力奇说，好像有件关于叶森家一匹老马的事，冬天他们叔侄俩闹过一阵儿。但叶森家有这个传统，家丑决不外扬。脑袋破了，藏在帽子里；胳膊断了，掖在袖筒里。外人根本看不出来。

老佟说，那也不至于闹到叶瑞克要跟他叔要草场。

阿斯喀尔这边心里郁闷着。白水台新村的基础建设已完成，村民实现了全员定居，草场确权的工作也已通过县乡两级核实和村民代表认可。这也就是说，白水台新村在全乡草场、农用地、自然打草地确权的事上是完成得好的村子之一。现在突然刮出叶瑞克这么一道不东不西不北不南的风来，风势虽算不得大，却也旋着劲儿，夹着尘土纸屑什么的往天空走，让邻乡邻村的人们远远就能看到白水台在刮风。这事阿斯喀尔不可能不管,他是驻村第一书记,有责任解决问题。

在孟的认知里,叶瑞克闹事明摆着不对,于情于理都不合适。而她是包户干部,不可能不管。况且,刚才人家叶瑞克可是把话说下了,这事他将闹个没完。就是说,他还要上访或打官司。今天的会开砸了,她也有责任,她不该建议阿斯喀尔叫这对叔侄一起来村委会,如果事先分别了解下情况就好了。都怪她自己没农村工作经验,做事总是这么一厢情愿;也怪尤莱叔沉不住气,脾气咋那么坏。

柯力奇也说,或者他再去找这叔侄俩分别谈谈,毕竟他是村里的老人,了解他们,就凭他在村里的老资格,骂也要把他们骂回正道上来。孟犹豫了一下说,还是不骂的好,这事还是交给她再去了解一下情况,摸摸清楚叔侄俩之间到底有什么过节。她是包户干部,叶瑞克真把事闹大了,她是最最过意不去而且还要背责任的人。阿斯喀尔想了想,同意了孟的建议。这次调解会,他显然也认为自己没有引起足够的重视,以为叫了叔侄二人来,有柯老和老佟在,教育教育问题就解决了。所以,他就同意了孟的建议,说:"好的,孟,你先去摸清情况,搞清楚问题的症结在哪里。"老佟又在一边插嘴说,他总感觉叶瑞克闹事是有意而为。叶瑞克读过书,在外打过工,见过世面,不会愚蠢到拿着几十年前的旧文件和三十年前就亡故了的爹的名义跟叔父闹。再说他不是村里的贫困户,媳妇有门面,做刺绣有收入,尤莱·叶森也分过牛羊给他,他家的圈里也养着奶牛,他自己又会开车跑短途,凭啥要跟叔父抢草场?老佟这一说,倒提醒了四个人,这事确实不合常理。阿斯喀尔同意孟的建议,让她先去了解情况,摸摸底,至于调解的事,三天后再说。如乡司法所那边追问,阿斯喀尔说他可以先去做些解释工作。阿斯喀尔还跟孟调侃说:"给你两三天时间把问题摸清楚!完不成任务,小心打板子。"

孟自己努努力看吧,谁让自己是尤莱·叶森家的包户干部呢?

然后大家就各自散去了。

接受了任务,孟虽然感觉挺有压力,但她心里还是挺乐意。虽说自己是尤莱·叶森家的包户干部,平时包户家里那些家长里短的事不便管那么多,但这件事好像不同平常人家的家长里短,事实上给了她一次进一步深入基层的可能。中国农村发生的社会变化,正是孟多年来关注的研究话题。她在一家人民团体工作,服务的单位都是高端智库部门。孟所在的部门具体负责学会工作,而她本人的专业走的也是研究系列,写论文做课题是她必须做的事,如果能拿上省部级课题或国家级课题,对她来说就最好不过了,是她的职业目标。她研究的方向正是有关乡村的话题,比如乡村自治、法治还有关于乡村德治等。孟喜欢这些话题,爱这些话题,也因此喜欢乡村,爱乡村。乡村有乡愁,还有她的事业。她下沉到白水台村来,原本也是为了给自己创造一个深度了解基层农村牧区的机会。

孟

孟毕业于楚地一所大学，在校学的是哲学专业，专攻中国哲学和西方哲学。毕业后，又经公开招录，考入了那家社科服务单位。

在学校的时候，她饶有兴致地了解了她所学的哲学是讲唯物论、辩证法、唯物史观的，研究对象是关于客观世界、现实世界、社会历史发展以及精神世界的功能的，是为了指导人们认识世界改造世界，指导人们的生活实践，为人们提供人生观、价值观指导服务的。考进了那家单位，最初坐在门前挂着"科普部"字样牌子的办公室里的长桌前时，在学校学到过的有关哲学的那些内容，却像达利的画——挂在墙上，总要有人问画上画的是什么。这些提问让她感到有些不适应，她曾请求领导把她换到学会部去，因为在学会部可以接触到高校里做科研的人或课研话题。但是她的请求领导没有同意。领导让她先搞清楚社会科学普及的意义和目的,再说去学会部的事。为此,孟着实郁闷了好一阵子,甚至后悔自己不该考进这家单位。但一想,现在到处都是硕士毕业生,高校也不缺像她这样的人,自己能找这份跟自己所学专业投缘的工作也不易,就安下心来。只是在工作中,关于为什么画家要这么画之类的问题总还是常常在不经意间冒出来问她,让她哭笑不得。有一次,科普部要办一个书法学术展,联系了一所大学的图书馆,在打前站联系场地回来的路上,单位临时聘用的司机曾问了她类似的问题。那个司机对孟所学的专业饶有兴致,问她,数学、物理、文学都容易明白在讲什么,只是哲学让人很难明白,你学的专业也这样吗?孟就笑着说自己学的专业说大很大,说小也很小,说高了讲的是圣人之言,说低了就是修车铺里某个老师傅的一句话,就能把人生讲个明白透彻。换句话说,哲学总是见仁见智。又说,研究哲学的人,会把生活中不是问题的问题变成问题,或者把生活中是问题的问题变成不是问题,但哲学的一大作用是会减少人们的自以为是或偏见。

  那个司机应该是没有听懂孟的话,但像是明白了孟说的话一样应着对对对。孟看得出其实他是丈二和尚摸不着头脑,但还是缠着她,让她讲什么是哲学。孟不想再解释,便说:"我给你举个例子。"

孟想了想,说:"比如你这辆工作车放在咱们单位门口,你看见了它。按常理,你看见了你的车,它是真的,这没有任何疑问,对不对?但是看的人多了,那你就要细细探究一下了。因为,你会发现自己会怀疑是不是真的看见了车。咱们单位司机班的七个人都在这辆车附近,只是你们站的位置不同,看到的车的样子就有所不同,对不?如果大家都说看到了你的车,那谁看到的才是车真正的样子,想过没?你说你看到的才是你的车,其他人却不同意,说他们看到的才是你的车。而你又不同意,因为你分明知道你看到的车的样子和他们所说的他们见到的车不同。到这里,两种解释就来了,一是车是有的,但是和所有人看见的车的样子不同,它真正的样子隐藏在现象下面,是所有人看到不同样子的原因。二是并没有'车'这个东西,只有'样子'这种现象。"

孟这样说的时候,司机差点儿闯了红灯。但是,司机对她的话依然饶有兴趣。

孟便继续说:"你把这个例子琢磨明白,哲学就算启蒙了。这是哲学中比较基本的现象与本质的问题。"

司机听着孟的话,微笑着点头,一个劲儿地说着对。

孟一下就感到自己方才的话真是无趣到了极点,就把视线向车窗外眺去。车窗外,人影车影一瞬便划过了。其实,孟的心里依然十分明了,哲学是大智慧、大学问,懂了哲学道理,定能抓住事物的根本。虽说它不是一种实用技术,但不实用并不等于无用。她是喜欢她的专业的。

这样,过了两三年,一次她的部门领导让她拿份文件去单位领导办公室签字。领导签过字,顺便问她这两年来工作如何,心情如何,顺心不?孟便不绕圈子,直接汇报说自己到单位来还没有找到真正的方向。领导便转移话题说:"听你们办公室的人讲,你喜欢易经是吧?"孟笑着点头说:"是呢,在学校的时候,和同学们一起探讨周易,孔孟,朱子理学,阳明心学,地道、人道、天道,我心光明什么的。我就把那些带到单位来了,主要是大家爱逗我说,我就说了。也是大家一起吃午饭或值班的时候瞎聊的。只可惜,我这双脚总感觉没有落在'坤'上走。"领导又听出孟是在说她的工作不对专业的事,又笑笑问:"你的话好矛盾。科普部,应该是直接面向'坤'的。"

孟有些语无伦次:"我是说,学会部也是面向'坤'的。"

领导笑了笑,说:"我知道了,你的意思还是,一阳复始,造化总是要落地。"

孟听着领导的话,心灯亮起来,她确实希望领导能给自己安排或调整工作。

但领导只说:"好了,知道了,不急,会有机会的。"

有一天，单位领导又在电梯里碰到了她，告诉她说，学会部最近有社科研究课题指南在网上公布，说的都是你关心的"坤"的事。孟一听就来了兴致，然后去学会部要来那批课题指南，趴在案上一行一行仔细地看，从中选了一个她认为自己可以关注的内容———关于乡村德治的话题。她的大学老师关于乡村中国、"三农"中国课题中，有一项就是关于乡村德治的。她就在网上联系老师，说自己要做这方面的研究。老师很高兴，鼓励她，并给她发了些自己近些年写的文章。接到老师的回信，孟的心情真的就有点儿一阳复始待春来的意思了，她便圈了那个课题报了上去。遗憾的是没有通过，原因是因为根据课题申报细则，同等条件人的课题申报，一是要向基层倾斜，二是向外单位倾斜，正好有个同等条件的申报者是基层外单位的，孟就只好抱憾了。那个来自基层的申报人在申报简介中提到的内容和文字，比她的更接地气。这是领导后来提醒她的，领导说这是从评审专家们那里得到的信息。领导也鼓励她，不要灰心，会有机会。从此，孟竟像恋爱了一样爱上了这个话题。研究"坤"吧！"坤"的话题里充满的皆是泥土和乡村的气息，那里有哲学。后来几年，她一直潜心研读这方面的书。大概因为这，单位领导终于把她调到了学会部。尽管学会部跟科普部一样，也是服务部门，但毕竟她有了更多与专业相通的可能。

又过了一年,一个偶然的机会,为了她的课题,她甚至大胆报名做了一名下沉工作队队员。然后,就像一条被人放了生的鲤鱼,一头就扎到白水台这个地方来了。

来到白水台,孟果然是体会到了"乾坤"两字的博大。乾坤是天地,是自然,也是人,还有动物、植物。她来到白水台村的第一个晚上,就看向了夜空。那天,那里群星璀璨,她的脚步开始挪动,一步一步,越挪越急,往村委会小楼外边去,头也差不多一直在仰望星空。当村委会小楼里的灯光变得微弱的时候,星光就亮起来,映在她的眉头上。

那天,没有月亮。白天车驶向白水台的时候,天空曾是日月同辉,只是那时的月亮像是飘在湛蓝的天空里,好像一个粗心的人把一块没有剪好的塑料片,或者时光将一块行将融化的薄冰忘在那里,它很快就会融入蓝色的空间里。孟坐在车里透过车窗看着那个月亮,车身晃动的时候,那残月也在晃动。孟知道,其实在那残月后的天空里还藏有星星,它们藏在太阳的后边。孟就想好了等天黑下来,一定要好好看看星空。孟是城里生城里长大的,城里的灯光淹没了头顶的星空,以往,她对星空的印象也只是有几次外出旅行,在农家小屋外看到过。所以在她到达白水台的第一天晚上,待村委会安排过接待之后,孟就离开了村委会小楼旁的周转房,跑向野外去。

远离人间光亮,举头向上,孟真的被白水台的太极天地震撼了。这是她有生以来第一次独自享受如此这般奢侈豪华的星空。头顶上,所有的星星好像都为她点亮,银河浩荡,从东北流向西南天空,深处透着或明或暗的紫色光晕,夜空是如此璀璨壮丽。她自小喜爱天文,喜欢看天文书。上大学时,有一年她去北京,特地跑去天文馆,待了整整一个下午。从天文馆出来时,她的感觉是五味杂陈的。一是因为天文馆科技感太过浓重,二是因为馆里孩童世界的声响那么稚嫩,又那么懵懂。在科技感与孩童世界之间,她感觉到自己的年龄过早剥夺了她关于星空的遐想,而她宁愿以一双孩童的眼睛看那头顶的天空。

来到白水台,当她独自处在这般太极天地时,她似乎又找到了曾失去的童真感觉。星空变得真实,她也变得真实。只是星空苍劲睿智,而她如此渺小天真。在星空下,她永远是个无知的孩子。她曾热心的八十八个星座,就在她的头顶上,这个深蓝深蓝的夜空中。八十八个星座里,黄道十二个,北天二十九个,南天四十七个,它们是仙女、牧夫、猎户、天鹅、天琴、人马、巨蟹等等,它们都在这个夜的星空里。只是,孟一时无法认出它们。

这是三月的星空,她看到了三颗亮星排在一起,她想到了,那应该是猎户座中猎人的腰带。猎户座旁,应该有天狼星的,孟找到了,它是除太阳之外最亮的恒星。天狼星才是真正的星光灿烂的星。猎户座的猎人腰带上的那三颗明星,像三颗璀璨的宝石让它拥有了天下最多的财富。还有昴宿星团的姐妹星,头顶的北极星、北斗七星,她都在夜空中找到了。孟到白水台的第一个夜晚,就在这般体验中度过。白水台的第一个夜晚,让她爱上了这里。这是一个能点亮她童心的地方。

那一天晚上,孟失眠了。一是因为舟车劳顿,一天中见过领导,见过村民,她听了很多很多话,自己也说了好多好多话,让她的大脑、舌头、神经都处在兴奋之中。二是换了环境,虽不再有城里嘈杂,但突然安静下来,一时有些不适应,耳静的感觉有些假。三是她看到了迷人的星空。四是她将面对的陌生工作。这样,她就把初到的这个夜晚当作阅读星空、面对新生活的夜晚。

躺在她的新房间的新床上,看着猎户座和天狼星从东移向西,孟意识到,原来星星也像太阳月亮一样,东升西落。这让她想起了周易!易有太极,是升两仪。当天亮起来的时候,在这个叫白水台的地方,那轮明晃晃的日头,必定从少阳升到老阳,又从老阳降到少阴,最后从少阴变老阴,再变少阳……七上八下,日出日落,星空亦是循环往复。她之所以这么喜欢乡村,或许还真是以为自己从小就喜欢仰望星空。在这里,孟曾跟单位领导说起的乾与坤悄然变得触手可及了。她身边的一切也变得真实。当年在学校的时候,老师曾讲:"一阴一阳之谓道,是我们看世界的一个角度。"

有趣的是,来白水台之后不久,她便惊喜地发现,在白水台这个地方,也有一个像她一样用心里面装着的一双眼睛看这个世界的人。

这人便是她的包户尤莱·叶森。

孟第一次见到尤莱·叶森的名字,是在村委会的村民花名册中。全村二百二十九户人家,被工作队六名干部、七名村委会干部和乡政府的干部们包了户。上级有要求,这二百二十九户人家,不能有贫困户贫困人口,一个都不能有。给工作队和村干部们开会分配任务时,乡政府来的段书记还说,这是硬任务,白水台绝不能因为出现贫困户而拖全乡的后腿。听了段书记的话,大家都感觉挺有压力,但是要求就这么严。贫困户,一个都不能有。孟分到的包户有十五户,她看名单,感觉上面的人名都挺长,汉字一长串一长串的,最多的有九个汉字,最少的也有四个汉字。尤莱·叶森这个名字算是字数少的一个。孟一下就记住了。当然也还是用了心,背了几遍,才记住的。

乡领导开过会后,阿斯喀尔继续组织村干部开了会,他强调说,上边派下来的是硬任务,你们包户干部包了户,不能让包户因为发生贫困而拖全村的后腿,跟段书记说的如出一辙。然后就给村委会所有的包户干部发了一个厚厚的册子,让大家去包户家采集信息,诸如包户的名字和家庭收入,包括住宅面积、四季牧场面积、自然打草地面积以及骆驼、马、牛、羊的头数,甚至牧狗、鸡、鸭都算上了。然后算出年收入情况。除外,还要调查包户是否参加了新农合、牲畜保险,是否享受农村低保等等,细到包户家的所有信息都要填进表格里。采集这些信息的目的,是为了详细掌握包户的经济状况,然后制定帮扶计划和方案。包户干部不仅要采集这些数据,还要帮助包户找到增加收入的路径。这样,孟便感觉自己挺有压力。

拿到包户名单,孟要做的第一件事就是先熟悉人名。她先到村警帅哥翁格尔的工作电脑上看包户的基本户籍信息,主要是看户籍信息上的照片,大体认个脸。然后她到村委会女干部胖古丽那里看包户的生育信息,掌握包户妇女的生育保健情况,比如是否做过"双癌"筛查,或有无育龄妇女。最后去了老佟的办公室,查看了包户的各项政府补助发放情况。胖古丽欣赏孟,说孟你工作做得好细!孟这才意识到,自己把在学校学到的技能用到实际工作中来了。

这叫先做功课，摸情况。她做的这个功课虽比不得她的老师带她从头做田野调查实习时那么认真，那么专业，但到了这里，孟是要往这方面努力的。做她这一行，这是基本技能，也是基本素养。孟听胖古丽表扬，就笑着谢过胖古丽，说自己不了解情况，只能按最笨的办法开展工作。胖古丽却说，你这个笨办法效率高呢，向你学习。

　　做过这些功课，孟心里果然对自己的十五家包户有了一些基本了解。然后，她就抱着阿斯喀尔发的那个大册子入户走访。白水台村不大，由于走了先规划后建设的路子，村民们的宅院错落有序，走访起来，难度不算太大，按门牌号走就可以了。阿斯喀尔曾说有些尚待实现定居的牧业村，村干部多是要骑了马，翻山越岭去走访，相比之下，孟的走访要轻松得多了。这或许是因为上级考虑到孟是城里长大的，没有把她分配到那些尚未完全实现定居的牧村，而是把她派到了白水台。孟前后用了两周时间就把十三个包户的信息采集完了，其中包括年轻的叶瑞克一家。叶瑞克的全名是叶瑞克·胡安，家有三口人，夫妻俩加五岁的儿子巴罕。住有安居房，家有牛舍，叶瑞克妻子有门面，叶瑞克自己开区间出租车，跑乡县线路，夏天也跑白水台—夏营地—野花台线路，收入比较稳定。只是，车不是他自己的，而是县里一家出租车行的。叶瑞克一家基本生活保障显然不成问题,他的小儿子巴罕在村办幼儿园里,不影响夫妇的日常营生。孟走访的那十几个包户,像叶瑞克这样的年轻人家有四五户,除了一户是老年夫妇需要政府特别关照,其余人家家境都不错,这让孟感觉肩上的担子不那么重。后来她才知道,这样安排是阿斯喀尔、柯力奇、老佟和胖古丽沟通后决定的。原因是他们想尽量不给她这个城里来的姑娘增加负担。这倒让她对自己认为的几家比较困难的包户格外关心,比如对尤莱·叶森家。

尤莱·叶森家是孟最后走访的包户,因他家在白水台最南端。但她第一次面对面见到尤莱·叶森不是在他家里,而是在村外的草地上,也就是白水台边。

那是个周日的黄昏,阿斯喀尔对大家说,劳逸结合,给大家放个小假,调整一下,休息休息。于是,吃过晚饭,孟就取下了马尾辫上的皮筋,松散了秀发,又去看她的星空。

她走出白水台村时,夕阳西下,余晖从地平线向上,由红到深蓝,一层一层过渡,最后在沉沉天宇中点亮长庚星。那长庚星下似有雁儿长鸣,像是从宇宙深处传来。于是,孟举目仰望,果然看见有"人"字形雁阵从白水台新村黄昏的天空经过。那么悠远,像是时光放慢了脚步;那么坚韧,像是有着用不尽的力量。夜幕降下,它们依然有足够的力量北归,追寻雁界的诗与远方。孟激动了,纵声喊了两嗓子。

只是,那两嗓音很快被吸收掉,消失在黄昏的旷野中。

等孟从雁阵上收回视线,却见有人从晚霞余晖中走来,牵着一匹马。

走来的正是她的包户尤莱·叶森,牵着的是他家的一匹名叫红的老马。

尤莱·叶森说:"这些天大雁们都回来了,已经过了好几波了。"

尤莱·叶森说话的时候,也看了看刚飞过的雁阵,然后又看向西,说:"西边那颗亮星,是个女人,名叫乔丽番。"

"这名字真好听。"孟说。

尤莱·叶森说话间,已经和马站在孟的面前。孟甚至能闻得到马身上散发的气味,听得见马甩尾时鬃毛间摩擦发出的细微的沙沙声。

孟一眼认出站在面前的人应该是自己在户籍登记表上见过照片的,但还是笑着问:"您是?"

"姑娘,我是你的包户尤莱·叶森,是柯力奇告诉我的。我知道,你这些日子一直在走访。我家在村子最南边,我们等着你来我们家。"

孟抱歉道:"对不起,实在对不起。走完了前边几家,我一定去您家。"

"不急的,姑娘。你最后来我家,我倒是高兴呢,因为你就有很多时间在我家喝奶茶。你婶子卡米拉烧的奶茶,白水台没哪家女人能比得过她。"

前些天,孟曾听柯力奇在村委会开玩笑说,能夸自家糟糠妻的男人一定是好男人,眼下得了个明证。孟对尤莱·叶森的第一印象很好,就顺着尤莱·叶森的话做自我介绍,说自己叫孟紫薇。"紫薇"两个字汉字笔画有些难写,但意思好记,只要您记住天上的北极星就可以了,就是天空正中的紫微星,一年四季都在的星。她的名字就是根据这颗星星的名字起的。

尤莱·叶森一下就听明白了,往天空看了看:"你说的是天空的铁马桩,这会儿它还没有出来,一会儿天黑了就出来了。"孟就有些没听明白紫微星为什么又变成铁马桩了。却听尤莱·叶森说:"呃,姑娘的名和姓确实都好记呢。这样吧,姑娘你的名是铁马桩,我记住了,但总不能就叫你铁马桩。你姓孟,'孟'跟白水台人说'千'是一个音,'千'在白水台有'万福'的意思。那以后我就叫你孟吧。就一个字,孟!"

孟欣然接受了,欢喜地应着说:"好的,随便您呐!"尤莱·叶森要把自己叫孟,感觉自己的名字变得赏心悦目了。孟!这个叫法一来简洁,二来也时尚。她没有想到,自己的名字竟会被一位牵着马的牧人叫出了时尚大牌的感觉。

这时，尤莱·叶森牵着那匹马的喉咙里发出"噗噗"的声音。尤莱·叶森笑着说："这个老伙计，它这是在催我继续走走嘞。每天，我都得陪它走走。"

孟看向这匹马极其骨感的额头，说："叔，它看起来不年轻。"

尤莱·叶森说："对，老喽。按人年岁讲，应该是七老八十了。"

孟就心生歉意说："叔，那您快带它去走走吧。不打扰您和您的马了。我这两天就去拜访您和婶子。"她这样说着的时候，还拿了手机拍视频，手机的屏幕上便映出马那骨感的脸和夜幕中的剪影。它的主人尤莱·叶森那张牧人的脸也闪了一下，脸上有笑意。

尤莱·叶森没再停留，拍了拍那匹老马的额头，一边说着让孟去家里喝奶茶，一边牵着那匹老马在繁星闪烁的夜空下走了。那场景让孟感觉自己在某个美国的西部片里看过。转眼又想，这场景如此生动，就在白水台！孟又拿了手机看刚才的视频，好有感觉！那马头顶处的长庚星好像都被她的手机拍下来了。

这是孟第一次跟包户尤莱·叶森见面。新的一周开始后，孟就抱着她的那个厚厚的册子去了村南头的尤莱·叶森家。

孟到尤莱·叶森家走访的那天，尤莱·叶森家的女人卡米拉是做了认真准备的，并且是按白水台人家迎接贵客的最高标准。她炒了黄油麦子，备了塔尔米，还有金灿灿的酥油、油果子、奶皮茶，茶里放了丁香提味，当然还有几种家常的干奶酪和鲜奶酪。搞得孟以为自己是在违反群众工作纪律，本是来帮助村民的，咋能吃喝呢。陪她一起来的胖古丽说这个不违反纪律，因为这是白水台的家常。孟歉疚地喝着茶。胖古丽说得没错，孟去前几家走访的时候，也受过这样的礼遇，只是尤莱·叶森家确实有点儿隆重了。这从另一个侧面显示着尤莱·叶森家不存在贫困问题。尤莱·叶森也一再强调自己不是贫困户，几十年来，他们叶森家没有经受过贫困。胖古丽说尤莱·叶森说得没错。卡米拉把叶森家的相框拿来给孟看。孟先前走访的人家好像都这样，喜欢用看相片的方式介绍家人。孟和胖古丽就看相片，尤莱·叶森在一旁给孟介绍叶森家的成员情况，说他和卡米拉生有两个女儿，大女儿去外地上学毕业后工作了。还有一个女儿在县一中读高三。有个弟弟叫威成·叶森，曾在县兽医站工作，后来辞职干了个体。尤莱说威成·叶森也有一个女儿，在县上读小学，他结婚晚，媳妇是个好人，在县城一个街道上工作。尤莱·叶森还说，他还有个儿子叫叶瑞克，就在白水台。孟有些吃惊，小声与胖古丽核实说，叶瑞克也是她的包户，她去过叶瑞克家，只是，她现在有点儿纳闷，既然叶瑞克是尤莱·叶森的儿子，为什么叶瑞克姓胡安，而不是尤莱？胖古丽就悄声提醒她，叶瑞克是尤莱·叶森的养子。孟就不敢再把这个问题往下问了。倒是尤莱·叶森自己笑着说，叶瑞克虽说是他的儿子，但他实际上也和威成·叶森一样，是他的弟弟，三人中排行老三。这就越发让孟感到不解了。胖古丽不是明明说了叶瑞克是尤莱·叶森的养子。既然是子，那就是父子关系！咋又让尤莱·叶森把叶瑞克说成是自己的兄弟了呢？但这些未知的问题，孟认为自己暂时还是不问的好。问不好特别是问到些不该问的话题，双方都会尴尬的。好在尤莱·叶森夫妇介绍的这些人，相框里都有。叶瑞克小时候骑着一匹大红马的照片也在相框中，看起来是一个机灵的山里孩子。相框里也有一张尤莱·叶森的弟弟威成·叶森年轻时的照片，那时他是一名军人，站在一辆大军车旁，威风中带着几分高原军人的沧桑。胖古丽说，那是威成·叶森在阿里拍的。那个相框里还有几张黑白的老照片，一张是叶森家的全家福。那个时候，叶森夫妇都健在，尤莱·叶森三兄弟都还未成年。另一张也是全家福，只是没有了老叶森，当家人是大哥大嫂。尤莱·叶森介绍说，他们的父亲母亲还有大哥都已经去世了，大嫂也有自己的生活了。

总的来说,第一次走访,尤莱·叶森一家给孟的印象是深刻的。虽然她关心的贫困问题在这一家几乎不存在,但尤莱·叶森夫妇的身体状况是要引起她的注意的。因为在她的十五家包户中,他们属于年龄偏大、身体偏差的。尤莱·叶森的腿已经弯曲,那是长期马背生活的影响;卡米拉有腰疾,也应该是长期马背生活造成的,而且她得了不安腿综合征。白水台女人要跪着挤牛奶,弯腰烧饭煮奶洗衣劈柴做家务,随便哪个活都会落在她们的腰上,自然就要留下腰病。如果说尤莱·叶森家有难处,难处便在此了。孟甚至还注意到,尤莱·叶森自己也会时不时提到他们夫妇正在老去的年龄,正是因为他的身体不及当年,在威成·叶森的一再要求下,他们家的羊群已经包给了一户代牧的年轻牧人。牧人负责转场,负责照料牛羊,尤莱·叶森只要付给他工钱就是了。这样,尤莱·叶森自己可以住在白水台,不用转场,夏天想避暑了,就去白水台自家草场搭了小毡房,住上两个月,吸天然的氧吧,喝纯净的泉水,遛遛马,看看星空,淋淋山雨,再哼一下山歌,生活就很滋润很享受了。关于享受生活的内容,孟好像听懂了,又好像没有听懂。她依然不能想象,对两位老人来说,夏牧场毡房里的生活,究竟能有多么惬意?又如何享受?现在的年轻人,要去野游,要去自驾,装备先行才能说得上享受和惬意。所以,从孟内心的感受来讲,相比尤莱·叶森,照片上威成·叶森的生活应该更符合孟的认知。单不说他有着自己的职业,相框里威成·叶森给人的印象是精力充沛的,人生如日中天。孟想着她认识的这最后一家包户,让她对叶瑞克、尤莱·叶森夫妇都有所了解。哪一天再认识一下威成·叶森,信息就完整了。

这些信息跟孟在村委会的工作有关,但暂时看起来跟她的研究课题还没有什么直接的联系,暂时还停留在一方水土养一方人的字词层面。

很快,孟便认识了威成·叶森。这是因为在白水台见到威成·叶森的概率很高,这是他的职业决定的。他会三天两头出现在白水台村或牧民的四季牧场。孟和其他几名下沉干部是过了春节后到村里的,等他们熟悉完了包户信息,也就到了白水台人家牛羊从冬草地转场到春草地的季节,也就是四月底羊产羔的时候,这也是兽医们最忙的时节。

一天孟在村委会碰到了威成·叶森,威成·叶森仿佛认识孟好久,跟她是老熟人一样,一见如故地告诉孟,他哥哥家的牛羊四月二十五日就要转场了,问孟想不想跟着一起走走,体验一下什么是转场生活。威成·叶森这样说着,还加了一句说:"别怕,有女人陪你一起去。"孟着实瞪大了眼睛,想:这个人好有意思、好霸道啊,事先也不跟她商量,就替她做决定,也不问问她是不是有领导,领导会不会同意她去,关键的关键是她想不想去。孟便有些故意地问威成·叶森:"好吧,怎么走法？怎么转场？"意思是提醒威成·叶森,带她这么个纤弱女子,你就不怕麻烦吗？威成·叶森却看向她说:"你骑上马就成啊。当然,不会让你骑驴的。给你一匹听话的马骑,你可以去转场的,这不是什么难得不得了的事。我哥我嫂早就给我介绍过你,说你是我们叶森家的包户干部,说你一点儿架子都没有,能喝奶茶,能吃肉。"威成·叶森后边的这两句话,应该比前两句话说得有温度,而且说得牢靠,很像熟人说的话。孟感觉血管里有潮汐起伏了一下,某种兴致就被激活了。孟说:"好吧,我想想。"威成·叶森说:"有啥可想的？想事情耽误时间,说走就走,才叫过得痛快。上马走人就是喽,时间大概也就一两天。去不？"孟还是说自己要想想。威成·叶森说:"好吧,那你想想,然后给我回个话。"威成·叶森说着从口袋里拿出一个名片给了孟,又扫了孟的微信,拨了孟的电话,让孟存上他的电话号码,就忙他的事去了。

  孟真的好好考虑了威成·叶森的建议,想了好几个时辰。原因是她从没有转过场,也没有骑过马,以前别说转场,她连听都没听说过,况且听阿斯喀尔说过,转场的路一走就是几个月,沿途要住在荒郊野外。虽然孟有她的工作,不可能真的跟了牧人一转场就是数月,也不像拍纪录片的人拍游牧转场,得跟个把星期,所以突然要跟着转场的人马去,不就好比一个从来没有见过大海的人突然要独自驾船去赶海吗?这真的有点儿开玩笑的意思呢。

但是,威成·叶森的建议又确实点燃了孟心中的某个冲动。他的建议太有诱惑力了。如果真的能跟着转场一次,她可以借机去看更原始的星星和月亮,听更真实的风声,观更广阔的天空,嗅更新鲜的牛羊气息,不比城里人自驾游更接地气?再说,对她这个下沉干部来说,这实在也是个难得的体验生活、了解民生的好机会。当年在学校的时候,她曾跟她的同学说起过,将来如果搞不成科研,自己就去写小说,就好像写小说是她可以随便玩玩的事。那次对话,起因是她的同学研究网络写作,两个人就谈到如何让网络创作接地气的问题。虽然,孟这些年真还不曾想过以后是不是要写小说的事,但威成·叶森的建议却让她意识到,跟她的那个同学相比,她现在拥有的可能实在太奢侈、太幸运了。她没有理由放弃这个机会。几个时辰之后,孟便决定跟着威成·叶森去转场了。她把想法告诉阿斯喀尔,阿斯喀尔笑着说:"你这个孟,脑子进水了不成?那跟着牧人转场的事,你受用得起?别忘了,那是牧人的绝活!你可别把自己当电影里的女主角,骑着骆驼进撒哈拉,刺激又浪漫,人还风光。知道骑马走一天你那身子骨要散架的感觉不?如果你是个男生,我这边倒也有个说道,偏你是咱六个人里唯一女生,你以为我会让你一个人单独行动？别胡闹了,回去吧,干你的活去。"阿斯喀尔这样三两句就把孟的冲动差不多浇灭了。害得孟一天都不想跟阿斯喀尔说话,目光躲着他,语气应付着他,言语也避着他。毕竟让阿斯喀尔那么一说,就好像她孟是个很不成熟的女人,想事、做事、说事都是想一出是一出,这是她不能容忍的。阿斯喀尔想取笑弱女子,最好到别处去！

但那天吃晚饭时,六名队员坐在餐桌旁,一边吃饭,一边说一天的工作,也不知阿斯喀尔动了什么恻隐之心,改了主意,一边把一块花卷往嘴里送,一边告诉孟他已经同意她跟着尤莱·叶森去转场。孟诧异是不是自己听错了。阿斯喀尔却又说:"体验体验也好,这也是入户走访的一种方式嘛,你们几个人或许也可以试试,体察民情,就是要走进生活深处的。但是,孟,我只给你一天时间,我安排胖古丽陪你去。这件事,我也已经跟威成·叶森沟通过了。人家原本是跟你说着玩的,你却当真了。当真就当真吧,他们家牛羊转场,他会和他哥尤莱·叶森一起去。"

孟高兴得连声说好:"书记您放心,我不会给工作队和村委会添麻烦,体验体验就回来。"

第二天一早,东方少阳未出,启明星还在空中明亮,应该是五点多的样子,威成·叶森就来村委会接孟和胖古丽了。胖古丽和孟一样,也穿了一身户外服,防护得严严实实,孟甚至还看出胖古丽和自己一样,脸上也是抹了厚厚的防晒霜。当然,胖古丽带的户外装备没有孟的全,除了户外用的铺盖卷和帐篷,孟还带了那个LED露营灯。

威成·叶森是开着他自己的车来的,是辆国产车,北京现代。孟有些诧异,问威成·叶森:"你不是说我们骑马转场吗,你不会让我们坐车转场吧?牛羊呢?还有骆驼队呢?"威成·叶森笑着说:"你这个丫头,急啥嘛!先上车。"孟就看看胖古丽,胖古丽只是抿嘴笑,眼睛也笑,但不说话。孟无奈,白水台的女人多半儿都这样,平日里脸上挂着的笑远远多于她们的言语。她俩就上了威成·叶森的车,威成·叶森的车前排上已经坐了一个人,那人跟孟打招呼,孟一下认出是叶瑞克。虽然孟早几回走访过叶瑞克家,也知道他是尤莱·叶森家的长子,或尤莱·叶森的弟弟,但威成·叶森还是介绍说,叶瑞克是他和哥哥尤莱的侄儿,他和尤莱,一个是叶瑞克的大爸,一个是叶瑞克的二爸。威成·叶森的代际关系介绍得不中不西,一会儿侄儿,一会儿又大爸二爸的,孟便做了一个无奈的表情,和胖古丽坐在后排相视笑笑。胖古丽问尤莱大哥是不是已经走了,威成回话说是的,他昨天就已经去牧人家了。

威成·叶森开着车离开了村委会,出了白水台村委大院,直奔旷野。他们的车也就如同一条小鱼投入了大海。孟想到一个她没弄清楚的问题,如今白水台人家牛羊转场,住在村里的牧人是不是都会这样先来一把狂野飙车,然后再去牧草地?她这样想,但没有这样问,毕竟自己还啥都不懂,她只见过图片上、电视屏幕上牧人转场的场面,冬天里爬冰卧雪,春秋尘烟浩渺裹挟中的转场的牛羊,那是一种震撼天地的感觉。

她问威成·叶森:"转场有骆驼没?"

威成·叶森说:"有啊,没骆驼咋搬家嘛。"

"搬家还是用毡房吗?"

"不住毡房,水泥房咋能搬得动呢?"

"那……咱们家平时用多少峰骆驼?"

"少的时候五六峰,多的时候八九峰,或者十多峰。"

"那好壮观呀!"

威成·叶森叹了口气:"往后慢慢就会没有了。"

"为什么?"

"大家都要用车搬家了。"

孟就会意地点点头:"对啊,现在条件越来越好了,往后就不用骆驼了。"孟说着话,看着窗外,脑子里似乎闪过了某个深刻的哲学概念,但那概念一闪就消失了,她没有来得及抓住，另一个话题便从她嘴里冒出来："以后不用骆驼了，是不是挺可惜的？"

威成·叶森笑问："那有啥可惜的嘛。"

孟说："用骆驼转场应该有很多故事的。"

孟说这话的时候，坐在前排的叶瑞克扭头看了孟一眼。

孟看向他说："我说得对不？"叶瑞克面无表情地又把脸转向车前方。孟就催威成·叶森："您给我们讲几个骆驼的故事嘛。"威成·叶森迟疑了一下。孟让他讲讲骆驼的故事，大概是想听听威成·叶森描述行将消失于转场路的骆驼们最后的身影，或者威成·叶森医治骆驼的经历。但是这样的故事又从何讲起呢？威成·叶森就说这样的故事不知道怎么讲。孟问为什么。威成·叶森笑笑说，因为骆驼没讲故事给他听过嘛。胖古丽和叶瑞克嘻嘻地笑起来，孟也跟着笑了。她的问题提得是有点儿奇怪了，骆驼确实不会给人讲故事，但人可以去发现它们的故事。

车在旷野中大约走了一个多小时，路过一片长满柽柳的广阔滩地，就到了尤莱·叶森家的接羔地了，也就是春草地。说是春草地，其实这里并没有多少草，而是有一个圈，圈旁有间土房，土房顶上有草垛。代牧的年轻夫妇就住在土房里，守候好羊群，把房顶的草给羊吃。威成·叶森的车开到这里来，轮下其实早已经没有真正的车道了，完全是在无路的滩地上,是在大大小小的砂石上一跳一跳地开过来的。难为这车了。这样的路原本就是留给牛羊驼马走的,但威成·叶森硬是开车到了这里。孟感觉自己天天因电脑整得僵硬的颈椎或许要被这颠簸的路松了筋骨了。

车到了尤莱·叶森家的春草地时,太阳已经从东边天际升起来。孟从车厢里出来的时候,阳光拉长了她的影子,投向羊圈那边去,一股浓浓的牛羊气息扑面而来。她举目四望,见眼前是散落的牛羊马和骆驼,还有散落一地的家什。羊们发出高高低低的叫声,声音听起来有尖有粗,奇奇怪怪,大多像是在发出疑问句,把叫声的尾音抬起来。相比羊们,牛们却显得有几分持重,棕色的、黑色的都远远近近地站着。两匹已经上了鞍的马,头对头站在一起,好像准备好了要出发。倒是有一黑一白两条狗,性情浮躁地嚷,有一条甚至像一道黑色的闪电冲刺而来,狗眼冲着孟,在十米开外怒吠。孟感觉脊背一阵阵发紧,身体缩向后面的车,威成·叶森冲那狗说:"去!瞎了你的狗眼了!"

黑狗还是叫,威成·叶森顺势弯下了腰,捡起一块石头,黑狗突然像是倒吸了一口气,真的明白自己认错人了,示了软,低下脑袋,哼哼唧唧地把它黑色的身体绕向威成·叶森的腿,还偷着看了几眼孟和胖古丽。叶瑞克笑笑说:"孟姐,这家伙刚才一定是把你俩当成小偷了。"直到这个时候,孟才看到一路走来的叶瑞克脸上挂了笑容,但此时这笑容看上去有点儿失礼,主人家的狗咬客人,主人脸上却挂了笑,总是不大有礼貌的。孟就不高兴地瞥了他一眼。

这个时候,尤莱·叶森从一头大骆驼身后绕过来,跟孟和胖古丽问过好,让威成·叶森把车钥匙给叶瑞克开车回村去。叶瑞克也不说啥,从车上卸了孟的旅行背包,拿了威成·叶森的车钥匙,上了车,发动了引擎,扬起一溜儿尘土走了。车离开时,轮下又激起了一些碎石,那条黑狗跟着跑了一截子路,好像要跟着走的样子。一会儿,车远了,它就又回来,蹲下身看着车离去,还例行公事地叫了几声。

孟问尤莱·叶森:"您不让叶瑞克帮您一起转场吗?"

尤莱·叶森回答:"不用。"

孟问:"为什么?"

尤莱·叶森没有回孟的话,而是换了话题说:"孟,不好意思,要辛苦你了呢。怪威成多嘴,害得你跟我们受这苦。"

威成·叶森笑着说:"你看你,哥,你要感谢我多嘴才是。有两个美女村干部跟咱转场,咱脸上多敞亮啊。"

孟说:"不不,我是来学习的。"

尤莱·叶森说:"这活儿有啥可学的,就是把东西驮到骆驼背上去,然后赶着那些一身毛的畜生,往它们要去的地方走就是了,要苦了你了。"

尤莱·叶森正说着话,就听一峰大骆驼长长地叫了一声,孟循声望去,见是一峰卧着的骆驼,旁边的一个男人正往那峰骆驼背上捆一个大包裹,看上去应该是毡房的龙骨。那龙骨显然还没有搭好位置,偏移了,正往下滑。骆驼吃不住劲,就向天伸长了脖子,或许是龙骨弄痛了它。那个男人站在骆驼的另一侧,把腿顶在骆驼的肋骨上,把滑向一边的龙骨往回拉,尤莱·叶森和威成·叶森拔腿跑过去,三个男人又拉又推又拽,把那偏移了的龙骨又摆正了。胖古丽笑着说,孟,牧人搬家就是这样,他们自己拆毡房,然后自己搭毡房,搬家的就是这些骆驼。这个时候,一个在土灶旁忙碌的女子向她们举了一下手中的碗,又指指土灶旁的一个烧茶的壶和一块地毡上的小茶几上放着的食物。胖古丽笑笑说:"孟,她叫咱们过去喝早茶呢。"孟便向那个女子微笑点头,示意一会儿过去。孟走向刚才那峰骆驼,看着三个男人把骆驼背上驮的毡房龙骨捆了又捆,她就拿了手机不停拍照,又拿手机拍小牛吃奶,母羊宠羔,小羔撒欢,公羊打架,马迎向红日嘶鸣,还有那两条守责的狗不经意间温柔下来的眼神,当然还有那个女子逆光中操劳的背影。

要驮的物品基本上都上了骆驼背了,大家就围着那块地毡上的茶几旁坐下,露天喝早茶。四月底的清晨还带着些许寒意,茶刚倒进茶碗里,很快就会凉下来。那女人就不停地劝大家趁热喝。从女人的丈夫和尤莱兄弟的谈话中,孟得知尤莱·叶森家的羊有近二百只,土牛十多头,马七八匹,骆驼八九峰。这些牲畜除了有十只羊是这对年轻夫妇的,其余都属于尤莱·叶森和叶瑞克家的,那十只羊也算是年轻夫妇的工资收入。这对年轻夫妇是外乡人,来白水台打工。代牧就跟在农户家打工一样。在尤莱家代牧,一年可以赚五只羊,外加月工资三千元,尤莱·叶森还提供粮油米面、叶森家传的那顶毡房、冬营地的房子和春草场、秋草场的房子。尤莱·叶森一家冬天住在白水台村的安居房,待夏天到来,就去夏营地避暑。尤莱·叶森一家几年前还是全游牧的,现在定居了。当然,牛羊转场的时候,尤莱·叶森还是要亲自参与,帮代牧的年轻人转场。转场的时候,威成·叶森也会来帮忙。白水台人家有一些也像尤莱家一样请人代牧,也有不代牧的。牛羊转场是牧人一年中最大的事,随便不得。早年,白水台人家甚至把牛羊转场变成了盛事,或看成一次盛大的仪式,隆重而又神圣。或者牛羊先行,或者驼队先行。驼队里,让哪峰骆驼领头,哪峰骆驼压后,都有讲究。驮物的骆驼也被人分了三六九等,地位高的骆驼身上的披挂总是要好一些。骆驼背上毡房龙骨的走位和马鞍上的装饰也有讲究。除了这些,老人的坐骑是走在驼队的后边还是走在驼队的前边,男女主人的坐骑是走在后还是走在前,都有说道。大概也基于这个缘故,一到转场,尤莱·叶森必定亲自出马,还要叫上威成·叶森。毕竟,这事涉及尤莱·叶森家财产安全,就好比农家地里种下了麦子,或玉米大豆,农家定要防范病灾虫灾。况且,在白水台,转场并不完全是牧户家的大事,更是全村、全乡甚至全县的大事。因此,每到转场时节,乡政府、村委会一定会安排各乡各村牧户,严格按照规定的牧道、规定的日期有序转场,不仅要保全牛羊,还要保护好牧道和环境,包括转场前期、中期和后期牛羊的防疫,以及牧民的卫生救护,统统都会跟上。威成·叶森当年在县兽医站工作的时候,每年的主要工作之一就是做好牛羊的防疫工作,比如从春牧场转夏牧场前给牛羊集体药浴。所以,转场这样大的事情,尽管尤莱·叶森已经让人代牧,但转场时还是要亲力亲为的。

孟听着尤莱·叶森兄弟的讲述,感觉叶森家的天地真是广阔,牛羊繁多,但是游牧的生活也真是辛苦。他们家的冬营地靠近准噶尔沙漠北缘,夏营地又远在阿尔泰深山,来回六百公里,便想起阿斯喀尔曾经说过,世上搬家次数最多的是白水台的牧人,走路最远的也是白水台的牧人。她又想起自己喜欢的电视纪录片《人类星球》中北冰洋驯鹿人过海转场的画面,不禁倒吸一口冷气。她曾听阿斯喀尔说,如果也给白水台人家转场拍个纪录片,场面一点儿不会比北冰洋驯鹿人家逊色。从电视里看驯鹿人过海转场还不觉得有什么了不得,但当自己身临其境,耳闻目睹,看着满目牛羊,再看看这高天厚土,孟感觉这一切恍若隔世,白水台人家转场将被她亲眼看见、亲身体验到了!她下意识地问:"这么苦的活,刚才为什么不让叶瑞克也跟着走,而放他开车回白水台?"

尤莱·叶森和威成·叶森相视一笑,尤莱·叶森说:"我和威成就可以了,何必让那娃跟着受累。夏营地到冬营地,冬营地到夏营地,也就这点儿路。我们从小走惯了。其实,叶瑞克也是在这转场路上长大的。现在他另有营生,他媳妇开了小店,他自己要开线路车。所以最好让他去照顾老婆孩子和他的营生。"威成·叶森也笑着说:"叶瑞克是我二哥的宠娃,这宠娃早吃不得这般苦了。"孟听得有点儿懵,本想反问叶瑞克为什么是宠娃?自己很快又想明白过来,这一定是说,叶瑞克从小没父亲,所以家里人都宠着他。

露天地里喝过早茶后,时间已经不早了,按常理,太阳东升之前,驼队就该起步了,今天由于等孟和胖古丽耽误了一些时间,不过也无妨。牧人夫妇和尤莱兄弟很快收拾了家什,转眼间各自都上了马背。他们也为孟和胖古丽准备好了马,就是刚才孟下车的时候看见的那两匹头对头站着的马。尤莱·叶森带孟走向一匹高头大马,那马见有陌生人走向自己,竖了两只马耳,把马脸转向孟,满是温情。孟感觉在哪儿见过这马,很快想起来了,这马就是那天黄昏在村旁的白水河边见过的马,她还给它拍过照。孟笑着说:"我见过这匹马对不?尤莱叔。"尤莱·叶森应着:"正是它!"孟就又拿了手机给马拍照。这会儿马是迎着红日背着蓝天的,孟拍了一个马头特写。日后她再次欣赏这张照片时,惊奇地发现自己的影子映在马的左侧眼珠里,被马的棕色睫毛掩映着,而马的大嘴角微微上提,颇有几分媚态。

孟便问:"这马不是在村里吗,啥时候到这里来了?"

尤莱·叶森说:"我昨天骑它来的。我和它都想转转场。"

威成·叶森也笑着说:"有句话是怎么说的来着?老马识途!我哥和他的马,都识途的。"

尤莱·叶森只是笑笑,然后示意孟上马。孟看看马,心中有些胆怯。虽然骑马这件事对她是充满诱惑的,但当真的面对马的时候,她是怕的。毕竟眼前的是一个大动物,或许人家有自己的想法,万一不认她这个陌生人,肩头一抖,把她扔到地上去的可能性是有的,或者索性带着她狂奔。如果那样,她可是一点儿招都没有。尤莱·叶森执意示意她上马,他的大手扶了孟的胳膊,孟就伸了两只手抓住马鞍前后的鞍桥,左脚尖插进铁马镫的环,然后用力把身体向上,右脚离开地面,头两次没有成功,身体又沉又笨像装了沙子的大袋子。自己有这么不灵巧吗?这样想着,自尊是有点儿受伤的,她便再次努力。这时尤莱·叶森在她的右臂处用了力,孟就一下翻上了马背,稳稳坐在马鞍上,准确地说是尤莱·叶森把她推到马背上的。这边尤莱·叶森忙着给她整理缰绳,那边就听威成·叶森说:"孟,我哥专为了你把这匹马从村里骑过来的。它是一匹见多识广的马,你骑一会儿就知道了。"

这个时候尤莱·叶森手中一短一长两根缰绳就已经递到了孟的手里,然后尤莱·叶森在马脖颈上轻轻地拍了拍,马的蹄下就开始动作了。

尤莱·叶森说:"孟,你可以用短的这根绳调整马头。"

孟没有明白,看向威成·叶森。他也上了一匹马,扭着头看向她,笑着说:"那根短绳就是方向盘。"孟悟性高,一下就听明白了,就试着拿短的绳向左又向右,那马果然就向左又向右了,很是听话。

孟可以自己驾驭一匹马了!

这个时候,胖古丽、尤莱·叶森还有整个驼队都起程了。

威成·叶森骑着马走在孟的左边,右边是胖古丽,孟感觉好有趣,他们俩有点儿像护航舰呢,这使她不再紧张。她这才注意到,自己胯下的这匹马原来是棕红色的,有结实的身板,厚实的马鬃搭在它脖子的一侧,像美丽的秀发,马鞍上垫了一层厚一点儿的鞍褥。这是孟有生第一次真正骑在马背上。前几次都是在旅游景点上,那纯粹为了消费消遣,而这一次是为了真正的体验,是认真的、真实的,有着如同田野调查一般神圣的感觉。此时,在孟的体验中,马的体温和血脉就在她的小腿肚上感知着,而这马好像一条长长的大鱼,缰绳就像船舵。孟想到动物园骑在海豚背上的演员是否就是她现在这种感觉。此刻的她将骑着这只"大海豚",像白水台的牧人一样游走在大海之中。但是,她真的已经坐在马背上了,为什么旁边走着的威成·叶森、胖古丽,还有牧人的妻子,却会向她投来些许调侃的目光和善意的笑。孟就对自己说,他们是把我当弱女子看了,那我得让他们知道,我会没事的,不会被马带跑的。果然就听威成·叶森笑着说:"孟,今天保护你的人,是我们三个。"

孟听得明白,三个人,就是威成·叶森、胖古丽还有牧人的媳妇。

威成·叶森的下一句是:"我们三个护着你,牵着驼队走,我哥和牧人要赶着牛羊走。"

孟明白了,威成·叶森是说,牧人转场,驼队不一定跟牛羊一起走。

这样,驼队就跟牛羊渐渐拉开了距离,走到前边去,向着天北方向的黛色山际去。尤莱·叶森和牧人赶着的牛羊落在了后边。孟坐在马背上,感觉胯下的马骑得很自在,它一副见多识广、心有城府的样子,驮着她稳稳往前去,马鬃随着步伐抖动,她的全身也跟着马的步伐有节律地晃着。在她的身旁,牧人的媳妇骑马牵着九峰骆驼,骆驼们高昂着它们的头颅,一峰连着一峰,驮着毡房的龙骨、毛毡以及其他家什。有空桶或茶壶摩擦到了什么,发出"哐啷哐啷"的声响,而骆驼们圆而厚的大脚踩着砂石地,声响厚实又柔软,"噗噗噗噗",好似抚摸大地。孟暗自喜悦地在马背望向天,湛蓝得仿佛不真实的天空让她有一种浪漫到无法言语的体验。一个人如此这般行走在旷野,才能感受天地的存在。在这里,天仿佛是圆的,包着地;地是平的,兜着天,无边无际。移动着的牛羊也像游动一般,尤莱·叶森和那个牧人的牧号远远近近,旷古盖世般在天地交响。回头望去,马背上的他们仿佛电影中的牛仔,在那浮游于苍茫大地的牛群羊群间穿梭。一黑一白两条牧狗跟着他们,也像海蛇一样游动。

忽然听威·叶森成大声说:"我们叶森家,要禁牧嘞!"

孟回过头看他,她显然没有听明白,问:"什么?"

威成·叶森正在她身后跟着,坐骑的长鬃被风吹起来:"我是说,我们叶森家要禁牧呢!"

"禁牧?"

威成·叶森的马跟了上来,与孟并排同行:"老天有问,老地自要应答。"

孟的眼睛亮了一下,看向威成·叶森:"讲讲嘛!天问啥了?地又答啥了?"

威成·叶森笑着说:"我哥尤莱说了,天苍苍,地茫茫,万物生生不息,人长了吃饭的嘴,如果不自觉、不自省、不自律,天就会穷尽,山就会穷尽,水就会穷尽,最后,人自己就穷尽了。这叫天有天的说法,地有地的说道。"

孟兴奋起来,好一个哲学的话题!她感兴趣的话题竟然出自尤莱·叶森——一个牧人之口,便饶有兴致地说:"说下去!"

威成·叶森把半个身子斜坐在马鞍上,左手拉着缰绳,右手挂着的马鞭随意地垂下来,哼了两声民间小调说:"我哥是个有趣的人嘞。胖古丽他们都知道的,是这样不?"胖古丽笑着说是的。威成·叶森又说:"他懂天空的话呢。我小时候曾听他讲,老天爷当年造物时,曾给了人、猴、狗还有驴一样的命数,都是四十年。大家的命数虽然一样,但老天却给了人特别的恩惠,赐给人心智和高贵的名分,而且把人叫'人类'。可是人类不甘心啊,很不情愿自己的命数跟动物一样,这样势必管不住它们,就去找了老天爷。老天爷就想是不是该多给人一些命数。没想到狗也来找他,想法却跟人类不同,说如果自己不跟人类同龄同岁,就不用给人类当奴仆,为他们看家护院了。驴也找到了老天爷,说如果自己不跟人类同龄同命,一辈子就不用为人推磨碾谷子了。猴也找了老天爷说,我宁愿少活,也不想一辈子让人类戏耍取乐。这样,老天爷感觉动物的心智要比人类高,而且动物确实需要人管着,就把狗、驴、猴的命数拿出来给了人类,让人活到七老八十。"孟听着忍不住笑起来,敢情人的寿数是狗、驴和猴给的。

威成·叶森笑笑说:"我哥说所以人要知感恩呐。"

孟听得出威成·叶森的意思,他说的是人与自然的关系问题,认可道:"同意!"

威成·叶森看向孟的手,提醒她说:"小心,别把缰绳拉得那么紧,不然它会以为你有什么事要停下来。"

"哦,是这样!"孟意识到自己果然把缰绳拖得很紧,就放得松了些,马甩了甩脑袋轻步走起来。

驼队依然行进,马蹄下有四月的马蛇刺溜刺溜地一蹿而过。它们正在寻找这荒野上的早春苏醒的虫。孟身下的马并没受惊吓,而是稳步向前。孟心里踏实,她本想继续顺着刚才威成·叶森的话题,听他讲他哥哥关于人与自然的话,威成·叶森却像水里的鱼,一下就忘了七秒前的记忆,换了话题反问她:"孟,你有没有发现绵羊和山羊有什么不同?"

孟答:"这个应该一看就能看出来的吧?"

"你说嘛!"

"山羊长有角,还有胡子。"

"那还有不长角秃顶的山羊。"

"对,那就应该是……母羊不长角。我读过一篇女作家的散文,说长角又长胡子的公山羊像智多星,能当领头羊,带着羊群转场或找上好的草地去吃草。但它们也很诡异,有时候倚老卖老,会把羊群带到狼窝里去。"

威成·叶森呵呵笑起来。孟问他笑什么。威成·叶森依然笑,说:"一只多智的公山羊在一群狼面前,只能是只绿头苍蝇。它哪有那个能耐给狼当对手啊?倒是它们把自己肚子吃饱的本事不小。平地上吃不饱,它们就会跳到崖上找吃的,找崖壁上最鲜美的草吃掉,它们的舌头和嘴皮比人的手指要灵巧百倍。所以,人到了七月能吃上一碗山羊羔肉汤就等于养生了,因为那汤里全是中草药。相比之下,绵羊真是笨到家了。绵羊和山羊的不同之处,除了角和胡子,还有它们的毛色。常人不大注意的是,山羊吃饱时,两肋的肚皮会鼓起来,而绵羊再怎么吃,也只鼓出一侧的肚皮来。"孟下意识地应着:"好新鲜! 还有这样的事?"威成·叶森说:

"你可以自己看看嘛。孟,知道为什么会这样吗?"孟笑着说:"我哪知道啊。我甚至没有亲眼见过绵羊肚皮鼓起来,咋能知道为什么会这样!"

威成·叶森笑着说:"我告诉你吧,那是因为,绵羊是一群长了毛的魔鬼。"

孟一下被他说懵了,胖古丽也在一边笑。这是孟生平头一次听人讲天生温顺、任人宰割的绵羊是魔鬼!

威成·叶森拉开话匣子说,有一个牧人住在一块水草肥美的山上,养了很多绵羊,羊越养越多。为了养好它们,牧人每天天没亮便早早外出牧羊,日落西山,才收工牧归。他感觉自己已经非常尽心了,因为他的天职就是牧羊,但是绵羊们的肚子总是不像山羊那样很快就吃得鼓起来。有一天,他小心地问绵羊,你们是不是没有吃饱啊?绵羊说是没有吃饱。牧羊人感到很愧疚,责备自己还不够勤劳。于是,第二天牧人比往日起得更早,赶着羊群去了水草最肥美的地方,让它们吃了最鲜嫩的青草,喝了最清澈的溪水。然后,等天空亮满了星辰才赶着它们回家。问它们是不是吃饱了,可是,羊们依然回答说没有吃饱。又过了几日,一切依然如故。牧人就找到了羊神乔番那里,问怎么他的羊们总是吃不饱。羊神乔番也觉得自己没有尽职,想到自己是不是给了绵羊们错误的指令,决定亲自牧羊几日,以纠正错误。但几日之后,羊神乔番发现自己的经历竟与牧人一模一样,无论他怎么努力,希望改正自己的错误,让绵羊感觉吃饱喝足了,肚皮也鼓起来了,却一点儿也不见效。羊神乔番就动了怒,罚绵羊永远也不要吃饱,肚皮永远不要鼓起来。

这一回轮到孟笑了。对孟来说,这种故事真是给人一种久违了的愉悦感,充满了童真和童趣。这是她儿时读《东郭先生与狼》《农夫与蛇》《阿拉丁神灯》还有《木偶奇遇记》的那种感觉。想不到在这样一个有点儿蛮荒的天地里,自己又触摸到了那份感觉。它是那么真实,不像田园牧歌那样洋溢着诗情,而像一把酥软的沙土。就在离驼队不远的后方,那些瘪了肚子永远也不会感谢主人的羊们,正为了另一片草地而去,尤莱·叶森和牧人簇赶着它们。它们细而短的四肢支撑着身体,走得很专注,低着头,伸着脖子,迈着碎步,要走数公里。这个时候,孟又自然想起阿斯喀尔曾说,转场不是牲口跟着人走,而是人跟着牲口走。不是人要转场,而是牛羊要转场。听了威成·叶森的故事,孟明白了,威成·叶森其实还是在讲人与自然的事情。

威成·叶森又说:"我们叶森家的牛羊这些年真的有点儿多了,夏草场超载了,蹄割草。"

"蹄割草?"孟问。

"就是羊的蹄子像刀一样割了草根。"胖古丽说。

威成·叶森说:"我是个兽医,职责是救死扶伤。但是,这些多毛的魔鬼多了并不见得是什么好事。它们的小尖蹄子会把草地的根——大地的肉都刨出来。白水台老话说,那叫遇了刀蹄祸。这些笨蛋可不懂爱惜草地,也不懂给它们的后代留下点儿吃的,所以我们要管住它们。我二哥尤莱要禁牧。即便不是政府主张,不发补助,他也会这么做的。他爱白水台夏营地,就是爱他的生活。"

孟听着心里感动着,温暖着。

他们就这么一路走一路说。胖古丽跟牧人的妻子走到驼队的前边去了。胖古丽是村干部,有见识,懂得给下沉的干部更多的时间和空间跟村民说话。威成·叶森说这么一路的话,其实是不想让孟路上寂寞,想着法找话给孟说。但他说的话,都是孟最想听、最想知道的。

这一路,日头越升越高,暖暖地晒着人的脊背。孟知道了她的包户家更多的故事,那不是她抱着册子,拿着笔,敲几次包户家的门就能了解到的。从威成·叶森的述说里,孟知道了叶森家在白水台确实算得上很有家底的人家了。不但家底好,人前也有脸面,受人尊敬。这一切来之不易,说起来威成·叶森很是佩服二哥尤莱·叶森。大哥胡安·叶森离世后,是二哥把他们这个家的天撑起来的,所以二哥是他的主心骨。他们兄弟共三人,父亲很早就去世了。那年,他们家在从春牧场往夏牧场转场的路上,也就是他们今天走的这条路上,突遇寒流来袭,为了保护转场中的牛羊,父亲受了寒,加上过度疲劳,得了感冒,后来转成了大叶性肺炎,病菌侵入了肺泡,等牧业小队的人得到消息,派了人送父亲去地区医院救治时,父亲已经不行了。那个时候,大哥胡安·叶森才十岁出头,尤莱和威成还都小。而那些牛羊是集体的牲畜,大概二三百只。父亲是个很有集体意识和集体荣誉感的人,曾当过县劳模,他是不会让集体的财产受损失的。白水台牧业小队在夏营地为父亲开了追悼大会,那天全队的人都来了,报纸上还刊发过父亲生前的照片,准确地说是他们的全家福。父亲一生只有那一张照片记录了人生痕迹,那张照片还是县照相馆的人学雷锋,下牧区巡游,住在他们家时拍的。摄影师是个上海人,人很瘦,喝不惯奶茶,但他做事很细。拍照那天,摄影师让父亲、母亲和三个孩子一起照,父亲和母亲坐在中间,大哥和二哥站两边,不满周岁的威成·叶森坐在父亲的腿上。父亲戴着一顶褪了色的解放帽,帽檐有点儿塌,母亲围着头巾,一家人身后有印着天安门城楼的幕布,那是上海摄影师特地给他们家开的小灶,专门搭在毡房上的。通常在别人家照相的时候,摄影师直接用毡房,或把山、松林、岩石、水、草地、牛羊等为背景就照了。大概是因为在他们家住得比较惬意，特意拿了他的宝贝搭在毡房的外壁上，费了好一阵子心思才挂上。那张照片就成了叶森家上好的摆设，放在相框最靠上的位置。每次转场搬家，都是母亲的心爱之物，总是被她小心收好了，放在木箱里，然后驮到骆驼背上去。到了新住地，母亲也是最后才把相框拿出来，放到毡房上首的高处。父亲去世后更是这样。有了它，就好像父亲没有走，无论牧场怎么转，走多远，搬多少次家，母亲都是这样精心呵护那相框。后来，母亲也因病离世了，那相框就被大嫂护着。

多年之后，大哥因为意外也去世了。他去世的前一年，好像得到了预知般，他们一家从白水台夏营地牧场下山，也就是从夏营地往秋营地转场的路上，在阿苏达坂下，路遇两名记者，硬是让全家人在转场路上又照了一张全家福。威成·叶森记得很清楚，照那张全家福时，大嫂有些迟疑，躲着说算了算了，不照了，但最终还是被二哥说动。那次二哥和卡米拉也跟着下山，他们俩负责给边防连牧一群羊，二哥头上还戴着一顶军帽，那时戴军帽是时尚。二哥说他们一家能一起照相的机会不多，就照了那张全家福。那张全家福的背景不是毡房和幕布，而是驮着毡房龙骨的骆驼们。照相时，二哥曾说用一群骆驼做背景不好，但那两名记者硬是要求照了，说有骆驼才更真实，才充满生活气息。心中不大情愿的大嫂席地坐在中间,大哥、二哥、少年威成和两岁的叶瑞克围坐在一旁,叶瑞克的姐姐坐在母亲的腿上。这两张照片尤莱·叶森一直保存着,还像当年住毡房时一样,放在老相框里,挂在白水台村家里的墙上。孟说她看过那两张照片,是第一次走访时看到的。照片上,大哥和二哥的笑容满面,其余几人表情呆滞。后来,威成·叶森曾问过大嫂,那天为什么不配合照相?大嫂告诉他,她不想像公公和婆婆一样,身影在相框里,人却已经不在毡房里。没有想到的是,第二年上阿苏达坂的时候,大哥就遇难了。后来,大嫂也离开了。

尤莱·叶森就接力大哥当了家长。第一轮草地承包时,母亲让大哥以家长的名义做主签了字。到第二轮土地承包时,大哥遇难了,母亲也在他之前离开了人世,尤莱·叶森就签了字。若论经营一个家的能力,大哥持重矜持,二哥有心力也更有定力。因为父亲当年留下的传统,虽然大哥留下了孤儿,但二哥就像一只老母鸡,把家人、牛羊、草场都当小鸡护着了,成为一个真正的养家人。第一轮承包时,家里分得的近百只牛羊也被他在八九年内壮大到二百多只,给村里乡里都长了面子。

直到前些年,尤莱·叶森家的牛羊头数还一直稳居白水台人家前位。尤莱·叶森曾与威成·叶森商量,卖掉一些牛羊,压缩数量,不然草场要裸露了。草地毕竟是牛羊的奶妈。尤莱·叶森和威成·叶森商量这事,主要还是从草地本身的耐受度出发的,并没想得太远,比如想到关于环境、气候这些挺大的话题上去,对他尤莱·叶森这样一个普通的牧人来说,那些话题显然还是大了一点儿。但不管怎么说,在前三年,他确实想到要把牛羊的存栏数削减百分之三十。巧的是,这一发自他内心的决定,竟跟上级想到一起去了。有一天,村委会开会,动员村民自愿减少牛羊头数。尤莱·叶森就像当年的父亲一样第一个签了字,这事还上了电视。让威成·叶森这个曾当过公务员又当兽医的人,脸上多少有些光彩。这样,他去巡医的时候,跟牧人们说话时,底气也是足的。比如,劝牧人们不要只想着多牧,也想想办法,听政府的搞些舍饲养畜的营生,一来保护了草地,二来开玩笑说他们这些做兽医的也不会太辛苦。

　　威成·叶森就这么走一路说一路,孟也一路听着走着,但还是觉得路很长很长。她胯下的马身体好像松弛了许多,这让孟意识到,刚上马那阵儿,这匹马其实是有些紧张的,那是因为她自己紧张,才把马也搞得紧张,身体吃紧。而此时,她放松下来,马也跟着放松,只当它驮了一个普通的牧人。这才是一匹好马,懂得坐在背上的人的感受。只是一旦让自己松懈下来,孟却感觉有些不大受用,肚子有点儿疼，就好像肚子是一个空桶，里边装了半桶铅水，马一走，那铅水就晃荡起来，又沉又重，撞着她的腰，撞着她的肾和肝脏。她想是不是可以给威成·叶森或胖古丽说下马歇息一下，活动一下腿脚，但是，又默默地忍了。威成·叶森、胖古丽和那个牧人妻子都曾问过她，意思是如果累了，大家可以下马的。孟只忍着说没事，挺好。走着走着就后悔了，应该停下歇息才对。

这样，差不多就走到了下午三点，路上不吃不喝约五个小时，驼队终于要停下来了。准确地说是尤莱·叶森从驼队后边赶上来，让威成·叶森停下的。羊群早已被驼队远远落在后边。骆驼和马比羊群走得快。尤莱·叶森骑着马赶上了他们，一个劲儿跟威成说着，孟真是了不起，从来没骑过马的人，跟着驼队走了三十多公里路，真了不起，就是白水台的人也不一定能像孟这样走。胖古丽也跟牧人的妻子说，孟一点儿架子也没有，像白水台的女人。只有威成·叶森没说什么，扶了孟下了马，问她难受不？尽管感觉全身的骨头和肌肉都已经僵死了，两条腿像木棒子，但孟还是强忍着说没什么，挺好的。尤莱·叶森看了看天，又看了看手机上显示的时间，想了想，然后命令队伍停下，就地扎营了。

那些骆驼就在尤莱·叶森、威成·叶森和牧人妻子的吆喝下，一峰一峰卧下。它们卧下的时候，发出长长短短的叫声,松垮垮的嘴角喷着白沫,有几峰骆驼甚至不大厚道地排了粪球,那些粪球倒也精致,瞬间就有几只苍蝇落在那些精致的排泄物上。

这个时候的孟,感觉身体已经不是自己的了。她坐在一捆被花毡包裹的被褥上,只觉得浑身僵硬,腰和两肋好像裹了一层铠甲或铁衣,衣服贴在皮肤上,像被铁磨的一样难受,悄然想起基督山伯爵落难时,曾穿着铁衣,还戴了个铁面具。事实上,无论是铁面具还是铁衣,此时此刻对孟都不是什么大事,要紧的是她的两条腿,她的腰,她的肚子!它们僵硬着,不能收拢,大腿内侧还有小腿已经被马鞍磨烂了,而这个情况,无论如何是孟不想让人知道的。

叶森兄弟、胖古丽和牧人的妻子一直在忙碌,没用多长时间就搭起了一顶简易的毡棚,还搭了一个地灶生起了火,茶壶和锅也都架到地灶上。地灶是牧人的妻子和胖古丽用十字镐挖的。两个灶口,一大一小,紧紧连着,小口在后边,放着茶壶;大口在前边,架了一口锅,有几块羊肉已经被牧人的妻子投入锅中,青色的烟便漫向四周。

这个过程大概用了近两个小时。孟一直坐在那堆行李旁,胖古丽给她铺了一块花毡,让她躺下,舒展一下身板。孟就躺下了,想看一会儿手机,但没有信号,她就把手机放在一旁,目光投向天空。天空很蓝很蓝,像深不见底的海,而且没有云,也没有飞鸟,空空荡荡,只是一味地蓝,一味地空。这种感觉会让人的大脑变得空旷,无边无际,人间喜怒哀乐,烟火气息,城里嘈杂,车流人流,一切的一切都像变得虚无了,她的眼皮就渐渐沉下去,继续沉下去,再沉下去。

不知什么时候,有狗叫声响起,听起来遥远缥缈,是从宇宙深处传来的吗?带着广袤的电磁回响。然后,有一些急促的气息喷着孟的脸。孟在城里住的那个院子有一只流浪的小狗,孟把吃剩的饭给它,它就会发出这种声音。孟突然惊醒了。果然看见早晨见过的那只大白狗就在自己身边,长条条地卧着,还张着嘴,伸着长长的舌头。那舌头红红长长、松松垮垮、柔软顺滑,像是要掉下来一般。孟全身的血液猛然冲向头顶,她想喊,但喊不出声,惊恐万分地瞥向那狗。那大白狗却把脑袋,准确地说是把那张会咬人的嘴放在两条前腿上,收回了松松垮垮的舌,眼里露出浓浓的媚态,这倒让孟紧张的身体悄然放松下来。那只大黑狗也在这个时候在离大白狗十多米远的地方蹲坐下来,例行公事地叫了两声,然后卧下了。

孟慢慢地坐起来,好像生怕惊动一只正在喝水的鸟,或者惊动一条水中的鳄鱼,突然就扑向自己。但大白狗却向她温柔地看着,喉咙里发出哼哼唧唧的声响。这个孟明白,大白狗已经不把她当外人了。果然就听地灶那边牧人的妻子说:"您醒了呀,不用怕,它们已经拿您当自家人了。"

孟这才大胆地坐起来,伸了伸胳膊,虽然感觉腰和大腿小腿依然疼痛,但好像比刚下马背时要好些。这个时候,落在后边的羊群已经到了。它们撩起的尘埃在西去的红日映射下仿佛泛着杏红色的烟尘。孟看见一些羊角牛角的剪影定在那红尘中,听到了高高低低的羊叫声。那些卸了驮物的骆驼在约七八十米的地方闲散地站着,那里长着一丛一丛的骆驼刺,是骆驼们最爱的食物。在另一边,他们的马鞍也被卸了,三三两两立着,有几匹马的蹄子上了马绊锁,一匹马正一跳一跳地走向另一匹马。尤莱·叶森为她骑的那匹马的头上套了一个袋子,那个袋子里装的应该是马饲料,孟在村里见过的。那匹马怕是需要特别照顾的,孟看清了,确实是她骑来的那一匹。看来这匹马在尤莱·叶森的内心世界里确实有特别重要的位置。

孟想站起来,然而有些艰难,她下意识地呻吟了一下。胖古丽从刚搭好的半个毡棚里跑出来,她一直在收拾这个毡棚,也就是今晚他们要休息的地方。看着那个毡棚,孟想到自己带的户外帐篷大概是用不上了。想要它遮风挡雨,是比不得那个毡棚的。

胖古丽扶孟站起来,说陪她在周边走走。孟说好的,走走。大白狗就跟着她们,好像已经领了任务,要护着这个并非牧家的女子。孟虽说要走走，但眼前看到的，好像也没有特别新鲜的景物了，到了这旷世的天地，一切都变得简单明了，不同的只是天色越来越暗。这让她感到了有些饥饿。胖古丽说："刚才你要吃点儿东西就好了，你睡着了，就没叫你。你一天没吃东西，真能扛，要是我，我怕是受不了。"孟就问："那你们都吃东西了吗？"胖古丽说："还没有，他们也一直在忙。先搭毡棚，接着羊群又到了。"

　　说话间，天色又晚了一些。几个牧人一天的忙碌总算可以停下来。六个人就坐进那个小毡棚里，吃这天唯一的正餐。食物摆放在一个短腿的小茶几上，品种还算全。牧人的妻子应该是持家的好手，餐具茶壶收拾得利落妥当，奶茶和肉也煮得地道。做饭的水是白天一峰骆驼背上的两个蓝色的大储水桶里驮来的。这顿晚餐简单到根本没有什么菜，除了肉汤里煮的土豆和葱头。威成·叶森说，那些还是他早晨从村里带来的。不知是不是因为一天没吃东西，这顿晚餐真的很香。孟问牧人的妻子里面都加了什么调料？胖古丽笑着说："什么也没有加，就是水，还有盐，一切天然。"威成·叶森也笑着反问孟："你是不是想吃饭馆里的饭菜了？那有什么好啊，都是酱油醋。"孟忙说："没有的，这个饭多好吃啊。"威成·叶森又笑笑说："嗯，吃两天，你就吃不消了。"孟默许着点点头。这样的饭虽然今天好吃，但就这么让她一直吃下去,吃一年三百六十五天,她对自己也表示怀疑的。

不管怎么说,晚餐的香好像不光是孟一个人的体验,大家都吃了很长时间。一大壶奶茶,尤莱兄弟俩,还有牧人夫妇,都一碗接着一碗地喝,喝得额头冒汗,眼窝和鼻子两翼都是汗津津的。那种享受的感觉就像在足疗店泡脚时用中药理疗一样。说起来喝奶茶的感觉更有味,毕竟奶茶里放了丁香。

茶喝入佳境时,牧人点亮了一盏汽灯,孟想起自己带的露营灯,让胖古丽从她的旅行背包里拿出来点亮。露营灯果然是亮啊!那个户外用品店的东北老板没有说错。于是几个人就你试一把,我试一把,把露营灯灭了又亮,亮了又灭。孟说:"尤莱叔,这东西给你吧,你用得着。"尤莱·叶森高兴地说:"好东西,我要了。谢谢你,孟姑娘。"尤莱·叶森打开了牧人用的半导体收音机,炫耀说,这个收音机可以充电,摇一摇这个手把,还可以放电池,总之也是个新鲜玩意儿。尤莱·叶森说这样的半导体他们小时候根本没见过。半导体里正在播一组国际新闻,大概是地中海岸的某个地方又发生枪战了,收音机的扩音器能听到炮声和枪声。尤莱就说:"为什么有些地方总要打仗,那些人好好过日子,养牛养羊不好嘛。像我们这里,大家都想着干自己的活,能听到自家牛羊的叫声,能养自己的马。还有政府干部陪着我们……"

大家都没接话,像是在品味尤莱·叶森言语中的含意。尤莱·叶森的话题有些大。虽然前半句坐在这顶毡棚下的人没几个能说得清,但后半句感恩的话却是大家内心所悟。白水台人都知道生活是用来营造的,就像搭一顶毡房,要有龙基骨、顶杆、墙竿,要把龙骨的天顶撑起来,然后围上墙毡、墙围,盖上顶毡,还要用毛绳加固,这样毡房才能遮风挡雨。毡房是生活的家,也是精神的家,因此要倍加珍惜这个双重意义的家。

大家就这么品味着,喝着茶。牧人的妻子给每个人的茶碗里又续了茶水,还加了厚厚的奶皮。茶碗里的茶越喝越能品出茶香来。

威成·叶森发了话,问孟说:"孟,如果让你整天跟着牛羊走,你行不?"

孟忙说:"不行,不行,肯定不行!在这里,我简直是个废物。"

威成·叶森就看向孟:"逗你玩呢。其实,事在人为,谁都可以适应的。说不定你会是一把好手,比我们谁都干得好。你可能会开个大牧场呢。"

孟笑笑:"何以见得?"

威成·叶森看看她,又看看尤莱,说:"你让我哥算算嘛,他会看卦!会看天,会看云,还会看人。"

尤莱·叶森不悦地看向威成:"你少让我在干部面前出丑。你不是不喜欢我搞稀奇古怪的事吗?"

威成·叶森说:"哎呀,这不今天的活都干完了,又没电视看,收音机人家孟不稀罕,咱总得找点儿事让大家放松一下。不能让孟寂寞。今天你让人家在马背上坐了一天,该休息了,你还让人听外边的羊叫狗吠,不合适嘛。"

"是的,说着玩,寻开心,总是可以的。"孟笑着看向尤莱·叶森,又转向威成,"尤莱叔会看星星呢,那我跟他学。"

尤莱·叶森说:"这玩意儿不用老师教的。不能的!我是从小就会。或者说,我出生之前,它就注入我的骨头里了。"

孟说:"那就看看呗!"

"当真?"

"当真!"

"要是你们到老柯力奇那里告我的状,我就惨了。"

孟笑着说:"不告,不告。"

尤莱·叶森说:"那是小孩子的游戏!"

孟说:"那咱就当一回小孩子。"

牧人的妻子让孟把手伸给尤莱·叶森。孟伸手过去,笑着说:"原来您是看手相呀。我们小时候也玩这个寻开心,什么生命线、感情线、事业线的。"威成·叶森说:"让我哥看看你的感情线,看将来白水台会不会出一个驸马,把孟姑娘接来。"这样,尤莱·叶森就用左手托着孟的右手,右手指在孟的手心里画着圈儿,看了一会儿,食指点着孟右手的大鱼际说:"你是个有善心的人!"孟愉快地笑了,问尤莱·叶森咋就看出她有善心了?尤莱·叶森说:"你看你的大鱼际又高又厚,手心又窝得很深,而且你这大鱼际上的纹路都是发散的,像白水台的白水,都流到低的地方,说明你把能量散发给别人了,把水都浇给别人了,让别人家的牛羊变得又肥又壮。"

胖古丽笑着说:"尤莱大叔是在说,党的干部把个人的时间精力都拿去为人民服务了。"

胖古丽的话在孟的心里悄然送了一阵儿暖风,像过了电,触碰到她心里某个柔软的地方。她的父母都是有公职的,一个当老师,一个当医生,一辈子为人民服务。她自己这些年,求学求职,天南海北地走,对父母关心很少。他们就她这么一个女儿,如今快三十岁了也没找个婆家,害得母亲整天操心,请别人帮忙物色合适的对象,她却一再拒绝。此刻身处荒郊野外,母亲打电话也不一定能联系到她。人总是有最脆弱的时候,但孟不会让那份脆弱露出一点点,就笑笑说:"古丽,尤莱叔看我的手是在拣好听的给我说吧?"

"信不信由你!"胖古丽又建议尤莱·叶森说,"叔,您看看孟的感情线都说了些啥。"

尤莱·叶森摇头说:"那不行。感情这个东西不能用来算,况且像孟这样好的姑娘不用算,好人自己就会找着她。"胖古丽还是建议算算,尤莱·叶森还是摇头,顺手拿起盘子里一块羊的肩胛骨。威成·叶森说:"哥,要不你看看咱们叶森家的财源,看看转场的路顺不顺,会不会遇到什么麻烦。"孟来了兴致,问羊骨头也能占卜?威成·叶森笑着抬了抬眉头,说:"对啊,没有羊骨头不知道的事情。"尤莱·叶森不以为然地说:"胡说!一只羊活的时候就知道嘴巴贴着地皮吃,被煮成了骨头汤就变聪明了?孟,别听威成胡诌,你就权当他是在逗你乐呢。"威成·叶森看向尤莱说:"哥呀,你这一辈子就是个认死理的人,你能听懂羊说话,再把羊说的话转给我们听,不是很好嘛。"尤莱·叶森说:"能听懂牛羊说话的人是兽医!不是我!肠子憋气肚子胀,防疫打虫哪样不是你们做兽医玩的绝活?"

威成·叶森不再跟他哥理论,说:"好好,这事我来说。"

威成·叶森拿了那个肩胛骨举到孟的面前,然后对着露营灯照。那肩胛骨扇面上薄薄的三角区内就透出一些图案来。那些图案好似水墨山水画,焦、浓、重、清都有了,黑白得宜,韵趣横生,尽变奇穷。那些图案的形成是由羊的精血与脂肪在羊的肩胛骨上留下的痕迹。威成·叶森问孟说:"你看出什么了吗?"

孟说:"看到了,好像一幅画。"

"画里有什么?"

"有山,有水,还有流云。"

"不错。"

"那您看出什么了?"孟反问他。

威成·叶森看看孟:"我看出了白水台,看见了很多的牛羊,它们正在转场,你看它们踏出的尘土。"

"你还看出咱们家的羊群了呢!"这是尤莱·叶森在说话,似乎不以为然。

威成·叶森笑了:"这肩胛骨还真说了咱家的事呢。"

"说的啥?"是胖古丽的声音。

"肩胛骨说,尤莱老弟,你别再养那么些牛羊了,差不多就行了,那些长了毛的魔鬼会毁了你承包的那点儿草场!"

尤莱·叶森呵呵地笑了,说:"孟姑娘,威成哪里是在看羊的肩胛骨,他是在看我的肩胛骨。"

牧人和他的妻子也笑了,说:"如果大哥把牛羊减少,不养了,那我俩就得失业,没活儿干了。"

胖古丽接了话:"你们二位不必担心,政府不会让你们失业的。"

这几个放牧人的对话让孟感觉很有趣。这些在白水台长大的普通人,实际上是在用他们最普通的方式,憧憬或者讲述他们的乡土故事。在这乡土故事中,生活是富足而稳定的,他们对大自然的敬畏是发自内心的,这些内容正是她的课题要关注的。乡土珍藏的那份节制和人的自律,就融在他们不经意的谈吐之间,化在他们生活的每一个细节里,正是孟要去发现和挖掘的。时代的变迁,不就在这些普通人的生活中自然生长着吗?孟建议威成·叶森继续讲下去。威成·叶森也不推脱,说过去白水台的牧人就是用这种方式跟牛羊对话的。他说话的时候,还在那块羊的肩胛骨上比比画画,说肩胛骨顶端如果是凹陷的,凹度深,就表明主人家人丁兴旺、畜群满野。如果肩胛骨脖颈处很粗很坚固,表明这家主人身体强壮、精力充沛。如果肩胛骨肩峰很高,肩头弯曲,表明这家人福气满满。这些说法听起来神乎其神,好像那个肩胛骨能预知现实。实际上,它与环境、生态、气候的联系密不可分。风不调雨不顺的年景,牛羊必定皮包骨头,肯定是气血不足的,肩胛骨上留下的痕迹怎么能不淡呢?别说是会呈现云遮雾绕的山水画和遍地牛羊,或许就是片枯草叶子,怕也显不出。所以,拿着肩胛骨卜卦,一定是人的生活不愁吃穿时,需要闲中取乐时,或者要来点儿附庸风雅时,才能玩得起,是精神娱乐的一部分。

果然就听胖古丽笑着说:"孟!在白水台这个地方,啃骨头吃也是有讲究的呢。如果一个男人能把肩胛骨啃得干净利落,那他一定能找个美女做媳妇。"

孟问:"那如果是一个女人啃干净了呢?"

威成·叶森说:"哟!一个女人抱着一个大骨头啃,吃相是不是不大中看?"

孟呵呵呵笑起来说:"确实不够淑女的!"

几个人也跟着笑。

尤莱·叶森插话问孟说:"孟姑娘,你们家那边是不是也这样?"孟笑着说:"好像没有,但是骨的故事倒是早就有了。大家听说过甲骨文吧?"听孟问甲骨文,大家都点头说:"知道的,小学课本里有,我们都学过。"孟说:"聪明的古代人把字刻在龟甲兽骨上,文明就传到今天了。"威成·叶森看向尤莱·叶森,晃着手里的那块肩胛骨笑着说:"哥,看到了?我说这个肩胛骨里有学问吧?里边有文明呢。"然后,他用刀在肩胛骨的平口处开了一个口子,说,"孟,白水台人把这叫开福!说是每次吃过羊肩胛,开了这个平口,福就多多地来了,路也会变得越来越敞亮。"

这一晚,孟感觉自己置身的这小小的毡棚,虽然简陋,却有着满满的地气,充溢着生活的滋味,淳朴、油腻、厚实,不存一丁点儿矫情。此时此刻,在这么一个简陋的毡棚中,艰辛是这么真实,就好像一把沙土,捧在手上,就是一把沙土,粗粗糙糙,冰冰凉凉,却很实在,其他什么都不是!这个晚上,她将与这些生活真实的牧人一起度过。孟听到了毡棚外有一头牛或者一匹马正在撒尿,发出有力的冲刷声,冲击着松软的砂石地面。毡棚门正对着的那个地灶旁,两只狗在毡棚外走过去又走过来,把目光投向毡棚里,目光专注期待却又随意无所谓。尤莱·叶森从小茶几上拿起了刚才的那个肩胛骨和另外一块羊骨,顺手向外一扔,两只狗就地享受起来,好像天下美味,它们正尽享口中。

孟突然就有一事不明白。尤莱·叶森家既然已经不再随四季转场,他们夫妇住在新村,生活有了着落,威成·叶森和叶瑞克也都有自己的职业,阿斯喀尔、柯力奇、老佟说现在白水台人家转场都用汽车了,古老的转场正在岁月的牧歌声中远去了。今天,尤莱·叶森家为何还要把家当驮在骆驼背上转场呢?这样想着,孟就直接问了。几个人先是相对笑笑,而后胖古丽说这是阿斯喀尔有意安排的。在工作队里,孟是唯一没有农村生活经验的人。下沉到白水台后,好奇心让她提出很多问题,被问得最多的人是阿斯喀尔。阿斯喀尔知道孟下沉到白水台,除了真心还是真心。孟想知道白水台的前世今生,想感受白水台的呼吸与心跳,而且不存一丁点儿矫情与造作。阿斯喀尔想给孟创造更多的机会,让她走进白水台的深处,而且,孟给他说过研究课题的事,便有了他跟威成·叶森的一次对话,他们俩从阿里当兵的经历说起,然后说到了这次转场的事。

孟欣慰地想道,这个阿斯喀尔还挺有心的,不动声色,给了她一次随白水台牧人转场的机会。这可是现在那些做摄影的、拍摄纪录片的人求之不得的。难怪阿斯喀尔还卖了个关子给她,让她感觉自己是在求着他阿斯喀尔的,也难怪这一路上威成·叶森一直说个不停。原来机关在此!这比让她像记者采访那样,一问一答白水台的今昔要生动多了,这其实也是一次绝好的田野调查。

孟在心里谢过了阿斯喀尔书记!

这个难得的夜晚,孟又听威成·叶森洋洋洒洒讲了好些话题,如白水台人家的二十四节气。天色越来越晚了。尤莱·叶森对他兄弟说:"威成你就别再缠着孟说个没完了,累了,休息吧!再说你那些陈谷子烂芝麻的故事,讲给孟听,为难她了,听也不是,不听也不是,还是让她早早休息,明早她和古丽还得回村里工作。"威成·叶森就说:"好,好,不说了,不说了。"收拾了餐具,铺上被褥,牧人的妻子问孟是不是要洗漱,孟自然地说不用了。荒郊野外,孟感觉洗漱在这样的搬迁路上真的多余了。她用湿巾纸擦过脸,简单涂了些润肤乳。毡棚里,牧人的妻子还在铺褥子,说给孟姑娘的褥子铺厚一点儿,别让她着了凉。孟就站在毡棚外边舒展了一下四肢。这一天,实在是难为她了。白天在马背上坐了一天,晚餐时又窝在毡棚里个把小时,她的两条腿、腰、肚子都是僵硬的,最难受而且难以启齿的当然还是两条大腿内侧一直到小腿肚上的皮都被马鞍磨破了。

她站在毡棚外,转场的牛羊都已经安静下来,躺了一地,影影绰绰的,除了一些咳嗽声,羊群中没有了白天的喧哗,那两条狗也安静了。只是尤莱·叶森和那个牧人还在几匹马旁忙着,大概是在上马绊锁,或把它们拴到一丛骆驼刺上,以免它们走远了。这应该是牧人一天转场中最后要做的事情。

孟看见尤莱·叶森咬着一个手电筒的环,把手电光打在他的手上,从一个小布袋里拿些东西放进另一个帆布袋子里,然后把帆布袋子套到她今天骑来的那匹马的头上,那马就"嘎嘣嘎嘣"地吃起来。威成·叶森蹲在约两米远的地方一边倒腾着他的兽药箱,一边说那是他哥在给红开小灶。

孟没听清楚:"给谁开小灶?"

威成·叶森说:"给红啊!就是今天你骑的那匹马呀。"

孟说:"它叫红?一个字?"

威成·叶森说:"我哥喜欢用一个字叫名字。那匹马叫红,以前的名字叫风红,后来被我哥叫成了一个字!跟叫你一样。"

孟说:"好听呢。我喜欢。为什么尤莱叔单为它开小灶?"

威成·叶森说:"红是我哥的命!白水台就他一个奇怪的哈萨克——差不多把那匹马当长辈了。"

孟歪着头看着尤莱·叶森,心里有股很温暖的潮流在涌动。把一匹马当长辈,有意思!

威成·叶森说:"那个'小灶'里是苞谷粒和燕麦,营养着嘞。"

孟会意地点了点头,长辈是要好好赡养。

孟把目光投向星空。来白水台后,每晚她都要看看星空,除非天气不好,今晚毫无疑问又是一个享受星空的夜晚。幸运的是,这里一丁点儿灯光都没有,户外店老板推荐的露营灯再亮,在这般星空下依然是弱光。孟看见下弦月微偏西天,拎着一盏明亮的金星。那是金星合月图啊!它们俩好像通往城郊路旁的景观灯,高高挂在夜空,宁静地洒下光亮,让星空变得辽阔,让星星们似乎忽略了自身的光芒。但是孟认识的星座依然清晰,她认出了大熊座、小熊座、牧夫座、室女座,在天顶北面的偏东方向。大熊座就是北斗七星,斗口两颗星的连线指向北极星,斗柄指向东偏北,说明季节已是春中。孟拿出手机,打开照相功能,把镜头对向天空。面对这博大的世界,手机镜头竟显得有些无奈。她滑动手指,想把月亮拉得近些,但是月亮却变成了一条晃动的白光,好像一条白蛇在夜中舞蹈。尤莱·叶森在一旁笑着说:"孟,拍不着的,它们太远了。"孟注意到尤莱·叶森关了手电筒站在她身边,并看向天空问:"你看见那七颗星星了吗?"孟"嗯"了一声。尤莱·叶森接着说:"白水台人把它们叫七个盗马贼。"

孟仰着头,好奇地问:"什么? 七个盗马贼? 为什么是盗马贼啊?"

尤莱·叶森也看着天空:"你看见那颗星了吗?"

"哪颗?"

"就是那颗一年四季都在头顶不动位置的星星。"

孟一听就明白了,尤莱·叶森指的是北极星。

"我们把它叫拴马桩。它还是铁的,是个铁马桩。"

孟想起在村外第一次碰到尤莱·叶森时,他也说过那颗星的名字叫铁马桩,就说:"叔,您说过的。"

毡棚门口透出的露营灯的光亮映着尤莱·叶森的脸。

"有趣。一个拴马桩,七个盗马贼,那它们要盗的马在哪里?"

尤莱·叶森靠近孟,用手指着北极星旁的两颗星星:"那两颗星就是拴在马桩上的两匹马。一匹叫白马星,一匹叫青马星。看!就是它们俩!"

孟看出来了,那两匹马是位于小熊座的β星和γ星。

尤莱·叶森调侃着继续说:"那七个盗马贼够辛苦的,为了偷走白马星和青马星,一年四季都守在那儿不走。它们晚上出来盗马,太阳一出来就不敢偷了,只能回去睡大觉了,到晚上再出来。"

孟呵呵笑着说:"嗯!是够辛苦的。只是,它们这么执着,为什么盗不走呢?"

尤莱·叶森回答说:"那不是有个铁马桩吗?我很小的时候就想,白马星和青马星背上一定骑着两个强悍的牧马人。"

孟会意地点点头,说:"有道理。可是,那两匹马的主人又是谁呀?"

尤莱·叶森说:"看见西边的昴宿星了吗?是那七个姑娘的两匹马,是她们的马。"

孟开心地笑了。原来,在尤莱·叶森的世界里,星空里还有这么多浪漫的故事。尤莱·叶森好像真的有能悟出人心的特异功能,笑着说:"孟,让你见笑了!这都是我们白水台人自己想出来的东西,这里的人肚子装的都是些花花草草、泥巴沙子的土玩意儿!比不得你们见多识广,肚子里的墨水香。"

孟本来想说什么,毡棚门口的胖古丽已经劝她休息了。孟进了毡棚,这才注意到尤莱兄弟和牧人要睡在毡棚外。那里已经铺了几块毛毡、被褥还有皮氅,孟对胖古丽说:"他们睡在外边晚上会冷吧,用我的旅行帐篷不好吗?"胖古丽笑着说:"孟,算了,总不能让他们三个男人也睡在这个小棚里吧。"

这是孟的人生经历中真正把天当被把地当炕的一个夜晚,尽管星空如此浪漫。毡棚对她来讲无非是一层遮盖,就好比坐火车旅行,夜里躺在卧铺上,脸上盖一条毛巾或一块手帕。这个夜晚,天空就是毛巾和手帕。清新的空气里有着牛羊的气味。不时有羊在咳嗽,两条狗为完成任务似的偶尔叫两声。威成·叶森大概和牧人说了什么笑话,两个人呵呵呵笑了一阵儿,然后鼾声响起。过了一会儿,好像有人起来亮了手电筒向羊群的方向照去,手电筒的光影像探照灯在黑夜里晃。毡棚的门帘和外壁并不严实,在这旷野的夜里,任何一束光亮都会被小题大做。那个人好像是尤莱·叶森,他一定去查看羊群了,然后回来躺下。孟想着,这样的生活委实辛苦,哪有电视上看到的那般诗意?到了深夜,不知什么时候,好像掉了些雨点,稀稀拉拉地落下,撞在毡棚上。几个小时前还是星光灿烂的夜空,这会儿就有了雨,好玄幻啊！下雨的时候，依然有人起来，打了手电筒去羊群那边。从响动判断，应该还是尤莱·叶森。等他晃着手电筒的光柱回来，果然听到威成·叶森含糊的声音："哥，睡觉吧，别瞎折腾了，羊走不丢的。"尤莱·叶森悄声应着："好，好好，这就睡。"毡棚里的孟越发感觉这样的生活太过辛苦，真是太不容易了。威成·叶森曾说羊是长了毛的魔鬼，好像是有道理的。为了它们，人疲于奔波。孟这回有体验了。尤莱·叶森一家，还有他们的前人敢情都是这样过来的。

谁知盘中餐，粒粒皆辛苦！

这个有月的夜晚，孟一直不能入睡，但是一生中有这么一个长夜，她也觉得值得。有一阵儿实在睡不着，她便拿出手机和充电宝，给手机充了电，竟惊奇地发现有信号。孟有些激动，回了些微信给朋友，又把白天拍到的图片发到朋友圈。然后，她打开了百度搜索，看到了一段文字：羊肩胛骨是中国历史上几乎所有游牧民族都曾使用的占卜工具。在齐家文化时期，因为驯化羊的大量出现，用羊肩胛骨占卜十分常见，这种习俗此后也被殷商人采用。至元代，《元史·耶律楚材传》记载："帝每征讨，必命楚材卜，帝亦自灼羊胛，以相符应。"然后，她又在百度查齐家文化，得知齐家文化是以中国甘肃为中心的新石器时代晚期文化，已经进入铜石并用阶段，名称来自其主要遗址甘肃广河县齐家坪遗址。齐家坪遗址在一九二四年由考古学家安特生所发现。时间跨度约为公元前二千二百年至公元前一千六百年的齐家文化,是黄河上游地区一支具有特殊价值的考古学文化,其主要分布于甘肃东部向西至张掖、青海湖一带东西近一千公里范围内,地跨甘肃、宁夏、青海、内蒙古四省区。

这样,不知不觉中,大概是长夜快到尽头,孟终于睡去了。她当然是在极度的疲惫中睡去的。

第二天当她醒来时,太阳已升起来。眼前的一切都是昨日的复制,骆驼、牛、羊、马、人都与昨天一样,连要喝的早茶也与昨天一样。不同的是,孟整个人不再像昨天那样置身事外。

红没有备鞍。晨光映照着它红色的皮毛,在它的背上勾勒出一圈金子般的光环。

喝过早茶,威成·叶森的车按时来了,还是叶瑞克开来的。孟和胖古丽要回村了。威成·叶森说他今天要陪尤莱·叶森他们走一阵,等午后有车来接牧人夫妇和毡房去草地,安顿好了,他就去巡医了,做兽医的不可能只顾自己家的牛羊。

孟和胖古丽上了车,叶瑞克送她们回村。车子路过红的身边时,那马看向了车里的他们。

孟笑了笑,饶有兴致地说:"叶瑞克,红看你呢,你也不跟它打个招呼!"

叶瑞克也笑了笑:"不用……它知道我。"

说话间,车已行远,后视镜里红的身影越变越小。

回村的路上,孟坐到前排副驾驶位上,她是想跟尤莱·叶森家的这个后生说说话。孟发现叶瑞克跟尤莱·叶森在某些地方挺像。是相貌吗?好像不是。是个头?有点儿像,他俩都是中等个。走了一段路,问了一些问题,孟终于发现原来是他俩都不大爱言语,比起威成·叶森,他俩的话好像都装在口袋里不肯拿出来,而且他俩脸上都不大有表情,不像威成·叶森满脸都是戏,满舌头都是词。孟问叶瑞克是否转过场。叶瑞克只是看看孟,摇摇头,抿嘴笑笑,不做正面回答。孟的问题在他看来太过多余,白水台人家的娃,咋能没有跟着牛羊转过场的体验?倒是坐在后排的胖古丽说叶瑞克受他叔父的宠呢,虽说也转过场,但不像他叔父尤莱·叶森那么有丰富的转场经历,况且像叶瑞克这样的孩子,小时候就住校读书了,是他叔叔尤莱·叶森亲自把他送到乡小学、中学读书的,每年寒暑假还接他回家,虽有过转场经历,但不深刻。胖古丽用了"深刻"两个字,这是有些意外的。胖古丽这样说着的时候,还从叶瑞克身后拍了叶瑞克的肩,问他:"叶瑞克,对不?"

叶瑞克笑着说:"对,也不对。"

孟觉得叶瑞克有些深藏不露。那次去他家走访,自己对叶瑞克没有太多注意,只把他当作普通的包户,印象深的只是他家的牛舍和牛舍里养的牛,还有他跑线路车的身份。孟曾凭这些印象在记事本里给了叶瑞克一个新农民的定位,尽管孟觉得这个定位还不够有充分的信息和理由来支撑。

路上,叶瑞克接了几个电话,都是约他送人的。叶瑞克有些急,把车开得越来越快,好在车行驶在无垠的戈壁上,除了有偶尔迎面低飞的鸟雀,还有车两侧荡起的连天尘埃,没有什么障碍。尽管这样,孟还是把手紧紧地扣在车窗上沿的把手上,屏着呼吸。这般场景下,哪有聊天的闲情逸致?就听胖古丽在后边大声说:"叶瑞克,开慢点儿!你当车上拉了两块石头?你叔刚才怎么嘱咐你的?他让你把孟安全送回村里。"

叶瑞克笑了笑说:"哦哟,古丽姐,你咋就把我叶瑞克当成坏人了嘛,放心喽,我是想让你们体验一下在戈壁上狂奔的感受,就像参加赛马一样。"

胖古丽说:"我咋感觉你把我们当成泰坦尼克号了。"

叶瑞克这才把车速放慢了一些,笑着说:"看把你们吓的。"

叶瑞克自顾自地开着车,虽然车速放慢了,但孟没有心情跟叶瑞克聊天了。这个叶瑞克跟他的两位叔父不大一样啊。较之上次去他家走访,他的身上好像有更多城里年轻人我行我素的感觉。这是孟对叶瑞克进一步的印象。孟把目光转向车窗外。远处也有一个转场中的牧人家,扬起的大片尘埃中并没有看见驼队,只有羊群。胖古丽说,那也是白水台人家,这几天是白水台牧人集中转场的日子。

卡 米 拉

尤莱·叶森从村委会出来时,看见叶瑞克正往远处去。他本该叫住叶瑞克,但叶瑞克已经上了他的红色夏利出租车,一溜烟就消失在离开村委会的小街上了。

叶瑞克应该是出车去了。

尤莱·叶森站在村委会门口,心绪难平。叶瑞克这个孩子真的变了,变得跟以前不一样了,也就这几年的事情,变得越来越有主见了,证实了尤莱·叶森早年对他的一个猜测——这娃终究会按他自己的主张走。当年他母亲改嫁离开时,他躲到毡房后边看着妈妈离去的眼神曾让尤莱·叶森脊背发麻、感到害怕。这么多年来,那双眼在天亮时,就躲到阳光后边;当太阳落下,又从天空里出来。他刚才在村委会拿出了那个旧文件。那张纸,尤莱·叶森自己都忘掉了,叶瑞克却拿着、藏着它,还有他刚才在村委会的行为,在尤莱·叶森眼里,这个孩子已经不可理喻了。尤莱·叶森这样想着叶瑞克,也恨自己的不可理喻,特别是自己该当柴烧掉的右手!他下意识地看看刚才打叶瑞克的右手,张开手心,看着,又悔恨地闭上眼睛,合拢了手心。这只该剁的手,唉,总是在情绪走到最狭窄的地方,或走到独木桥上,或走到崖顶端时自作主张,出个状况。他年轻的时候,这只手不是这样的呀。也就这些年,就这些年!它总是在不经意间失控。刚才在村委会,它又自作主张,还不止一次。作为一名长者,一个白水台的老人,尤莱·叶森绝不该在村委会这个全白水台人的家,让这只手那么鲁莽,让自己失态。

此刻,尤莱·叶森要去乡上鲁伊万那里拿药。原本可以搭叶瑞克的车去鲁伊万的药店,然后再让叶瑞克开威成·叶森的车把他送到秋营地去的,但是现在,尤莱·叶森宁愿走路,也不会求这个无良的娃了。

尤莱·叶森往村委会外大马路那边走,他想搭车去白水乡。正走着,手机响了,又是威成·叶森打来的。威成·叶森当然是问他去没去鲁伊万那里。尤莱·叶森烦躁地回答说:"没有没有没有,还没有去!还在村里!"威成·叶森听出二哥此时的心情很不好,肯定是在村委会跟叶瑞克没说到一起,两个人闹翻了。也有可能,二哥一冲动又打了叶瑞克。威成·叶森便不问村委会开会的事,也不再用催问的口气跟他说话,而是换了平常的口气商量说:"那好吧,你设法快点去鲁伊万的药店,不然牛怕是不行了,鲁伊万说他又加了一味药,药名我发短信到你手机上了。他昨天回去得晚,也许不在药店,你一定记着让药店的小伙计把药拿全了。一定别忘了。"

然后,威成·叶森挂了电话。

尤莱·叶森停下脚步,打开手机翻威成·叶森发来的短信。短信说治牛伤的药名是祛腐生肌散。刚才尤莱·叶森在村委会时,威成·叶森已经给他发了好几个短信,叮嘱他买这个药。尤莱·叶森眯着眼看短信,他要记一下这个生僻的药名。尤莱·叶森总是记不住药名,还发不好药名的音,无论是医人的药还是医兽的药,他都记不好,还发不准音,跑调。主要是因为那些药名用的字和音都不常听到,什么地塞米松、丁胺卡那,还有左旋咪唑,听起来像白水台人名,可又不是白水台人名,所以很难被记住。平常他家的牛羊病了,多半不用他操心,威成·叶森自己就搞定了。记药名是威成·叶森的专长,无论什么药,他都记得溜溜的。但是,有时候威成·叶森好像也发不好那些药名的音,常被鲁伊万纠正,提醒他发错了音会拿错药。所以,尤莱·叶森也得好好记一记。

尤莱·叶森走出村委会,走到白水台村口拦车,几辆车过后,终于等来了一辆红色夏利车。开车人跟叶瑞克一样也是跑短途的。尤莱·叶森就上了车向乡镇方向去了。这个时候,孟正好跑出村委会小楼。她本是要追赶尤莱·叶森的,阿斯喀尔刚刚给她派了活,限她三天解决这对叔侄的小纠纷,只可惜她扑了个空,尤莱·叶森已经走了。她站在那排展板前想了想,觉得不找尤莱·叶森和叶瑞克也好,先去尤莱·叶森家,跟卡米拉聊聊,或许比去找尤莱·叶森和叶瑞克更能掌握些信息。孟就直奔村南头尤莱·叶森家去了。

卡米拉烧了一壶上好的奶茶,铺了餐巾,上了奶食。奶食里有新制的奶酪,是牛初乳做的,色泽发黄,浸着水分,散发着奶香。她烧的奶茶总是这般散发奶香和茶香,茶上漂的奶皮厚实且有蜂窝。孟到白水台快一年多,已经会分辨奶茶的品相和口感了。这就好比茶道,白水台人家也是讲茶艺的,他们把煮茶或烹茶当作一门生活的艺术,一种修身的生活方式。住进白水台村后,卡米拉跟村里的女人们都在悄悄地提升茶艺和茶具的品质。烧茶的壶,上茶的碗,还有蘸蜂蜜和酥油的小勺,以及台布,都跟着城里人的标准走。茶桌上的这些新鲜玩意儿实际上是叶瑞克的媳妇影响卡米拉的。那小媳妇年轻,喜欢琢磨这些事,自己又做小生意,套路也多。她把小日子过得十分讲究,也让卡米拉把叶森家的大日子过得讲究。只是,叶瑞克的媳妇烧的奶茶的口感和浓稠恰到好处的感觉，包括用丁香的火候，还掌握得不好，比不得卡米拉。毕竟卡米拉是白水台有资历的牧人家的女人，攒了一辈子的经验。孟尽管还不太清楚白水台女人茶道和茶艺的深浅，但她能品味，懂得享受白水台女人关于茶桌的讲究。孟刚走访包户家时，看着一家家丰盛的茶桌，总是让她联想到工作制度和群众纪律，感觉自己每次走访包户都要受到上好的礼遇，回了村委会不好交代。于是，多半是伸出两只手推了又推，搞得包户家好是尴尬。后来，孟听阿斯喀尔说起，这是白水台人家的传统，或者说是白水台文化，因为白水台人家待客礼遇中确实有这个讲究。茶桌丰盛不丰盛，或者说讲究不讲究，呈现的是这家人的生存能力和生存状态。你想啊，如果你去了一家包户，茶桌上只有几片干馕，或两碗能见底的清茶，那日子不就叫过得清汤寡水吗？这样，孟就明白了。从此以后，孟就不再为这事太挂心。只要自己不拿群众一针一线，不违反纪律就行。白水台人家的茶桌文化就让白水台人坚守着，也挺好的。况且，它跟白水台人家的生活水平的高低连在一起，还有待客的价值礼遇。孟听威成·叶森说过，白水台人家有老话讲，外乡来了七岁的娃，七十岁老者要接驾。

别说，每到包户家，看着摆得五颜六色的茶桌，孟感觉也是挺养眼的。她喜欢、欣赏白水台的女人们。

今天尤莱·叶森家出了闹心的事,但卡米拉的奶茶依然烧得一如既往的好。不好的是她的心情。显然不是因为那头牛,而是因为叶瑞克。卡米拉是个简单直接的女人,尽管白水台女人的教养总能牵制她的率性,但由于她的性格,她内心的小情绪还是会挂到眉宇间和嘴巴上。再说,这两年跟孟见面多,不见外,有啥说啥。今天叶瑞克闹出这么一档子事来,尤莱·叶森又不听她唠叨,孟一来她就猜出孟是奔着这事来的,一肚子的话正愁没处说,就打发二女儿努尔送巴罕去了叶瑞克媳妇巴格娜的小店,然后上了茶,营造好了说话的氛围,卡米拉就问:"孟姑娘,叶瑞克真的告他叔了?"

"是的,婶,是的。"孟点头。

"他想怎样?"

"让叔把草地、打草地都给他。"

"那……领导咋说?哦,不不,我们家尤莱是啥意思?"

"尤莱叔说,叶瑞克想要的,就都给他。"

卡米拉一把放下手中的茶碗:"哦,这下我们家尤莱可是把个贼名做下了。"卡米拉揩了一下鼻子,好像要哭的样子。事实上,这会儿泪水好像还没流到她的泪窝里。

孟看向卡米拉:"婶,事情或许还没那么差。"

"还不差呀?!全白水台人都要说我们家尤莱抢他哥的地,还占他哥的福,害得他哥的儿子身后没靠的山,脚下没走的路。全白水台也就我们家尤莱是坏人了。"

卡米拉说着抽了张餐巾纸,擦着禁不住流出来的泪。

"孟!让你见笑了……见笑了!我们尤莱家要往你脸上涂灰了,让你这般好的姑娘因为我们家要难堪了,都怪那个瞎了眼的叶瑞克……"

"婶,不急的。事情还没有您想的那么严重。我感觉你们两家不是挺好的嘛,咋就突然出了这么个事?"

"都怪那个尤莱!一头犟牛,一根筋,煮都煮不烂,只能捻了牛筋绳,做皮靴才好。"

孟听着卡米拉的形容,禁不住笑了,说:"瞧您说的,婶,尤莱叔那么好的一个人,咋让您一说,就变成牛筋绳了呢?快,别说气话了,这事咱俩一起想想办法总可以的。事情真的没像您想的那么糟糕。"

听孟说事情还没自己想的那么糟糕,卡米拉擦了眼睛,喝了一口茶。一个白水台普通牧人之妻,就打开话匣子开始长长的叙事。就像白水台的民间故事或者白水台的民间叙事长诗里,总有一个她这样的叙事者。不同的是,在白水台的民间故事或民间叙事长诗里,叙事者总是一位智多星似的老者,像武侠小说里一名隐居深山的道士或一代宗师,白发苍苍,乘风云,驭仙剑,霸洪荒,仙缘梦想,浩劫再生,三千世界为我狂。而白水台的这个卡米拉,讲的无非是普通牧民家琐琐碎碎、针头线脑的事。有意思的是,白水台女人和别处的女人一样,讲过去的事多爱讲自己的委屈和受过的累,这好像是一个铁的定律。

卡米拉讲故事的听众,今天当然就是孟了!孟就是为了听她的故事来的。

卡米拉泪涔涔地说,自己当年进尤莱家门时,明明是按白水台人家的规矩,迈了右脚进他们尤莱家的门槛的。右脚走得一直挺好,可就这两年,因为叶瑞克,她感觉自己的心情总往她的左脚上去。

卡米拉说,自己嫁到叶森家,第一个叫她娘的娃,不是自己生的娃,而是大哥大嫂留下的叶瑞克。

卡米拉说,她进叶森家的门是在白水台夏营地,那是七月中的一天。那天,掀过她新嫁的盖头,她和两个伴娘坐在一顶毡房里喝叶森家的第一壶奶茶,八个月大的叶瑞克就被他的母亲抱着站在那座毡房门外看着她。这个娃就是在白水台夏营地的阳光下,在大嫂的肩上看向她的。那是个正午,空气里弥漫着毡房后边的那片红松林飘来的气息,伴着松林中野生当归、野生芍药和红景天的气息,还有山雨过后野生蘑菇的菇香。那些树长得很高很密,那些花开得很疯狂,那些蘑菇是从松林及山溪边翠绿的草丛,还有那些倒木、枯木、朽木,甚至牛粪堆上长出来的,它们总是旺盛的。

因为前一个晚上下过雨,到了正午时分,天空变得格外蓝,蓝到把云变得很白很白,一团一团。云在太阳下走,落在地上的影子就从这个山头飘过那个山头,像海浪中的大船,漂过这个浪头,又漂向那个浪头。那天正午,这个叫叶瑞克的娃就在那宜人的空气、宜人的阳光下,将他一双稚嫩的眼睛越过他母亲的肩头,看向她。

然后,有人叫了叶瑞克的母亲,大概是让她去做什么活,可能是去烧奶茶。他母亲就走进卡米拉坐的毡房,走到卡米拉面前,把他放在卡米拉的腿上。这个娃用短而小的胳膊拥住了卡米拉的脖子。卡米拉就亲了他、吻了他的小脸。这娃一点儿也不认生,又乖巧又顺从的样子。卡米拉心里就感觉有一堵无形的墙倒了。不是一家人,不进一家门!卡米拉被爹娘带到这个世界上,敢情就是为了这一家人来的,否则,这娃咋就一点儿不认生呢?娘家的日子只是转场中的一段路,她将是这家的人,就像叶瑞克的母亲,已经是这家的人了。

卡米拉和尤莱·叶森结婚的那天晚上,叶瑞克甚至是睡在她的怀里的,是尤莱·叶森抱他来的。这事让外人听起来有些好笑。新婚夫妇,睡在新娘身边的不是新郎,倒是个娃。可一说原因,也能说得过去。白水台人家结婚来庆贺的亲友多,毡房也就那么两三顶,还是借来的、临时的,远道来的客人总得有个卧榻。尤莱·叶森和卡米拉新婚本是有一顶新做的毡房的,那是大哥胡安为他们准备的,也就四个格栅,是白水台人家最小的毡房。婚床在毡房进门的左手,毡房正对门的上席是给客人用的。如果客人留宿,也可用来休息。他们新婚的那些天,客人多,且婚房里都住了女客,新郎尤莱·叶森不好跟新娘住一起。这样,那几日新婚的床就只能卡米拉用了。大概是尤莱·叶森想拿他新婚的媳妇开心,或者不想让她觉得进了他们叶森家的门就把她一个人放在那张新婚的床上不太像话,多少有点儿恶作剧的意思,把八个月的叶瑞克从他嫂子那边抱来,塞进卡米拉的新婚被窝里。有意思的是,这个娃竟然真的一点儿也不认生。大嫂追着尤莱进来,说不合适不合适,尤莱·叶森也不管。大嫂说晚上娃要吃奶,尤莱·叶森还是不管。有意思的是,自那以后,每天晚上都要跟妈妈要奶吃的叶瑞克,竟然从此不再要了。这样的怪事,真的没人能说得清它是不是就是天意。

这样,那些日子叶瑞克就天天睡在卡米拉的怀里了。

大概是卡米拉过门的第三天,新过门的卡米拉要为宾客斟奶茶,招待几个女客,她们就要回去了。在白水台这个地方,新过门的女子在过门第二天,要亲手为客人、婆家烧奶茶、斟奶茶。这是仪式,也是规矩。人们会静心坐下,不动声色地细观新娘的一举一动、一招一式。看她铺餐布、上茶点、递茶碗、从架上取茶壶的动作是不是做得一气呵成、细致入微。若是烧茶时茶潽到柴上，弄得满屋灰尘；或斟茶时茶碗过满，烫了客人；或奶茶配比失了火候，茶色多了，苦了，奶放多了，腻了，都会让她失了牧家女子的优雅和干练。一旦牧家女子失了这份优雅，缺了那份干练，也许就意味着日子将会过得一地鸡毛，不是娃哭就是狗叫，到头来，冷锅冷灶，屋檐冷寂。这些看不见摸不着的评判也不知是谁定的，何年何月定的，反正在白水台这个地方，它就如同空气般无处不在。女人们也就这么着过来了。

喝茶的当儿，一名女客说起她家马群里有一匹没了娘的小马驹自己认了一个娘的事情。说那个被它认的娘一点儿也不拒绝，收留了那小马驹，加上自己的马驹，一下奶了两匹马驹。几个女客就说马的世界是有大爱的！还说，那个小马驹自己求活的能力也强呢！将来必能活好的！真是了不得呢！马通人性，也通人心嘛。有女客却也反着说，其实，在牲口的天地里，一个没了娘的孤儿，命运何从何去，并不在于孤儿认了谁，而在于是谁认了孤儿。比如在羊妈堆里，不认别家孤儿做自家娃的多了去了，即便那羊妈的乳头干了、瘪了、生了烂疮，也不愿认别家娃，冷血呢！卡米拉看向那个说话的女客。那是位大妈，体形虽有些微胖，但看上去全身血液循环倒是不差的,眉粗眼黑,面色红润。胖女客就说她家羊堆里就有过一只她说的那种冷血的羊妈。它生了一只羔,奶水多得不得了,它的小羔吃不完,胖女客就把一只没了娘的小羔贴到它的乳头下。当两只羔羊你一口我一口抢奶时,那羊妈就右一跳左一跳,硬是不认那贴来的小羔吃它的奶,几天之后,它竟然连自己的小羔也不认了。它的乳头变得红肿,摸上去好像个热水袋。后来,它的乳汁变得稀薄,混杂着絮状的或粒状的物体,偶尔还混着脓汁、血丝,奶水也变得稀黄。那母羊食欲减退了,反刍停滞了,体温升高了,呼吸、脉搏加快了,走起路来后腿一瘸一拐,并发了关节炎、角膜炎。最后,那羊妈的乳房越发肿大,长出许多小丘,乳腺组织都坏死了。羊妈成了一只彻头彻尾的病羊,患了败血症死了。胖女客说,她家羊堆里原本有一只孤羔,这下,就变成了两只孤羔。胖女客还说,从那以后,她就再也不敢轻易贴什么孤羔给别的羊妈了,宁愿找个奶瓶,灌了生奶喂孤羔吃。

听了胖女客的话,大家都不说话,但都心有所悟。这种感悟会让言语失能,且无需说出来,心窝窝里长着的那个肉疙瘩自己会搞明白是啥意思。大家点头,很认同的样子。新娘卡米拉进门才一天,就听女客们讲这些事,事实上是白水台人家的一种家教方式。这种家教是全白水台人家的事,有点儿全民家教的意味。你家的事,他家的事,都是我家的事;我家的事,也是你家的事,他家的事。所以,女客们那样说话,是言者有心,是不动声色间撂给一个新过门女子的暗示,说得重了,好比观世音给孙悟空戴金箍,出了状况,就好念叨念叨了。事实上,卡米拉听得出女客们的言语意指何处。这样说,好像白水台人家有点儿过于传统了。跟母亲比,卡米拉是受过教育的,不仅知道地球上有亚洲、非洲、欧洲、北美洲、南美洲、大洋洲、南极洲,知道太平洋、大西洋、印度洋、北冰洋,更知道中国的黄河、长江、秦岭、兴安岭、横断山。她读过书,很清楚妇女自主意味着一个国家的社会进步,这些都是中小学里学过的。女客们说的话,她也是一听就能听得明白,是说给她听的。她能接受这样的方式,分得清楚什么是白水台,什么是书本。她本可以跟她的同学尤莱·叶森一起读中专或大专,但那年两个人却先想到了成家的事。那时,他俩心里仿佛有个什么东西牵着一起走。在一个黄昏,尤莱·叶森对卡米拉说:"卡米拉,要么咱们俩一起筑个窝吧?"卡米拉说:"好吧!"然后,就有了七月白水台夏营地的婚礼。再然后,大哥大嫂就留下了他们叶森家的大帐,给她和尤莱·叶森了。

卡米拉嫁到尤莱·叶森家后,才知道他们叶森家的四季营地是整个白水台转场路程最长的。夏营地离县城一百多公里,离冬营地一百多公里,县城正好在两地牧场最中间交界的地方。尤莱·叶森家一年四季转场,就在这来回六百公里的路上转来转去,像一年四季的交替,她曾怀疑过自己能不能顶得下来。因为她是在种庄稼的村里长大的,娘家虽有牛羊,但不转场。一个农家的女子,因了一份冲动就嫁了牧村的婆家,她曾有过一两年的绝望。但后来,自己就想明白了。这是她的生活,也是她自己的选择,是她心窝窝里的那块肉疙瘩使然。卡米拉的四季转场,不仅定在一九八四年撤社建乡,牛羊折价归户,她的婆婆跟着白水台牧人去抓阄分牧草地,一抓就抓到了他们叶森家几代人游牧的白水台夏营地,更在于她的心跟定的这个名叫尤莱·叶森的男人,天生就像白水台夏营地的牧草一样,一岁一枯荣,天生就与白水台的云、白水台的雨、白水台的风、白水台的雪连在一起,在白水台扎下了根。她明白了,这个跟他弟弟的名字一样听起来不大像白水台男人名字的男人,是不会离开他的白水台的,是会一年四季跟着牛羊转场于六百公里云和月的。她跟尤莱·叶森恋爱的时候,曾问过他的名字发音为何不大像白水台人,为什么叫尤莱而不是海拉提、波拉提、木拉提或乌木提。尤莱·叶森笑着回答:"你叫就是了,问那么多做什么?"虽然尤莱·叶森没有回答她,但后来威成·叶森回答了她。

关于他们兄弟名字跟白水台人不一样的话题,就要往前说一点儿了。

白水台夏营地地处边境,当年,尤莱·叶森的父亲在孩子还不曾出生时就已经在这里牧养集体的牛羊了。羊吃草可以一直吃到界碑下。这里曾是叶森一家几代人的夏营地。到了父亲叶森这一代,就做了边境护边员。护边员的职责是负责看护好牲畜不要越境,避免闹出个边境牛羊纠纷。白水台夏营地除了他们叶森家和几家牧户,还有一个部队边防连和边防哨所。

边防哨所离父亲叶森的夏营地不到一公里,透过十几棵松树就能看见边防连哨所的碉卡。边防连的营房离父亲的夏营地有两公里,虽然连队的营房被密集的松林遮挡着,但边防连的号子声却听得清,就像在身旁一样。叶森一家与边防连官兵的关系好,尤其跟边防连军医们的关系好。军医们来了,复员了,又来了,一批一批人总是跟叶森家的关系好。叶森家人有个头痛脑热的,就去边防连拿药。有时军医还会来毡房帮忙打针输液。军医不但会打针,还会接生。

尤莱出生在夏营地一个雨后的早晨,他是边防连的罗军医迎接他来到这个世界上的。父亲不知道罗军医叫什么名字,只知道他姓罗。罗军医有口音,父亲听不懂他说话,就跟罗军医打手势,罗军医也跟他打手势,他们意识到人的手竟然也是可以说话的。有时,手势实在说不清了,罗军医就叫边防连的蒙古族战士特赛音当翻译。尤莱出生那天,特赛音也来了。尤莱·叶森来到这个世界,哼哼唧唧地要奶吃,三个男人就坐在毡房外休息。因为叶森的女人前夜临盆,折腾了一夜,叶森请了附近牧户家的两个女人来帮忙,结果把这两个女人累个半死,也把叶森的女人折腾个半死。叶森的女人生尤莱·叶森是难产,胎儿臀位,但罗医生医术高,拿着药箱来到毡房为叶森的女人接生。罗军医硬是隔着孕妇的肚子,推推挪挪的,就把她肚子里臀位的胎儿摆正成头位,尤莱·叶森才来到了这个世界上。叶森和那两个牧户家的女人佩服得五体投地。如果不是罗军医医术高明,恐怕白水台就不会有一个名叫尤莱·叶森的人。当然也就不会有卡米拉跟尤莱·叶森的婚姻生活,更没有卡米拉跟着尤莱·叶森长达三十年的四季转场了。

在白水台夏营地,在这样远离县城的边境大山中,一个孕妇生娃,母子能平安是天大的幸事。在白水台夏营地,孕妇难产的事不会经常发生,平时有那两个牧户家的女人足够了。一旦遇到孕妇难产,她俩便束手无措了。孩子平安降生了,叶森高兴地请罗军医给孩子起名。罗军医笑着说:"我是外人,咋好给孩子起名呢?"叶森就让特赛音翻译说,白水台人家有请贵人给娃起名的习俗。特赛音一字不差地翻译给罗军医听,还强调说:"给婴儿起名,是天下最吉祥积德的事,能让婴儿和贵人得到大福大贵,好人一生平安。"罗军医就不再推脱,想了想,给尤莱起名叫雨来。叶森问这个名字的意思。罗军医说:"雨来,就是雨来了的意思嘛,昨天夜里白水台不是下过一场雨吗?雨后的白水台空气清新,雨水是吉祥的象征,古人说好雨知时节,当春乃发生。"叶森说:"白水台人也是把好雨当成老天的恩赐的,雨是白水台的福气。"罗军医接着说,昨天他刚接到一封家书,妻子告诉他,他们的儿子正在学语文课文《小英雄雨来》。那篇课文讲的是二十多年前的抗日战争时期,在罗军医的老家河北,老人、妇女、少年儿童都参加了抗战,保卫家园。小英雄雨来和小伙伴手拿红缨枪站岗放哨,给八路军送信,制造假地雷迷惑敌人,把日本兵带进八路军的埋伏圈。特赛音提醒叶森说:"和咱们看过的电影《鸡毛信》一样。"叶森一下就明白罗军医的话了,他看过那个电影,说:"那就叫雨来吧,是个小英雄。"只是,他们发不准音,把"雨来"硬是叫成了"尤莱"。

两年后,威成·叶森也出生在白水台夏营地。这次是顺产,罗军医和特赛音没有复员,当然又被叫来了,同来的还有那两个牧家女子。这一次没下雨,天气晴朗。威成·叶森出生在黄昏时分牛羊归圈的时候。当银河浩浩荡荡流进夜空时,叶森和罗军医坐在毡房外抽烟。山里的气温已经冷下来,冰川融水发出"哗哗"的声音,伴着湿气从山谷涌来,还带着松树林的松香。头顶上举目便是星空。罗军医突然想起什么,让叶森打开半导体收音机。收音机里传出熟悉的《东方红》乐曲,只是今天这首熟悉的乐曲好像来自天空深处,空旷而遥远。罗军医说今天是中国第一颗人造卫星上天的日子。罗军医、叶森和特赛音举头望向天空。无数颗星星挣破夜幕,宛如璀璨的钻石闪烁着,点缀出极美的夜空。叶森问罗军医:"卫星是什么?"罗军医一边望向星空,一边说:"卫星就是一个人造的机器,科学家们用火箭把它发射到天空最高的地方。"叶森问:"发射它做啥用?"罗军医说:"发射它是为了研究科学,做探测,为人类导航,观测气象,还有很多别的用处。"罗军医问叶森:"你知道导航吗?"叶森竟然点了点头,这让罗军医很惊讶。叶森说,他明白导航的意思,牧人转场或寻找丢失的牛羊,走夜路,靠的就是星空导航。叶森还说他还懂罗医生说的探测和科学研究。因为就在离白水台不远的一个大山谷里,或者说叶森家转场的路上,有一个大矿坑。有搞科学研究的专家曾在那里搞测绘找矿。叶森少年时,还曾和他父亲为北京来的科考队骑骆驼赶马驮运过仪器。他见过那些科学家的仪器。罗军医的话让叶森联想到原来搞科学研究的探测仪也可以送到星星那边去。只是叶森依然有些想不明白或者说有些担心,问罗军医:"发射到天上的机器不会掉下来吗?"罗军医笑了,说:"不会。那个机器是环绕着地球运转的,就像月亮一样。"叶森又说:"虽然月亮很远,但地球上扔到天上的东西总会落回地面。"罗军医说:"那个机器被抛出的时候,用的是火箭,火箭的速度很快,机器扔到天上还没来得及落下,就已经很远了。火箭跑得越快,地球上被抛出去的东西就越稳当。"罗军医显然是想把话说得形象些,让叶森听得明白,但是叶森还是有点儿似懂非懂。这个时候,罗军医突发奇想,说:"咦!咱们索性给你家刚生的儿子起名叫卫星吧,纪念一下这个日子。"罗军医的建议,叶森欣然接受了。白水台人家的习俗里原本就有请人取名的习俗,而且一个孩子来到世界的时候,父亲听到、看到或想到了什么,那听到、看到或想到的东西就有可能成为新生儿的名字。罗军医的提议正好是这个孩子来到世界时叶森听到的第一个新鲜玩意儿。卫星上天,又是中国人的一件大事,极大的事。"卫星"当孩子的名,叶森当然乐意。只是叶森还是像当年把"雨来"的音发成了"尤莱"一样,这一回,自然也把"卫星"发成了"威成"。

叶森这个当牧民又当护边员的白水台人,跟边防连的官兵走得就是这么近,一家人似的。边防官兵守边艰苦,自力更生种了菜,但因白水台高寒,只适合高山牧草生长,菜不生长。叶森是牧人,在这一点上他帮不了边防连,但他可以帮边防连看护羊,代个牧。边防连官兵骑着马巡逻,路过叶森的家门,叶森会招呼他们进来歇息。叶森和妻子把所有的战士都叫作孩子。官兵们吃自带的压缩饼干和罐头,叶森的妻子就烧奶茶给他们喝。叶森的妻子常说,这些小兵娃年龄多小啊,跑到白水台来,他们的娘会牵挂的。她把自己当官兵们的娘,能做多少事就做多少事。谁敢保证她自己的三个娃将来不会像这些官兵们一样离开家?这样,边防连的官兵们跟叶森家关系一直很好,常送来清油、糖果或茯茶,还有军用手电筒、军大衣、军手套和军用的大铝锅。卡米拉记得她婆婆留给大嫂、大嫂又留给她的一口大铝锅就是当年边防连送的,他们家用了好多年。不光他们家用,白水台牧人家做奶酪时也常来借那口铝锅。因为那口锅实在很大,很能装,又不重。除了这些,边防连的官兵骑着军马巡逻路过叶森家门口时,叶森也常帮着看看军马的铁掌。军马在边境上走,一走就是数十公里,马掌磨损是常有的事。马掌磨坏了,叶森就和边防连的官兵们把军马拴到一棵高大的松树下,把马掌换下来。那些军马受过训练,叶森和孩子们给它们换铁掌的时候,马也会像一个纪律严明的军人一样,十分配合。

尤莱·叶森小时候曾跟父亲说,自己将来要有一匹这样的马。

威成·叶森曾给卡米拉讲过父亲永远离开他们三兄弟的事。那年为了保护转场中的牛羊,父亲受了风寒去世了。父亲走后,长子为父,这是白水台人家的规矩,大哥胡安就成了家长。大哥尽力做到了长子为父的责任,娶了大嫂一年多后,大嫂生了一个女儿。又过了两年多,生了叶瑞克。叶瑞克生在秋末,在牛羊从秋营地转下来的路上,离县医院近,所以就出生在县医院了。县医院条件比牧场好得多。叶瑞克这个名字是尤莱和威成两个人坐在县医院的走道里想了一个下午取的。叶瑞克意为"志愿"或"志愿者",代表志向和愿望,也有自愿帮助人的意思。这个名字大概是起对了,两年间,大哥胡安就把牛羊的数量翻了两番,成了县乡推举的典型,常有县里的干部带着记者做采访,报纸上也有了胡安的名字。胡安趁势而上,在叶瑞克出生八个月后,便为尤莱娶了媳妇卡米拉。卡米拉进叶森家门时正是夏天。婚礼算不得有排场,但足能撑得住胡安这个做大哥的面子。婚礼上,胡安用一头大牛、十只大羊待客,请了骑手赛马,还给获胜者奖了一只羊。给卡米拉娘家那边要尽的礼数,哥嫂也都做得很到位。哥嫂把兄弟的婚礼办成这样,在白水台是得了白水台人家的赞誉的。在一些民间故事或传说里,做哥嫂的多半是吝啬的。这也仰仗那两年年景佳,兄弟三人齐心协力积攒下了财富,家里有财才能有福的。

后来一年多的时间里,胡安家和尤莱家都是在叶森留下的大帐下度过的。上夏营地的时候,大帐住不下,尤莱就和卡米拉搭个小帐。那顶小帐是当年叶森在世的时候为胡安订制的,准备将来胡安有了家分门户时用。只可惜,叶森和妻子没等到那一天,叶森的妻子在叶森病故几年后也去世了。到了秋营地和冬营地,有土房,尤莱和卡米拉可以住到土房里,拥有自己的一个小天地,但一日三餐、挤奶养羊都在一起。无论是夏营地、秋营地还是冬营地,一大家人就这么生活在一起。妯娌俩一起挤牛奶,一起制奶油做奶干,一起打馕。胡安和尤莱也有各自的分工,一个去牧羊的时候,一个就去看管奶牛,从松林里取来干柴。一家人的生活还算过得平静。一年之后,卡米拉也有了孩子。那些年,有了两个相互扶持的兄长,威成·叶森自然就能安静地读他的书。他先是在乡子女学校念了小学,后来又到县一中念了初中。

又过了一年,尤莱·叶森告诉大哥胡安,他打算从大帐里搬出来住。

尤莱·叶森提出分家的主意给大哥胡安·叶森添了堵。

胡安是憨厚的牧人，心里装的只有日常那点儿事。尤莱·叶森提出分家，他以为是不是因为自己做了什么对不住尤莱的事。尤莱·叶森性格虽然也属于憨厚的那类，但比大哥心细些。那些日子，他从聚在一起生活的大家庭里看出一些不大好的端倪，或许会影响到他们三个兄弟的感情。端倪就出自那对妯娌。这也难怪，胡安和尤莱是一个娘生的，那对妯娌却是两个娘生的。羔群里两个小羊看似长得一样，可叫声各有差异，所以，一群羊里，母羊仅凭叫声就能找出自己的娃，羊娃也能凭羊妈的叫声听出哪个是自己的娘，何况是人呢？这一对妯娌都是叶森家的儿媳，但性格不一样。胡安的女人话多，爱评判是非，无论跟她有关的事还是无关的事，无论大事还是小事，她都好做评判。自己做评判不说，还要让听者——也就是她的妯娌说个对错。而同样的评判或点评到她自己头上，却只有她做唯一的标准。卡米拉读过书，在白水台人家算是知书达理的女人，做事爱讲个尽善尽美，最不能容忍她尽心做的事让别人来议论评判。正因为她读过书，又念及自己年岁小，便把事往心里搁。尤莱·叶森知道，卡米拉的忍耐只是个时间问题，说不好哪天她嘴一张，就把大嫂的威望扫了地。

为防患于未然，尤莱·叶森就想到了分家。尤莱·叶森想了很久，跟胡安商量说，大哥负责牛羊的四季游牧，他和卡米拉可以住到春营地，那里有叶森家的一间土屋，还有村里分给叶森家的人工打草地。打草地分了好些年，一直没有把它利用起来。胡安曾担心住在春营地生活，种植人工畜草可能要艰苦一些，但他想，尤莱·叶森和卡米拉总有一天也应该有自己的生活，而不是总这样跟着他们一起，便同意了尤莱的想法。

按白水台人家的习俗，是家小继承家业的。也就是说在叶森家，是威成·叶森继承家业、为叶森家续烟火的。大哥胡安的想法原是等威成·叶森娶了妻，他这个做大哥自然要另立门户，分出去住。到时他去春营地种植畜草，而老二分一些家畜牛羊，在叶森家的四季牧场一起生活。在大哥胡安心里，最理想的未来是他们三个兄弟都在叶森家分到的四季牧场过自己的营生，人丁兴旺。等他的叶瑞克长大了，尤莱和威成的孩子也长大了，他们再做自己的决定。总之，叶森家的后代都应该生活在白水台。当然，这是比较远的想法，只要全家平安，不受灾荒病祸袭扰，天下太平，白水台就永远是白水台，以它圣洁的白水滋养大地，哺育后人，养育牛羊。胡安曾跟尤莱和威成讲起过这个想法，那时威成虽然还只是个少年，不大明白大哥话里深层的想法，但于理，他还是懂得一些的。

总之，大哥说了很多的话，其实只有一句话，那就是——叶森家不能散。

大哥胡安想了几天,应该是想了又想,最后同意了尤莱·叶森关于住春营地的建议,让尤莱·叶森先走,过自己的营生,也好打理一下春营地人工草地的开发。最后分家的事,等将来威成·叶森读完书娶了媳妇再说。他给尤莱·叶森分了四头牛和二十只羊,宰了一只黄头羊,办了个小仪式,奠拜了父亲和母亲在白水台夏营地的墓地,就让他和卡米拉另立门户了。胡安和尤莱兄弟俩分家的出发点虽不一样,结果却一致。卡米拉跟着尤莱·叶森住到了叶森家的春营地上。有一阵子,卡米拉的心情复杂难言。一方面感觉自己不再跟大哥他们四季转场,而像自己娘家人那样住有篱笆和羊圈的房子,心里觉得踏实。另一方面,她很清楚尤莱·叶森提出分家的原因是因为她卡米拉,就感觉自己欠了尤莱·叶森什么似的。

只是命运这个东西多半是不大按人的意志走的。那个时候,尽管结婚快三年了,卡米拉并不知道尤莱·叶森心里最隐蔽的地方依然放着白水台夏营地。后来她才知道她的男人一辈子都把那个叫白水台的夏营地当作自己的家。她跟着尤莱·叶森到春营地没过多长时间,竟又跟着尤莱·叶森回到了白水台夏营地。

回白水台夏营地的往事,卡米拉还得念叨念叨。讲故事嘛,本来就是这个套路,总会越扯越远。就像说从前有座庙,庙里有个和尚在讲故事。和尚讲的是:从前有座庙,庙里有个和尚在讲故事……白水台人也讲:从前有只灰山羊,羊胡子羊尾巴长又长!从前有只灰山羊,羊胡子羊尾巴长又长!民间故事的套路尚且如此,也就难怪孟听卡米拉讲他们叶森家的故事,就像那座庙里的和尚和那只长了胡子的灰山羊了。

卡米拉跟尤莱住到白水台的春营地是在初夏。尤莱·叶森先是帮大哥赶着牛羊到了白水台夏营地,就回了春营地的土屋,大哥分给他的牛羊也留在夏营地。那是大哥胡安的决定。因为尤莱·叶森要过自己的日子,养牛牧羊暂时不具备条件,还需要大哥提携。况且那些牛羊不会听尤莱·叶森的话,它们知道到了夏天就该去白水台夏营地。尤莱·叶森安顿好了大哥一家,就下山回到了春营地的那个土屋。卡米拉注意到了,尤莱·叶森从山上回到春营地的那几天,状态并不好。尤莱·叶森状态不好的时候,平时已经很少言语的他就把话都咽进肚子里去,就好像一头牛,把晒在铁丝绳上的衣服当作可以吃的东西,大嘴嚼巴嚼巴送进肚子里,结果闹了瘤胃,牛就不反刍了,整天梗着脖子,目光低垂,恨不得眼睫毛把眼珠都盖了。为此,她几次想过发脾气。又一想,何必呢。牛闹瘤胃要靠人帮忙喝下清油,排掉堵在胃里的东西,但人有的是自愈能力,随他去吧,过几天就好了,春营地的日子又不光是给她卡米拉一个人过的。要长住这土屋,卡米拉有心把它再拾掇拾掇。要给土屋上房泥,以免漏雨,还要粉刷一下内墙,加固火墙炉灶。卡米拉是农家村里长大的,住农家村里的人大多讲究,内墙要粉刷,屋顶要糊顶棚,门窗也要上一层纱,免得蚊虫袭扰。

卡米拉用手推车推来了一袋东西,放在家门前,车上还有他们不到一岁的女儿。尤莱·叶森问她那是什么,她说是白石灰。尤莱·叶森问她从哪里整来的?卡米拉不答,只是让他拿水桶和盆子来,她要刷房子。

尤莱·叶森拿了水桶和盆子出来,小女儿看见了,就哭着要喝水。卡米拉拿了手推车上一个装了水的瓶子送到女儿的嘴边,女儿抱着奶瓶喝起来,瓶中清凌凌的水映着日头。奶瓶形状是一只鸟或鹅,伸了长长的脖子,鸟喙上套了橡皮奶嘴。每当奶嘴进到小孩子的嘴里,尤莱·叶森便会有一种错觉,好像不是小孩在喝奶或喝水,而是那只鸟在跟小孩子抢水喝。这种奶瓶,尤莱·叶森自小的印象里就有了,因为他们家羔羊也常用这样的奶瓶喝奶。小孩喝水的时候,卡米拉显然注意到了尤莱·叶森在发呆。但她只是注意到了他的表情,并不明白她面前这个在白水台四季草地长大的男人心情究竟有多糟糕。因为他将从一个牧人变成一个农民,他在想会把未来的日子活成啥样。卡米拉把手在尤莱·叶森眼前晃了晃,像是要赶走落在他额上的一只苍蝇。这时,他们脚下松软的沙土地上,有一只蝗虫从地上的一堆野生马齿苋上跳到她的鞋上,又跳到尤莱·叶森的鞋上。尤莱·叶森脚上穿的是一双黄色的解放鞋。那蝗虫接着跳到手推车的木架上,趴在架上又是擦脸,又是抹头,捋着它细而长的触角。卡米拉一挥手那只蝗虫一跳,就消失了。

就在那只虫跳开的时候,女儿也喝完水了,远处传来一阵汽车的喇叭声响。尤莱·叶森和卡米拉举目望向车喇叭响起的地方,见是一辆军用吉普车,荡着尘土向他们家土屋这边开来。

卡米拉远远就看见村支书柯力奇从车窗里向他们这边招手。

卡米拉说:"是柯力奇书记来了。"

尤莱·叶森说:"怕是有什么事了吧。"

这样,两个人就离开手推车旁,朝着那车过来的方向迎了上去。

车停了,下车来的除了柯力奇,还有一个约莫三十岁左右的军人。军人满脸笑容迎向尤莱·叶森,并伸出了右手,尤莱·叶森也伸出了右手。握手的时候,尤莱·叶森感觉到军人的手很有力,尤莱·叶森也用力握了军人的手。这种握手的感觉,是尤莱·叶森熟悉的感觉。

就听那个军人说:"尤莱,我是边防连新来的钟玉军。"

柯力奇说:"尤莱呀,这是钟连长呢。咱们村要请你去给边防连帮忙,看牛羊嘞。这是咱们县里安排的拥军的事。军爱民,民拥军嘛。县里已经给边防连协调了草地,都在咱们白水台,就跟你们夏营地的草场连在一起,所以要羊倌儿嘞。我今天特地代表咱们村带钟连长把这个消息告诉你。"

大概是柯力奇的话说得太直接,钟连长笑着:"不不,是来跟你商量的。"

柯力奇也哈哈笑着说:"钟连长,军民的事,本来就是鱼和水的事,鱼离不开水,水离不开鱼。啥时候见过鱼和水遇了事商量的嘛。"

钟连长笑着:"是的,是的。但还是要征求一下尤莱兄弟的意见。"

柯力奇说:"那好!尤莱啊,是这样啊!今天县领导带钟连长到咱们白水台村协商这事的。我和村干部在牧办毡房碰了头,又征求了村里几个老人的意见,大家二话没有,都同意借白水台集体草场给部队用。夏草场跟你们家草场连着,你们家夏营地连着边防连嘛,叶森家和边防连又是世交。咋样说帮助边防连看好羊的事,也就你们叶森家兄弟几个最合适。派你去横竖都合适。你们家生产上的事村里会考虑协助的,你一心一意配合好就是了。"

卡米拉小声问:"也就是说……我们还要回到夏营地去吗?"

柯力奇说:"尤莱带你回白水台,你们大哥大嫂会高兴嘞。"

卡米拉看见尤莱·叶森的嘴角已经向两旁翘起来,她意识到毫无疑问柯力奇正把一瓶清油灌进丈夫的"瘤胃"里去,堵在他肚子的东西,也正在悄悄化去。

柯力奇转向钟连长说:"钟连长,这事就这样定了。你先回去吧。这两天让尤莱收拾收拾,两天后,他就回白水台向你报到。"

钟连长笑着说:"书记,不忙决定,先看看尤莱和他媳妇同意不同意,方便不方便。"

不等尤莱·叶森表态,柯力奇这边说:"哪有什么方便不方便的?"说话间,他转向尤莱·叶森问,"有什么不方便吗?你巴不得回白水台夏营地吧。"

尤莱·叶森说:"那当然。"

柯力奇满意地笑笑说:"就是嘛。"

钟连长说:"尤莱兄弟,我们会照顾好你和你的家人的。"

柯力奇接话道:"尤莱啊,连队会给你们安排房子,日常生活钟连长也会帮助你,你尽管放心。"

尤莱·叶森说:"白水台夏营地那边有我们家,有我大哥,我会做好的。不用钟连长操心。"

柯力奇说:"听见了吧? 钟连长,尤莱这娃思想境界高着嘞。"

钟连长看向尤莱·叶森:"也好,那我们后天来接你,就在这儿?"

尤莱·叶森使劲地点了点头。

钟连长和柯力奇又上了那辆军用吉普车,道了别,离去了。

当吉普车留下一缕尘烟远去的时候,尤莱·叶森转过身看向卡米拉,心中有股别样的热情潮起潮落:"卡米拉,咱们要回白水台了。"

这个时候,卡米拉切实意识到,她这个刚从白水台夏营地下来的男人确实又要回白水台了。他心里的一大片天空,只有白水台。

第三天上,钟连长派来的一辆军用卡车就到了。一名姓储的副连长来接他们。储副连长说钟连长去执行任务了,同来的还有五六名帮助尤莱·叶森搬家的战士。却见尤莱·叶森夫妇只搬了一个大提包、一堆茶碗茶壶,还有一口铁锅、一些衣服。储副连长问："你就搬这么多东西？"尤莱·叶森说："就这么多东西。"储副连长笑着说："你倒是干练，像要去拉练啊。"卡米拉抱着孩子坐到了驾驶室，储副连长硬要让尤莱·叶森也坐到驾驶室里，驾驶室的司机很年轻，满脸笑意，尤莱·叶森也就不再推让了。大概两个半小时后，军车把尤莱·叶森和卡米拉带到了叶森家的秋营地。再往前，便没有了大车可走的路。上白水台夏营地或者边防连只能从这里骑马前行，翻过阿苏达坂险崖，才能到达白水台。一路风景都是尤莱·叶森从小在转场的路上看过的。

最后的这一段路，钟连长已经派了十多匹军马和十多名小战士在此等候。大家牵马的牵马，骑马的骑马，又走了近两个小时的山路，在满目苍绿、遍野草香、无际蓝天红日下到了白水台。他们走到白水台边防连时，路边最早一批野芍药花正欲破蕾绽放。

边防连的营地离叶森家就两公里，但是隔着一片密集的松林和一个小小的山梁。过去，连队的军医到他们家来，总是要穿过那道林、翻过那道梁的。前些日子，尤莱·叶森帮大哥把牛羊转场下山，也就不到一个月的时间没回来，但感觉隔了很长很长时间。

到了边防连营地，尤莱·叶森和卡米拉先被引进边防连营房区中的一间大房子里。房子有三个大窗户，窗与窗之间的墙上挂着一些书法作品,尤莱·叶森看不懂写的内容,卡米拉也看不懂。因为书法字迹总是太像医生开的处方。屋里有桌子、椅子,应该是个开会的地方。这里的一切都显得那么井然有序、规规矩矩,连桌上摆的水果和瓜子都好像受过军训,整整齐齐,动一个就会乱了别人的位置。这般严谨齐整的氛围让尤莱·叶森和卡米拉感觉自己的手脚突然有些多余,左放不是,右放也不是,笨手笨脚的,唯有小女娃对这里不大有啥感觉,该要奶喝就要,也不管自己的哭闹会不会影响军营的氛围。

一会儿,钟连长来了,储副连长也来了,请尤莱夫妇吃了水果,喝了茶。然后钟连长和储副连长带他们去连队食堂吃了饭。卡米拉感觉食堂的饭菜挺可口,也合胃口,一边吃一边想以后她和尤莱·叶森会天天在这里吃饭。但又想,应该不会。毕竟在营房里的都是军人,而她天天在这里吃饭多不合适。她这样想着的时候,只听钟连长说:"尤莱,尤莱媳妇,咱们这里地处偏远,交通不便,海拔高,虽然自然环境很美,雪峰、松林、山水,到处是野花野草,空气好,但只能种西红柿、土豆、大白菜和大葱,就这些也要等到八九月才能长出个样子,战士们才能吃到嘴里。平时战士们要吃点儿像样的蔬菜,还要到山下去运。所以,为保证做好大家的后勤,我们边防连只能自力更生。这也是延安时期留下来的传统,叫自力更生、丰衣足食。这情况也引起了咱们县委、县政府的重视。县领导来边防连慰问,就决定要为边防连养一些羊,保证战士们守边。"

这些,尤莱·叶森和卡米拉都听得懂,听得明白。尤莱·叶森说:"这些村支书柯力奇已经给我交代过了,我会做好的。"

钟连长说:"养羊的事,上级也同意,但鼓励边防连自力更生。边防连在牧区有军马,军马有饲养员负责,但羊实在不大好管理,以前有些羊,你们叶森家一直帮着代养。"尤莱·叶森笑着接了钟连长的话说:"钟连长,部队战士如果像我们牧人一样一年四季转场,那肯定不行的。"钟连长和储副连长也笑起来。钟连长说:"尤莱,真有你的,挺能说呢。"尤莱·叶森就又接了话说:"钟连长啊,这事你们就不操心了,全包我身上。秋天我们赶羊下山,来年我们再上山。县里协调的草地,我都熟悉。"

钟连长笑着点头说:"这事要辛苦你们夫妇俩了。按理说,现在地方上都已经实行联产承包制了,你们有自己的牛羊和草地需要管理,发展生产。"

尤莱·叶森抢了话:"钟连长,我们家的草地不是有我哥嫂嘛。"

钟连长说:"对,你哥也是这么说的。其实,让你来帮助我们也是你大哥的主意。有次我带兵巡逻路过你们家,大哥请我们下马喝茶,说起了这事,说要是让你回来就好了……"

尤莱·叶森心里不禁涌起一阵暖意。卡米拉也看向他。大哥一定听说了拥军羊的事,就设法让尤莱·叶森回白水台夏营地。

钟连长说:"好吧,这事就托付给你了。每年转场下山,边防连会负责把你们送下山,来年再把你们接上山的。你们的住房,山上山下的,都已经协调好了。山上的,一会儿你们就可以过去了,等你们安顿好了,我就让战士们把羊交给你们,大概有一百五十只,过两天,县里就会派人赶来。还有,我已经安排好边防连管军马的小战士给你备了一匹马,那匹马名叫风红,是一匹不错的马。尤莱兄弟是在牧民家长大的,放羊不能没有骑的马。"

尤莱·叶森的普通话虽然不算太好,但所有跟钟连长交流的话,他都听得明白,自己想表达的,也差不多都表达到了。钟连长还给他介绍了连队司务长,告诉司务长做好尤莱一家的后勤保障。

尤莱·叶森和卡米拉吃过饭,就去了钟连长给他们安排的新房。

新房离边防连连部不远,大概二百五十米开外,在一圈不很高的围墙旁里。屋子应该是新盖不久,坐北朝南,有一个房门,进了门是一个小走廊,小走廊里又有三个门,东头一间屋门,西头一间屋门,中间靠东门旁也有一扇门。东屋是客房,西屋是卧房,中屋是厨房。卡米拉一进这屋就很欢喜。这屋要比前两天她准备粉刷的屋子不知强多少倍。她刚跟着尤莱来到这屋时,三十多名战士正在打扫屋子,擦窗户的,糊顶棚的,修理电路的,安灯泡、拉开关的,打火炉、砌火墙的,还有劈柴码柴垛的,各忙各的,见了他们夫妇俩,有叫大哥的,也有叫嫂子的。卡米拉一边应着,一边去看火墙。火墙打得有棱有角,横平竖直,看着就养眼。

待干完了活,战士们便排了整齐的队列,唱着歌回营房去了。屋子里剩下了卡米拉、尤莱·叶森还有他们不到一岁的女儿。两个人你看看我,我看看你,心里荡起一阵阵涟漪。那涟漪很甜很舒展,那涟漪里分明是有几分愉悦的感觉。卡米拉就这屋转转,那屋看看。看看明镜似的窗玻璃,又说新打的火墙正散发的泥香,然后又说用报纸糊、铁丝拉的顶棚整整齐齐,说这样的房子真好。

正说着话,又来了一个小战士,说自己是边防连的马倌儿,他把风红牵来了。卡米拉见尤莱·叶森快步跟小战士跑出了屋门,她也跟着出了门。果然就看见那匹叫风红的马正站在他们新家的门前,高贵大方的样子。尤莱·叶森咧着嘴笑了,走上前,右手牵了缰绳,左手扶向风红的脸。

那匹叫风红的马,应该有四岁了,这是尤莱·叶森看过它的牙齿后给出的判断。马倌儿战士说:"大哥您好眼力,风红确实刚满四岁,是最近才从伊犁昭苏军马场入伍的。"

军用马一般是四岁到十六岁,服役长达十二年,而一匹马可以活到三十岁,也就是说四岁的风红,不仅是少年,还是个新兵。卡米拉看得出尤莱·叶森很欣赏风红。它看起来确实是一匹好马,体格修长,立耳长鬃,胸大,腰细,臀圆,毛色十分优雅。尤莱·叶森曾对卡米拉说,一匹胸大的马定是肺活量大、走路有耐力的马。这样,卡米拉从风红开始才真正学会欣赏一匹好马。一匹好马的腰细了,按尤莱·叶森的话说,那就叫能收身。能收身的马,腹线前段和胸下会连成一条线,到腰处线条逐渐上移,腹部两侧便显得结实有力。尤莱·叶森还告诉卡米拉,一匹臀大的马,一旦前蹄腾空,爆发出来的力量将无与伦比。一匹马有了这般特质,就定了精气神,显得大方高贵。这匹马还有个特点,额头那两条骨峰直贯两侧鼻翼,骨感的脸颊上,血管清晰地凸起来,两侧嘴角愈发显得深而长。"看哪!卡米拉,"尤莱·叶森说,"看这张脸的侧面就知道什么叫马头为王了。瞧,这匹马是一个王者!"

小马倌儿送来了风红,还送来了风红的一套行头。行头全是军用标配,皮制的鞍具透着绛色,上了红漆的鞍桥透着哑光。这一切的一切,让尤莱·叶森这个白水台长大的汉子抑制不住内心的喜悦,对小战士说:"替我谢谢钟连长,把这么好的马给我,放羊用不着这么好的马,我有两条腿也行啊。"小战士说:"战士们的巡逻用马都是今年才从伊犁军马场进的,也都是风红这个年龄。它性格好,钟连长特地让我来送给您。"尤莱·叶森越发感激,说:"好的,我一定好好善待它。你先回去吧。羊什么时候能送来?"小战士说:"连长说了,让您先回家看看,羊两天后就到了。"说完,小战士就回去了。

尤莱·叶森不再说什么,但他的心却好像不能平静下来。他心里想着一句话,就是要对得起这一切。这个下午,这个黄昏,他多次站在门外,看向山,看向天,看向云,看向高高低低的松林,听着风送来的苍鹰在云端发出的长鸣,听着风送来的远处牛羊的叫声,或什么地方一匹或几匹马发出的嘶鸣。夜幕降落,松涛依旧,一颗或几颗星跳出天际。这一切是他自小熟悉的。虽然这熟悉的感觉太过丰富,让他说不清道不明,但它们会让他心静神定,甚至会生出几分莫名的豪迈来,就好像茶瘾袭来,喝一碗浓香的奶茶,额头上便会沁出一层细密的汗珠,被日头晒得皱巴巴的额头便会舒展开来。这一切,在尤莱·叶森出生之前就凝聚在他的脐血里；尤莱·叶森出生之后，又伴随着他成长的每一个时辰，每一个黄昏。

当年，父亲叶森和来他们家歇息的罗军医、李军医，还有一任又一任的连长、战士们，坐在毡房前聊天说话时，他们的军马就放在叶森家毡房旁，安静地等待。那些时刻，这种别样的感觉就开始伴随他了。尤莱·叶森喜欢军马，曾经梦想如果有一天自己也有一匹军马，那该是件多么好的事。因为他感觉，军马和普通马相比，总有一股气质或气场，有一种不一样的特质。它们看起来似乎更节制，更有灵魂。今天，他当年的梦想似乎变成了现实。

这个黄昏，尤莱·叶森全部的活就是给风红梳理皮毛，拍它的肩头和额头，就好像他和风红已经认识很久了。以至卡米拉笑他，没见过马吗？

第二天，尤莱·叶森按钟连长的建议，带着卡米拉和他们的小女儿，牵了风红，翻过那道梁，回家去了。

那个时候，大哥大嫂还健在。尤莱·叶森和卡米拉翻过山梁，走在绿茵间棕红色的羊肠小道上时，三岁的叶瑞克第一个看见了他们。叶瑞克看见他们的时候，正骑在叔叔威成·叶森的脖子上。他用右手指向他们，"咿咿呀呀"叫着。第二个看见他们的是威成·叶森。第三个是大哥家的牧狗塔尔兰，塔尔兰跑向他们，好一番撒娇。它知道自己已经有一段时间没见尤莱·叶森,没见卡米拉了。

威成·叶森迎向尤莱·叶森,说:"哥,好漂亮的马。"

"这是钟连长给我的马。"尤莱·叶森说着从威成·叶森的脖子上抱过叶瑞克,顺势放到风红背上的鞍上。叶瑞克手舞足蹈,好像只要他的小胳膊小腿动起来,就会让风红跑起来。威成·叶森说:"哥,这马年轻啊!"尤莱·叶森说:"它四岁了。"两个人这样说话,也顾不得卡米拉,只顾围着风红左看右看。风红也不认生,点头又甩鬃。三岁的叶瑞克坐在马背上跃跃欲试。兄弟俩就笑着说这娃将来是要当赛马的骑手,这么小就知道坐在马背上耍威风。

那天,尤莱·叶森和卡米拉在家一直待到很晚才回去。大哥从羊群里拉了一只小个头的羊来。这只出生在四月的羔羊,上了夏牧场,吃到了新鲜的洋茅草,很快就长出身板来了。一家人能再次聚集在白水台夏牧场是件有幸的事。

那一天,当新鲜的羊肉端上小饭桌用餐的时候,大哥说:"感谢钟连长,我们一家人又可以团聚了。尤莱和卡米拉以后每年都可以去夏牧场了,就在我们身边。你们想回家,抬脚就到了。我这边人手也还算够的,再过几年,叶瑞克长大了,放假时可以回来帮我照看牛羊,你们家的牛羊我也帮着看。尤莱你不忙的时候也可以回来帮我看牛羊,或者,部队的牛羊咱们一起包管了,反正两家牧场连在一起。"

尤莱·叶森说:"那可不行,部队的牛羊就是部队的牛羊。"

大哥说:"那倒也是啊,部队是讲纪律的。我的意思是你想回来就常回来。威成,等你以后娶了媳妇,咱家的大帐就交给你了。"

威成说:"哥,你们不用替我想得太多,我还不想结婚娶女人。"

大哥没听明白威成的话,诧异着问:"你不娶女人,那你干啥?"

威成·叶森说:"我还要读书,去外边看看。"

胡安问:"去外边看了又干啥?"

威成·叶森说:"说不清楚,反正我就是要去外边的世界看看,不想这么早就结婚生子。我自小在白水台长大,一年四季六百公里的路,也就白水台了,可以了,够了。"

大哥又问:"威成你说的'够了'是什么意思?莫非是嫌白水台给你的不够,心里有怨气不成?事实上,白水台能给你的,你还没有真正得到。只要你娶了女人,我把家业交给你,白水台夏营地就是你的了。"

威成·叶森还是笑着说:"哥,我不忙娶媳妇的事。"

大哥便不说话了,毡房里一阵沉默。倒是毡房外有马发出的喉音传来,那是马从胸腔里发出的一种声响,好像天际处的雷鸣。

尤莱·叶森说:"那是红的声音。"就是从这个时刻起,尤莱·叶森就把风红叫成了红。

大哥说:"这匹马真是匹不错的马,我也看出来了。部队的军马都从昭苏军马场那边来,我去边防连看过红,听钟连长说,它生在军马场,长在军马场,受过训练,让它卧倒就卧倒,还会翻跟头,像人一样。所以,尤莱啊,你可不能把这样好的马当一匹家马用了。平时,净草、净料、净水、净饲具,一定要好生对它。军营里的马定是与家马不同的,你得对得起钟连长的一片心。"

尤莱·叶森说:"哥,知道了。"

胡安说:"红是在叫你们回去呢。快回去吧,不要一来就给部队留下不守规矩的印象,以后也不能,咱虽然不是军人,但要像个军人一样。"

威成·叶森就笑着说:"哥,您咋知道咱家将来不会有军人了?"

大嫂在一旁插话说:"咱们不是军人,其实跟军人一样,护边员不就是军人吗?"

大家都笑起来。大嫂这个人心虽粗一些,话倒说得形象。

那天晚上,尤莱·叶森和卡米拉又牵着红,披着满天星斗,回到了他们在边防连旁的那间红砖屋。路上,尤莱·叶森说:"卡米拉,你再生个娃吧,一定要男娃。"

卡米拉说:"生男娃,我能定？那是老天爷的事。"

尤莱·叶森就笑着说:"你看你！那你就求老天爷嘛。"

卡米拉不悦:"你不满意我生了个丫头？"

"不是！不是！我是说,再生个男娃,让他当个骑手,给红做伴。"

卡米拉说:"红是军马,不是你的私产。"

尤莱·叶森停下,看了看身后的红,拍拍它的脸和脖子,星空就在他和红的头顶闪烁。尤莱·叶森自语:"我只是说说,说说罢了。"

卡米拉对孟说,她后来曾常常想起那个星光璀璨的夜晚。那一天,她跟着过日子的这个男人,就好像她读到的小说或看过的电影里的人,或者是听别人描述过的一个什么人。这个人,曾在她的想象中出现过,和她这几年跟着转场过日子的尤莱·叶森不大一样,但是,感觉非常好。

两天后,一百多只羊就被县里派牧民送来了,县领导也亲自来了。那个夏天,卡米拉就跟着尤莱·叶森成了边防连不穿军装的军人。秋天转场到山下,到第二年又上白水台夏牧场。和大哥一样,一边牧羊,一边也做着护边的事,不让人畜糊里糊涂越境,跑到外国去。就在卡米拉的尤莱·叶森当了半个军人,负责军营羊群的第二年,叶森家果然就像那个夜晚威成·叶森说的一样,真的有了一名真正的军人——威成·叶森应征入伍了!而且也是在一个边防连服役。只不过地方远了些,他到西藏阿里去了,且一去就是四年。四年间,威成·叶森只回过一次家。

就这么着,孟一直听卡米拉讲她的家事,讲他们叶森家的家长里短故事。家常故事的讲述多半儿是这么随意,讲的都是眼中、记忆中印象深刻的事。在孟的印象里,卡米拉更像在讲一个关于边民和边防军友谊的特写故事,真人真事,紧扣现实生活中人物和事件的某一富有特征的部分,集中、突出地加以刻画,还加了近乎艺术的联想,比如她自己特定时刻的一些细微的感受。听得孟饶有兴致,嘴角微微地翘着,让心中的欣赏挂在嘴角。孟就想起网络上有句话:高手在民间。这些也让孟隐约意识到,关于尤莱·叶森叔侄俩的那点儿事,源头或许就在卡米拉讲的这些故事里。

正在这时,卡米拉的二女儿努尔出现在门口,说:"妈,你可以打住了。你说那么多陈谷子烂芝麻的事,也不想想孟阿姨爱不爱听。"

卡米拉的右手拍了一下自己的额头:"这娃今天要回县一中嘞,我咋忘了这茬事了。她爸要埋怨我呢。"

努尔说:"不用你管了,我自己回就是了。"

孟抱歉地说:"对不起,对不起,努尔……"

卡米拉抢话说:"孟,你先坐着,待我把娃打发走……"

卡米拉说着就往外屋去。孟喝了一口奶茶,奶茶早已经凉了,口感要差些。待她把凉了的茶碗放回原处,阿斯喀尔的电话来了。阿斯喀尔说:"我去不成乡司法所了,乡政府通知各村第一书记去开会,大概是脱贫攻坚的事。孟你亲自去乡司法所跑一趟吧,免得乡司法所的人来了,把事搞大了。村里的车我用了,你打个短途线路车去就是了。"

孟忙说道:"好的,我这就去。"

孟向东屋的卧房喊道:"婶,我有点儿事要出去一下。改天有时间再来跟您聊。"跟卡米拉打过招呼,就出了尤莱·叶森家的客房。

东屋里卡米拉跑出来,嘴里说着抱歉的话,希望孟一定来,她还要烧好奶茶等她。

鲁 伊 万

白水台所属的这个乡不大也不小,乡镇所在地沿白水河而建,所以也叫白水河乡。白水河最宽处约二十米,说它是河,实际上是个大河滩,河滩最宽处上百米。那河道的形成也有些奇葩,白水河从白水台夏营地流下来,一年四季的水量总也没有个定数,所以白水河河面宽不宽全看老天的意思。白水台夏营地雨水多了,这里的河面就宽了;白水台夏营地雨水少了,这里的河面就变窄了。所以,尤莱·叶森得了那个雨来的名字,好像就是天意了。这当然是孟后来这么想的。

白水乡因为有了这条河,不但有了白水乡的行政区地名,还有了这个乡上唯一的一条街。街道从东贯到西。这条长长的街也依河而建,叫白水街。白水街两旁有一些小巷,枝枝权权般从白水街向两边伸展。乡政府的办公地在这些枝枝杈杈里，包括七站八所、居民住宅、幼儿园、学校以及店铺密布其中，电线杆、电线就高高低低错落在建筑中。

白水河除了千万年冲刷出来的这条河谷，河谷两侧便是无边的滩地，是白水台牧人们冬春转场的天地，一望无际，神秘而遥远。孟和阿斯喀尔聊天的时候曾说起过，这一片滩地亿万年前曾经是海底，那时候喜马拉雅山还没有从亚洲大陆上形成。孟设想，如果把太平洋的水抽干了，海底就应该跟她看到的这个地方很像。每次到白水台乡办事，走到这里，孟的脑海里总是会出现那样的画面。孟就感觉自己在大海和这无边荒地面前是多么渺小。

孟下了短途线路车，来到白水街，准备去找乡司法所。她来白水台这么长时间，找司法所办事还是第一次。以前来这里，多是去乡党委办公室开会或到乡政府办事，办完就回村里去，顶多在白水街买点儿东西。乡司法所没去过，难免要问、要找。问了乡政府门卫，年轻的门卫海拉提告诉她，乡司法所和乡房管所、城建站、文化站在一起，过两条小街道就到了。

孟就按门卫指引的路，过了两条小街，果然看见一个两层的小楼。楼前挂了一行牌子，大概是七站八所的一个单位了。

孟走进楼里，看见一个五十多岁的中年男人坐在小过厅里,穿着一身保安制服。孟猜男人应该是政府为解决零就业家庭困难而安排在公益性岗位就业的,每月都有稳定的收入。门卫见来了个穿户外装的年轻女子,热情地问孟来办什么事,孟说来联系司法所解决一个小纠纷。门卫一边让孟在来客登记簿上写上名字,一边问孟是哪个村的。孟说是白水台村的。门卫问孟要问的纠纷是什么事,知道村人民调解委员会吗?孟说知道。门卫说:"这两天找乡司法所说纠纷的事咋多起来了。"孟诧异道:"哦,是吗?"门卫说:"昨天来了一个小伙子,说要反映他的叔叔占了他家草场的事,说话还吞吞吐吐、藏着掖着的,好像怕跟乡司法所的干部说。我想是不是跟补偿闹纠纷有关,就建议那娃先找村委会反映情况,司法所可能不会直接管草场的事。那娃就走了。他走后,司法所的人回来,我就把这事给司法所的人讲了,我这个本子里记着那娃在哪个村。"孟一想,门卫说的那个娃肯定就是叶瑞克了,就笑着说:"谢谢您,我去找司法所。"

孟按门卫的指示上了三楼,来到一间办公室门口,看见一个穿着制服的姑娘正在看电脑。孟敲了门,那姑娘扭了头看向她,露出笑容问:"您有什么事需要帮助吗?进来吧,坐吧。"孟意识到,原来司法所的干部也是穿制服的,眼前这姑娘穿着制服配着她线条分明的五官,挺好看。孟就说:

"我是白水台村的村干部,来找司法所领导说点儿事。"那姑娘说:"对不起,今天我们的领导和计生办的同志一起到各村做宣传去了。您有什么事可以跟我说,我再跟领导汇报,可以吗?"孟一听司法所的领导不在,心里一阵沮丧。看来昨天叶瑞克找乡司法所领导的事是门卫传的话,也不知道司法所的人究竟知道多少情况,也不知司法所的人到底啥想法,而且这事她自己都没搞清楚来龙去脉,就对那姑娘说:"谢谢!我改天再来吧。"

孟在白水街走着,回想刚才跟门卫的那段对话,感觉有点儿怪怪的,就像有一次她患了重感冒,鼻子没了嗅觉,嘴里没了味觉,额头发闷。刚才门卫说的那个人应该是叶瑞克,因为那个年轻人是从白水台来的。叶瑞克跟门卫说的那些话,听起来不像是一定要告他叔父。他应该只是来咨询,并没有跟司法所的人说什么。由此判断,叶瑞克并不想搞出实质性的动静来。可为什么今天他拿着那个旧文件的态度看起来那么较真呢?

孟摇了摇头。这事还是落实一下好,无论这事是大是小,是真是假,既然它已经冒出端倪,最好把它解决在萌芽状态,免得节外生枝。

孟在街上站了一会儿,有些失落。眼看一天要过去了,她调查尤莱·叶森和叶瑞克的事还没有任何头绪。她没有吃午饭,想到还是先解决一下肚子的问题,就向集市那边走去。

白水街东头是个小集市,货物挺全,有服装鞋帽、土特产、五金杂货、建材家具,甚至小型农具、平板车、电动车,要啥有啥,东西也都不贵。除了这些,这条街上还有卖奇石的。孟曾听威成·叶森说过,白水街的石头不得了,多则可以卖到几十万元,少则也得上千元。这些石头就来自尤莱·叶森常年转场的冬营地荒滩,就在他们的脚下。威成·叶森说他曾听一个熟人讲,初秋有个老牧人从上白水台转场下来,到春营地时,下了一场大雪。一天那个老牧人去找他家失散的骆驼,在雪地里冻得身体一阵阵发冷。人冷了,就想方便,于是老牧人就地解决。当他体内温热的液体冲到地面白雪中,竟冲出一块蓝色的东西。那蓝色的东西越冲越蓝,越冲越亮,结果是老牧人捡到了一块海蓝宝石。这块宝石就在这条街上为老牧人换来了一头荷斯坦奶牛。威成·叶森曾笑着说,那泡尿水值钱啊!孟想起威成·叶森的话,禁不住笑了笑。这个白水台!还真有点儿魔性。就像南美作家马尔克斯讲的,哥伦比亚有倒流的水。

孟在集市上找餐馆,看过一家,又看一家。黄沙梁大盘鸡,阿图什拌面,四十九丸子汤,还有八格万抓饭王。小小的一个白水街,餐馆的名字起得都不小。孟用心瞄着那些牌匾，竟看见了鲁伊万药店的牌子，眼前亮了一下，卡米拉不是说尤莱·叶森要到白水乡鲁伊万的药店吗？

孟的脚也往鲁伊万的药店去了。

准确地说，是孟的一双脚主动带着她向前走。药店在一排三层楼店铺的最上一层。楼是乡政府为个体经营户统一建造的商铺门面房，总共三层。第一层是下沉式的，多为卖杂货的；第二层每隔三个门面就有一个阶梯，多为卖日用品的；第三层的阶梯是铁质的，设在门面房的两侧。

鲁伊万的药店全名叫"白水台兽药店"。孟早听威成·叶森说过老板鲁伊万，也常见到他本人。鲁伊万的父亲是汉族，母亲是俄罗斯族。当年鲁伊万在县畜牧兽医站当干部，既搞牲畜疫情检验防治，也兼顾良种引进和繁育。退休后，鲁伊万就办了这家兽药店。他的生意在全乡算是经营得最好的一家。鲁伊万是尤莱·叶森一家的老相识，从他父亲还有爷爷那一代起，就和他们有着密切的联系。鲁伊万的父亲叫鲁宏利，山东人，一九四九年跟着王震将军进疆，就地转业，成了一名兵团战士。刚来那些年，为解决十万官兵吃饭问题，有一名叫甘祖昌的军人建议部队首长用牧区羊毛从国外换些日用品，解决牧民生活困难的同时，也解决部队的粮食供给，可谓两全其美。部队首长采纳了甘祖昌的建议。经过与邻国商谈，进了一批茶叶、盐、布等日用品，并用羊毛偿还。鲁伊万曾听父亲说,当年,叶森的父亲一家捐羊毛给政府,还是和他的父亲鲁宏利一起用三峰骆驼拉着羊毛来的。后来,鲁宏利到了地方当领导,娶了一名俄罗斯姑娘,生了鲁伊万。再后来鲁宏利因劳累过度,得了肝癌去世了。鲁伊万是鲁宏利的独生子,名字中的"鲁"来自父姓,"伊万"来自外公的名字。鲁伊万初中毕业后,母亲就想办法让他去了八一农学院读书,回来后在县畜牧局当了一名专业干部,成了当地畜牧人家的主心骨。年轻时鲁伊万长得很帅气,碧眼赤发,体态高大健硕。如今进入老年,除了肚子大,看上去依然有几分老来帅的感觉。

除了这些,鲁伊万受人尊敬的原因是他的技术。当年胡安承包的牛羊几年内数量倍增,成为县乡两级万元户,与鲁伊万有着不可分割的关系。胡安虽说是牧人世家出身,懂得牛羊与大自然相处之道,但是从育种和管理的角度讲,还是鲁伊万说话权威。鲁伊万认准胡安是个认真又脚踏实地的人,容易合作,加上鲁伊万那些年事业正处于上升期,一心想做出点儿成绩,就盯紧了胡安一家。而胡安从来也没有说过一个"不"字,也想快点儿增加羊群的数量。鲁伊万对胡安家的一批母羊进行了人工育种,人工育种的活就需要几天,从年轻的母羊发情前期的二十四小时,到后期狂躁的三十小时,他和胡安盯紧了那些被他们选中的母羊,做了人工育种。鲁伊万选来的是优良的羊冻精,尤莱·叶森也曾听威成说,有了那些优质的种子,胡安家的羊群就爆棚了。

鲁伊万一直以来与叶森家像一家人一样,特别熟悉,对叶森家的事也了如指掌。

孟走进鲁伊万的兽药店,鲁伊万笑着说:"哟,孟姑娘来了,好久没见你了,最近在忙些什么?"

孟笑着说:"伊万叔,从哪里说起呢?天天瞎忙呢,也不知道整天忙个啥。反正天亮了,又天黑了,就这么一天一天过。"

鲁伊万说:"孟姑娘,可不敢这么讲。你们忙的都是正事,哪里像我们这些退了休在家的老家伙,整天无所事事。"

孟问:"尤莱·叶森来过吗?"

鲁伊万说:"来过了,拿了药走了。他家的一头牛被熊咬了,咬得不轻呢。"

孟问:"叔,那头牛有救吗?"

鲁伊万说:"孟姑娘,你也关心那头牛?"

孟就笑了:"当然了,我还等着它今年能产个小金牛,明年帮尤莱叔卖个好价钱。"

鲁伊万说:"哦,听威成·叶森说过,你要帮尤莱·叶森家买牛冻精,对,是你。"

孟说:"牛冻精虽然花不了几个钱,但是意义不一样。只可惜那可怜的牛被咬伤了。"

鲁伊万说:"只要治疗及时,那牛底子好,就能闯过这一关的。它要真的是尤莱·叶森家的牛,我想定是能活下来的,因为他们叶森家有股很倔强的东西。"

孟若有所思地点头。鲁伊万的话,孟似乎是深有感触的。孟就转移了话题问鲁伊万有没有听说叶瑞克找尤莱·叶森麻烦的事。

鲁伊万说:"当然知道了。我昨天晚上在山上跟尤莱还说过这事。那个尤莱呀,这件事让他感觉很丢脸。他是个极其讲面子、讲义气的人,最怕坏事传千里。可我知道他们叔侄俩一直是相依为命的,两个人以往关系很不错,比父子俩还要好。尤莱·叶森只有两个女儿,他是把叶瑞克当自己的儿子养大的。"

孟问鲁伊万:"他们叔侄之间到底因为什么吗?"

鲁伊万边说着话边拿了一盒烟,抽出一支,用打火机点燃了,小店里就到处是烟味了。

鲁伊万说:"孟姑娘,你听我讲啊,刚才就在这个店里,我问尤莱,你们家的冬营地是不是在准噶尔北边?尤莱说是。我问他,你们家冬营地有多少?他说有一千四百亩。我问今年政府有冬草地禁牧补偿对不对?他说一亩地有好几块。我说,那你是不是压着那些钱,没给你侄子?尤莱听了就怒了,骂我是蛤蟆嘴,乱喊乱叫。我的老天爷,他没骂我是驴嘴就谢天谢地了。我了解尤莱,他是个为了别人可以肝脑涂地的人,不会做出那种事。他把叶瑞克和威成都带成人了,怎么会为区区小事丢自己的脸。尤莱说,他侄子要的不是钱,而是草原。"

孟说:"是这样的,伊万叔。"

鲁伊万瞪起了眼睛:"那他凭什么!第一轮承包的时候,他还没出生;第二轮承包的时候,他也只是个毛毛虫。这娃怕是良心真的坏了。"

孟说:"所以,尤莱叔感觉在人前抬不起头了。"

鲁伊万说:"叶瑞克这个鼻涕虫!孟姑娘,要么你们把这事交给我,看我咋收拾这个小东西!"

孟说:"叔,不生气的,想必这娃是一时犯糊涂。"

鲁伊万说:"一时糊涂就能原谅他了?我们白水台这个地方,有老有小不假,但没大没小可不行。不能让这小子起个坏头。哪天我得跟这小子理论理论。这小子,可真是不得了了。孟姑娘,叶瑞克这娃这些年挣了一些钱呢,是他尤莱叔为他打的底子,威成叔帮他成的器。都怪钱把这小东西惯坏了。老天爷很多时候不长眼呢,天上掉馅饼的事,咋就能砸到他这个怂娃。"

孟笑着说:"啥？天上掉馅饼？"

鲁伊万说:"那可不就是天上掉馅饼吗？别看白水台冬营地这块地方鸟都不拉屎,可到处是宝石。前些年入冬转场,他们尤莱家转场往冬营地走。一天,尤莱让叶瑞克去找一峰母骆驼。结果骆驼没找着,叶瑞克在雪地上撒了一泡尿,就冲出一块海蓝宝石来。后来他拿那宝石换了一笔钱,拿着钱满世界去跑了。走前只告诉他尤莱叔说,世界那么大,我想去看看！这话是那些年在微信里你们这些年轻人常说的话！"

孟的两个眉头高高抬起来了,眼睛也瞪得圆了。敢情威成·叶森讲过的那个蓝宝石故事的主人公不是一个老牧人,而是他们家的叶瑞克。

乖乖！这叔侄仨,好让人费神！

听鲁伊万说他要教训叶瑞克。孟就劝鲁伊万先不急,她正在为解决这事忙呢。只是阿斯喀尔只给了三天时间,她怕自己完不成任务。

鲁伊万也同意阿斯喀尔和村民调解委员会的安排,还建议孟最好再去找找威成·叶森,跟他聊聊。威成·叶森是个开明的人。还说,威成·叶森现在可能在山上,但下午说不定就会下山的。因为鲁伊万说他已经安排药店的一个小伙计开着威成·叶森的北京现代车送拿了药的尤莱·叶森上秋营地了。鲁伊万建议明天孟可以找威成·叶森聊聊。

孟以为这个建议好,就决定回村里去。

孟在一家抓饭馆吃了饭后站在街边等短途线路车,没想到竟然碰上了叶瑞克。

叶 瑞 克

叶瑞克是坐在车里看见孟的。一看见她,他的心脏就"怦怦"跳起来,犹豫了一下,本想调转车头离开。可是不知咋的,方向盘没听他的,直接把车慢慢向孟开去。他的左手还主动替他按了喇叭,而且不只按了一下,是连着按了三下,只是喇叭声有些怯生生的。车停在了孟的身旁,孟看向车里的叶瑞克。叶瑞克尽量让自己靠向车窗,问道:"孟姐,您也到乡上办事吗?"

孟认出了叶瑞克,眼睛亮了一下。

叶瑞克问:"孟姐,您要回村吗?"

孟说:"回!"

叶瑞克迟疑着说:"那……您上车,我送您。"

孟毫不犹豫地开了车门,上了车。

叶瑞克也利索,打了左转向灯,挂了挡,一踩油门,车就上了路,然后拐向去白水台村方向,车就像水上划艇一样,一下就划出白水街,驶上白水乡外的那片开阔的旷野,把白水乡丢在身后。

旷野还是那般畅行无阻,天高地阔,坦坦荡荡。孟和叶瑞克的头发都被吹进车窗的风撩起来。脸被风打着,就好像被一只无形的手拍打。孟用眼角的余光看着叶瑞克,问:"你昨天去乡司法所了?"

叶瑞克好像被呛了一下,很快又镇定下来,笑了笑说:"孟姐也去了?"

孟感到叶瑞克的回答有点儿圆滑,便一下没了兴致说下边的话,瞥了叶瑞克一眼,把目光看向前方。平心而论,以往孟对叶瑞克的印象并不糟糕。她最早给他的定位是白水台的新农民。"新农民"这个词是孟从她的老师关注的乡村话题里面知道的。她对叶瑞克这个印象记在她的包户走访笔记里,并在旁边打了一个问号,意思是有待进一步印证。她对乡村关注的课题中一个重要内容就是在下沉期间印证并帮助培养这样的乡村新农民。关于什么是新农民,孟在她老师写过的一篇文章里看过这样的一段文字:"新农民就是以农业为职业,具有相应的专业技能,收入主要来自农业生产经营并达到相当水平的现代农业从业者。新型农民与传统农民的差别在于,前者是一种主动选择的'职业',后者是一种被动烙上的'身份'。新型职业农民可分为生产经营型、专业技能型和社会服务型三种类型。"

孟把老师的这段话复制下来,粘贴在她的笔记本电脑的文档中。下沉白水台这两年来,她一直在寻找这个人群。哪怕发现一点儿蛛丝马迹,她都认真关注。叶瑞克确实曾是她关注的一个村民。虽然叶瑞克平时看起来并没有表现出那段文字所描述的那样,但跟白水台很多老一代的人比起来,比如同他的叔叔尤莱·叶森比起来,叶瑞克身上确实有不一样的地方。当然,穿个牛仔裤、卫衣,戴个太阳镜,或像她一样穿身户外衣,并不能证明是新农民了,关键是他们正在从事的营生手段和路径。如果不是这两天叶瑞克闹出个状告叔叔尤莱·叶森要什么草原继承权的事,孟还真的没对叶瑞克有过太坏的印象。每次走访他家,看到他的生活平稳安定,没有让她这个包户干部太过感觉挂心的事,比如,她就不曾想过像帮尤莱·叶森一样帮叶瑞克做点儿事。成为一个新农民其实是她对叶瑞克的一种期望。

状告尤莱·叶森的事却多少打破了她对叶瑞克的印象。关键是叶瑞克把这事捅到县司法所去,闹得司法所追问村委会,今天上午还在村委会跟尤莱·叶森和柯力奇顶撞。如果叶瑞克是她弟弟,今天上午在村委会看到叶瑞克的样子,她也有心像尤莱·叶森那样把拳头高高举起来。

孟就故意揶揄叶瑞克说:"叶瑞克,你好大的胆子。我刚才是去乡司法所了,也就是说,你真厉害,直接把你的包户干部告到了乡司法所。"

叶瑞克没听清,吞吞吐吐说:"什么？ 告……到司法所?"

孟又板着脸:"你干的好事！ 害得我到县司法所做检查。知道不?"

叶瑞克慌起神来,方向盘都打了个滑。

孟大喊:"当心！"

叶瑞克控制住方向盘,苦笑了一下说:"怎么会？ 我告我叔,跟您有啥关系?"

"我是你的包户干部！ 一只小蚊子叮你,我都要负责,懂不?"

叶瑞克无奈地不停摇头。

孟见叶瑞克有点儿怂,心里一阵好笑,继续说:"没想到你这个叶瑞克深藏不露的,还挺能耐。一泡尿撒出一个海蓝宝石,一张八百年前的旧文件还想把你叔的草场都占了去。"

叶瑞克不自在了,说:"这事,哪儿跟哪儿啊！ 孟姐,别糟蹋人嘛。我告我叔自有我的道理。"

孟说："要把自家的叔往坑里推还有理了？那你说，你是啥理？"

"孟姐，我一句话说不清。"叶瑞克摇头，咬着嘴唇，急得用双手拍了拍方向盘，说，"这样吧，孟姐，我请您去我家，让巴格娜烧奶茶，请您喝茶，司法所的事，我先给您赔不是。"

孟听叶瑞克这么说，心里漾过一阵儿小小的惬意。摸底的事有谱了，正好顺水推舟，就点了头说好吧。

这样，叶瑞克就一路把孟带到村西头自己家去了。

叶瑞克的家在白水台村西北角，离村委会不远，也是一片新建的安居房。孟虽然来过很多次，但以往来主要是例行公事，因为叶瑞克家没有太多困难的事需要她帮助协调。而且她来走访时，多半叶瑞克已经出车了，媳妇巴格娜也去了她的小店，小院门不锁，里边也没人。

这一次，因为叶瑞克状告叔父尤莱·叶森的事，也因鲁伊万在药店里说过的话，孟倒是要好好看看这个叫叶瑞克的毛头小子和他的家是不是真的惨到要跟亲叔叔抢草场。

叶瑞克开车到了他家小院门口，把夏利车停靠在一排小树下，然后跑步去打开院门。叶瑞克说他要打个电话，孟就进了小院。

小院一进门右手有间房,左手有间房,两间房面对面,正面是套在小院外的另一个院子。右手的是安居房,是政府建的,坐北朝南,两个卧室、一个客厅、一个厨房、一个卫生间,是标准房。左边的是自建房,白水台人把它叫托沙拉房。托沙拉房一房多用,既当夏晾房、厨房,又当冬储仓,主要存放冬宰肉。这种房里熏制的冬宰肉好吃得不得了,孟喜欢熏鹅的味道。总之,托沙拉房很实用。

小院子正对面套着的大院子,实际上是白水台新村做居民安居房规划时特意给住户划出来的一个用来养殖的大院。大院西南角有一个大坑,可以放下一辆夏利轿车,坑底用水泥抹过。孟知道那是用来给牛羊储备青贮用的。青贮就是把一些草饲料、玉米秸秆加上一些富含碳水化合物的饲料经发酵而成的饲料。这种青贮对牛的适口性好,易消化,发酵过程中会产生大量乳酸,所以气味芳香又柔软多汁,能促进家畜消化腺分泌。做青贮时,只要把饲料都投入那个大坑里,一层一层往上堆,堆得比叶瑞克的夏利车还高,然后用塑料布蒙上,让其发酵。冬天用铁耙耙给牛吃就好。关于这些知识,孟虽然不了解百分之百,但百分之六七十总是知道的。尤莱·叶森家也有这个青贮坑。叶瑞克家的牛舍与尤莱·叶森家的不同是叶瑞克只养种牛,五六头即可,而且是铁打的牛舍流水的牛,养大一头牛,叶瑞克就卖掉。而尤莱·叶森家牛舍里公牛母牛都有。当然,叶瑞克家的院子也不缺绵羊和山羊。现在他的牛舍里就有四头种牛犊等待长大。叶瑞克家牛的饲养顾问当然是他的二叔威成·叶森。

叶瑞克家院子的生活区和后边的养殖区跟白水台人家的有一点儿不同,就是他的后院,也就是养殖院和生活区小院中间不像别人家那样砌了高墙,做了硬隔离,而是用一道铁栏杆隔开,铁栏杆面向生活小院的这边砌了一道齐膝高的墙。这墙除了与圈舍之间起着阻隔作用,同时还起到美化庭院的作用,这是孟来走访时听巴格娜说的。美化的形式在于,小围墙中间是空的,添了泥土,种了指甲花和太阳花,而且小围墙还围出一个小菜园,小菜园里种了辣子、豆角、茄子、西红柿,还有一道精致的韭菜埂子。所有这些,也就是红砖的墙围,绿色的菜叶,红色的指甲花,还有五彩缤纷的太阳花,配上安居房窗户里白色的蕾丝窗纱,整个小院显得温馨至极。孟曾想过,自己要有这么一个小院就好了,也会把它收拾得很有情调。

现在已经是五月中旬了,那些指甲花和太阳花苗,还有小菜园里的菜,都已经发芽。这些显然颠覆了叶瑞克上午在村委会留给孟的印象。一个把生活收拾得这么妥当的人,咋会干出那么没有边界的事？人与事,如此不搭调。

叶瑞克打完电话进了小院。孟一边表扬着叶瑞克的院子,一边随叶瑞克走进安居房。

叶瑞克的安居房又强化了孟对叶瑞克的印象。

这房子面积有七十平方米,有一个小客厅,两个小卧室,一个卫生间,还有一个厨房。满屋都贴了暖色的墙纸,门框、窗框都上了乳白色的油漆,几个窗户都挂了内纱和外帘,房顶上还挂了一个简易的水晶灯,两个卧室一间有炕,一间有双人床,被褥干净,花毡齐整。客厅里有沙发、茶几,上面都盖有白色蕾丝盖布。这些布置让人感觉不是一个小村的民居,而是城里某个楼房。屋子不但收拾得干净,而且有品位。

孟看了一眼站在旁边的叶瑞克:"行啊,叶瑞克,你挺会生活的嘛。"

叶瑞克笑着说:"马马虎虎。"

"你马马虎虎都能把日子过成这样,如果认真起来,那还得了？"孟嘴上这么说着,实际上还有一句话没说出。那就是你的家境看起来不错,为啥还要跟你叔父抢草场？但是,孟没有说出口。准确地讲,她是说不出口的。

叶瑞克说:"房子是政府出钱盖的……我再不把日子过好,那多不好。"

孟重复叶瑞克的话:"嗯!是得把日子过好。"

孟说话的时候把目光投向墙上的一个相框。相框里的照片上是一个少年和一匹马。马是一匹红色的马,少年大约十三四岁,额头上绑着一块红绸巾,扶着马的头。照片大约八寸大小。孟分明知道相框里的人是叶瑞克,但还是明知故问:"嚯!这是谁呀,这么有感觉?"

叶瑞克回话说:"孟姐没认出来啊?我跟您说过的,那是我嘛。"

孟故意凑向那个相框,说:"哎哟,真的是你!你当过小骑手哇。"

"当过,上初中的时候,我常参加比赛。这是一次乡政府组织的比赛,我的马得了冠军。"

"你的马得了冠军,那你也是冠军嘛。这马现在在哪儿?"

叶瑞克没有马上回话,而是沉了一下气息,摇摇头:"它已经没了!如果活着,应该三十岁了。三十岁的马,应该是百岁老人。"

孟看向叶瑞克,叶瑞克的目光有点儿躲闪。

正说着话,叶瑞克的媳妇巴格娜回来了,手上的托盘里放着奶茶和油酥,巴格娜一边把托盘放到小茶几上,一边说:"孟姐,我是从小店跑回来的,刚才叶瑞克打电话说您来了。您坐,我给您上奶茶。"

孟坐到客厅的沙发上。巴格娜一边往茶几上摆着食物,一边催叶瑞克也坐下。

孟感受着这个年轻温柔的女子身上的别样新鲜感。毫无疑问,巴格娜是个贤惠懂事理的白水台少妇。她的茶具和碗碟像明镜似的,干干净净,上的奶茶中茶与奶的比例恰到好处,跟在卡米拉家一样。不像有的女主人上奶茶,茶水是在暖水瓶里早兑好的,也不知放了几个时辰,倒出来的奶茶总有股酸味。尽管巴格娜是从小店里跑回来的,但十几分钟后,奶茶就烧好了。而对面托沙拉房里有煤气灶,热开水只要往煤气灶上一放,煮了茶,也能有临时烧出好茶的感觉。巴格娜说:"孟姐,奶茶烧得有点儿急了,您先用着,我再去烧一壶正宗的来。"尽管孟说不用,已经很好了,巴格娜还是转身去了对面的托沙拉房。

叶瑞克笑着请孟用茶。孟喝了一口,看向叶瑞克,以一种肯定的口吻说:"叶瑞克,你知道我今天其实是在找你的,巧啊,你自己撞我枪口上了。"

叶瑞克没有马上说话,而是往孟面前推了一些糖果,又往孟的茶碗里放了一勺刚炒熟的油麦,然后放下勺,看着孟,老练地说:"孟姐,照片上的那匹马名叫红,是一匹赛马。这张照片是一次我参加马赛的时候拍的。组织马赛的人其实是白水台乡一个养马户,不是乡政府。那个人名叫巴坦,他为庆贺他养的马过三百匹组织了那场马赛。那次,红得了冠军,为我们家争得了一头牛,是那个巴坦叔给获胜者发的奖励。"

孟就下意识地抬了眉峰,看向叶瑞克,这个叶瑞克在转移话题呀!我问东,他说西。只是叶瑞克这突如其来的话锋扯到的是那匹叫红的马,倒也提起了孟的浓厚兴趣。上午卡米拉曾提到过红。孟第一次见到尤莱·叶森时,曾见他牵着红。去年她跟着威成·叶森去体验转场生活,尤莱·叶森曾亲自为她备了那匹马!有意思!孟倒是要听听这个叶瑞克口中的红,就不打断他,等待着他说这匹马的事。

叶瑞克说:"孟姐,这匹叫红的马是我们家的老朋友。它最风光的时候,曾给我们家创造过财富。它是我们家白水台夏营地旁边防连钟连长的马。对钟连长我印象不深,但尤莱叔常说起他。边防连有很多军马,红是其中的一匹,它们从昭苏军马场那边来。而红,我很小就跟它在一起了。"

孟说:"你是在它背上长大的?"

"没错。"

"你从小就转场?"孟问这话的时候,眼睛看着叶瑞克。

叶瑞克也看向孟:"孟姐,马背上长大的人,不转场算怎么回事?"

"我感觉转场很苦,那次我体验过。"

"说苦也苦,说不苦也没啥。"

"怎么讲? 我可是跟你两位叔叔一起转过场,体验过的。"

"我们小的时候其实把转场当成一场盛事。"

孟兴奋起来:"说说看。"

叶瑞克说,他小时候跟着叔父尤莱·叶森转场,冬末时,从准噶尔北边冬营地起程,历时三个月搬五次家,才能到达白水台夏营地,秋末再从白水台夏营地转下来。关于转场的故事,孟已经知道不少,但她还是愿意听叶瑞克说转场的事,也就不打断他。叶瑞克继续说,那个时候,牧人搬家依靠的脚力全部是用骆驼。转场时,按乡政府牧办的统一安排,会一个村一个村转场,每家十几峰骆驼、三四百只羊,还有牛、马、狗,一个村至少几百户人家,大家一起走起来,浩浩荡荡,那才叫世纪大迁徙,颇为壮观的。大人们讲,晴天刮大风,狗和孩子一起疯。大迁徙大转场开始的时候,人喊马嘶狗叫,对像叶瑞克他们这样的少年是充满了诱惑的,堪比参加一场大游戏,且游戏中充满了期待。因为对少年们来讲,远方总是未知的、神秘的,那里有一股新鲜的力量牵扯着少年们心里梦想的世界。那个时候,牛羊还有牧狗都好像和人一样,处在一种昂扬的心境当中,大家都受到一种生命的召唤与鼓舞。尽管途中险情不断,有可能受到寒流的阻隔,还是一样有向前的力量。达到最终的目的地是人们最高的期盼,所以大人们会把自家的驼队精心地装扮起来,让每一峰骆驼都承担责任。每一次转场前,叶瑞克都会感觉很兴奋。

孟听叶瑞克这样描述搬迁,内心是惊讶的,也是新鲜的,便问叶瑞克:"你不会两三岁就骑马了吧?"

叶瑞克笑着回答:"孟姐,您别听那些爱说大话的人讲。在马背上长大,不一定是从一岁起就骑马跟着大人转场。"按他自己的经历,在七岁前转场走长途,他是被大人放在骆驼背上的,而不是坐在马背上。三岁前,父亲胡安把他放在骆驼背上的一个叫开布介的木箱里,就好像把他当作了一个布娃娃,一个玩偶,放在一个盒子里。但是,放在开布介木箱的感觉挺舒适。骆驼走起来一摇一晃,坐在里面,被温暖的日头晒着,睡了醒,醒了睡,驼铃叮叮当当,那是在童话世界里。五岁之后,他就被大人们捆在骆驼的两个驼峰之间的槽子里,以免从骆驼背上掉下来。坐在槽子里的体验是要练就忍耐和定力的。特别是转场到了他们家现在的秋营地,上最后一个台地去白水台夏牧场时,有个叫阿苏达坂的高台,那里有一道湍急的山溪,溪上是一座独木桥,过了独木桥就要上达坂,达坂下是悬崖绝壁。每次走到那里,叔父尤莱总是要让骆驼卧下,把坐在驼背上毡子槽里的叶瑞克捆了又捆,免得骆驼一晃,他从崖上掉下去,就好像一只雏鸟,毫无自救力。到了七八岁之后,叶瑞克才开始真正练马上功夫。

练马上功夫,这个话题吸引了孟。

叶瑞克说他能练出马上功夫全仰仗了他的叔父尤莱·叶森,确切讲是被叔父尤莱·叶森逼出来的。叶瑞克说,他曾想过叔父当年之所以那样逼他,可能是因为叔父没有儿子,而他是父亲留下的唯一儿子,所以,叔父把他当成了叶森家真正的传人。

父亲去世后第二年,叶瑞克的姐姐也跟着母亲离开了,母亲改嫁给外公家那边的一个熟人。母亲改嫁时,叶瑞克已经四岁多了。叔父尤莱·叶森告诉他母亲要改嫁时,叶瑞克问:"什么是改嫁?"尤莱回答说:"就是你和你姐将有一个新爸爸。"叶瑞克问:"那我妈呢?"尤莱回答:"你妈将有一个新丈夫。"叶瑞克就哭了,是那种不出声的哭,眼泪抹了一把又一把,惹得他母亲也陪着一起流泪。大嫂对尤莱·叶森说:"叶瑞克是男孩,是你大哥留下的唯一的儿子,就让他留在你们叶森家吧。"母亲问叶瑞克:"娃,你留在你爸身边行吗？妈会来看你。"下面的话，母亲说不下去了。那年，尤莱·叶森和卡米拉都认为，尽管叶瑞克是大哥留下的唯一男孩，但他还是跟着母亲走比较好，没有人愿意让一对母子分离。大家都没有料到的是，当母亲带着姐姐离开的那天，五岁的叶瑞克竟躲到毡房后边，并没有跟母亲走。这件不合常理的事不仅让尤莱兄弟也让整个白水台的人都大为惊讶。

当年白水台人茶余饭后说得最多的一句话是："胡安留下的那个娃主意真大！小小年纪，竟然不愿跟着母亲走。"

或许正是因为叶瑞克小小年纪主意过大，他母亲改嫁后，叔父尤莱·叶森便格外拿他当一个真正的汉子养。当然，这是后来叶瑞克自己悟出的。至于问他为什么小小年纪会选择留下，他认为白水台人家是高估了他的智力的，他也说不清为什么，相关的记忆都是模糊的。

叶瑞克第一次坐在马背上，是尤莱·叶森当边防连羊倌儿回家的那个晚上。第二次坐在红的背上，是他父亲去世的那一年转场下山，边防连安排战士送他们下山，一直送到阿苏达坂下。那一次，尤莱·叶森骑着红，把叶瑞克放到自己的鞍前。下了阿苏达坂，有卡车来接卡米拉和女儿，尤莱·叶森依然把他放在自己的鞍前。五岁的叶瑞克便跟着尤莱·叶森，还有三名战士，赶着他们叶森家的羊群和边防连的羊群转出夏营地。第三次,是叔父尤莱·叶森让他坐在红的背上在白水台夏营地走了一大圈。那是叔父为他做的上马成人仪式。当然,平时有空闲的时候,尤莱·叶森也常会把叶瑞克放在鞍前。

这样的生活过了三年,尤莱·叶森就送叶瑞克上了小学。小学在白水乡。叶瑞克自一年级起就住校读书。十月入学,到来年四月底放假,再到十月入校。每到放假,尤莱·叶森就接他回夏牧场。这种读书的方式也是县乡当年根据牧民生产生活的条件做的调整。一来保证按教学大纲完成教学内容,二来方便牧民生产生活。所以,一年中,转场上夏营地,转场下夏营地,像叶瑞克这样的牧区孩子可以两不误。他就一直有可能在转场路上和叔父在一起,只是冬天不会在冬营地。

叶瑞克每年都会等待四月。按叔父尤莱·叶森的说法,那个时候,天狼星最明亮,昴宿星团也最鲜亮。在叶瑞克这里,上白水台夏营地的日子会很自由,不会被老师天天盯着复习功课、做作业。叶瑞克的数学学得不好,读小学的时候,他总是搞不清楚兔子和兔子腿的关系,还有那些麻烦的年龄问题。比如,姐姐十七岁,弟弟七岁,当姐弟俩岁数之和为五十岁的时候,问,弟弟多少岁?姐姐多少岁?叶瑞克永远搞不清楚这些像捉迷藏一样的数学题,所以他就渴望去白水台夏营地。每次回到白水台夏营地,他可以去放羊,无忧无虑,没有牵挂。当然他也会常常想起母亲和姐姐,那也多是在受到叔父尤莱批评的时候,但卡米拉总有办法抚平他的伤心。卡米拉会把叶瑞克叫成她的小马驹,她的小鸟,她的心,她的肝,并给他酿一碗浓稠的酸奶。叶瑞克小的时候时常把木勺插在浓稠的酸奶碗里,看它会不会倒。体味酸奶那种丝滑酸爽的口感就是体味卡米拉给他的母爱。

叶瑞克认得他们叶森家的羊和边防连的羊。两家的羊背上都有一道漆印,边防连的漆印在羊的右肩上,叶森家的漆印在羊的左肩上。那些羊是有记忆的,也是有它们自己的智力的。凡上过白水台夏营地的羊群,都知道自己的游牧范围,老一代的羊带小一代的羊,用不着牧羊人太过操心。放假回白水台夏营地牧羊时,叶瑞克便可以拿着他从学校借来的《水浒传》,独自享受梁山好汉们的故事。晚上牧归后,一家人安定下来,他会把梁山好汉们的故事讲给尤莱、卡米拉还有两个妹妹听。时间久了,连卡米拉都知道李逵背娘的故事,说李逵那个莽汉真是孝顺呢。卡米拉这样说,还不忘复述一遍:"李逵回家搬母,途中遇李鬼冒名打劫,未杀,给银十两。后知受骗,杀了李鬼,李鬼妻逃走。"卡米拉复述完了,自顾自地哈哈大笑,两个女儿也跟着嘻嘻笑。尤莱·叶森就会瞪一眼卡米拉，说："你这个婆姨，口无遮拦，该不是提醒叶瑞克要善待你？"卡米拉就不敢说话了。

到了十岁放暑假的那一年，尤莱对叶瑞克说："我要训练你的马上功夫了。"

叶瑞克一听就明白，叔父尤莱说的是要让他当一名骑手，就是当赛马的骑手。白水台人家的娃都兴赛马，感觉他们都是风风光光、有爹给撑腰的样子。况且，叔父这里有全白水台最好的马——红。五六年了，叔父尤莱就等着叶瑞克长到十岁！这些年，尤莱等着叶瑞克长起来，就像等待一棵白水台的松树一样，向着太阳的方向，向着阳光充足的方向长，他的搭档将是红。

那一年，红也刚刚到退役的年龄。为了保持新鲜血液，边防连的军马差不多几年一换。事实上，这一年红才十二岁，正值一匹军马的壮年，至少还应再服役两三年。它退役有两个原因，一是因为钟连长退役了，二是边防连后勤有了新的军马，都是上好的马。钟连长退役之前，专门向上级打了报告，说明红这些年一直与尤莱一家在一起，希望上级特批这匹马跟着尤莱·叶森。上级爽快地批准了钟连长的请求，同意取消红的军籍，复员到地方。

钟连长离开白水台之前，特地到尤莱·叶森家的毡房跟他告别。钟连长说:"尤莱兄弟,这么多年风风雨雨的,咱们一起走过来了,我守边,你护边,咱们的红又护边又守边。我就要回家了,但是我真舍不得白水台。这里的每一棵松树、每一座山峰、每一株花草,这里的风声、雨声、雷声,还有冬雪融化时发出的柔软的声响,都已经化在我的血脉里。我舍不得那些印着'中国'两个字的界桩界碑,更舍不得这里的人。尤莱兄弟,我就要回四川了,那里是我的家乡。我有些担心,自己回了家乡,或许对那里会有陌生感了,因为我的青春在这里,心留在这里。"钟连长说话的时候,尤莱·叶森的眼睛是湿润的。"红就留给你了,上级已经特批。"说到这里,钟连长的眼眶也湿了,"比起我,红这个家伙好幸运呢,因为它还会留在白水台。它比别的军马要幸运呢。"尤莱·叶森知道,钟连长的意思是说,其他的军马退役后,可能就到别的地方去了,不会在白水台。钟连长说:"我在白水台当兵五六年,每年最见不得的就是战士们退役时跟他们的军马告别,或者军马退役时跟它们的战士告别。人抱着马头,马拥着人的怀抱。人哭,马也会哭。"

钟连长和尤莱·叶森说话的时候,叶瑞克就在他们身边。那是在秋天转场前,白水台夏营地的草地已经开始染上秋色,早起时,有冰凉的露珠挂在松枝和草尖上。

两个月后，钟连长就退役了，红也正式归到了尤莱·叶森的名下。尤莱·叶森为边防连牧羊前后有五六年，后来，边防连的后勤保障困难解决了，就不再牧羊了。地方上拥军的方式也发生了改变。尽管这样，叶森一家跟边防连的关系一直保持着。送医拿药，为军马打个铁掌，这些事也没断过。威成·叶森当了兽医后，有时也去给军马看看病。

应该就是在钟连长退役的那一年，叶瑞克被尤莱·叶森推到了红的背上。

白水台赛马，成人是不参赛的。在白水台人的认知里，他们不能想象那些被时光雕琢得走了形的成人，坐在马背上参加比赛有多么蠢笨。如果那个赛马的成人是一个胖子，大肚腩比一匹马的肚子还壮硕，或者是一个瘦子，两条长腿和长身子坐在马上，比例失调，就像堂吉诃德骑了他的瘦马，要多难看就有多难看。所以，体重不仅关乎是否公平，毫无疑问更关乎审美。因此，在白水台，只有少年能赛马。更重要的是，少年正处在练就志向与胆识的年龄，所以赛马的意义长远。

在白水台，少年赛马，马背上是不上鞍具的，这是一种不做任何附加、完全让人与马融为一体的比赛，与现代赛马完全不可相提并论。不光如此，赛马的时候是没有赛道的，也没有赛圈，整个赛程完全在大地赐予的自然地形中进行。

赛场有可能是戈壁荒漠,有可能是绿茵草坡,也有可能是深谷沟壑,完全取决于组织者的用心和条件,而比赛只有输赢两个选择。这种比赛动辄二三十公里,有时甚至更远,途中只有一个折返点,以便赛马回到原点,决出胜负。因此,这种比赛也叫野赛。路遥知马力,鹿死谁手,只看赛马与骑手的能耐。一名少年骑手不仅要有胆识,更要有好的身手和智慧。

叶瑞克被叔父尤莱推上马背后,第一次就做了一个十公里的长跑训练。那天,叶瑞克第一次意识到,这匹名叫红的马儿,虽伴随他长大,但他从来没有意识到原来它有一个刀般锋锐的脊梁。他坐在红的脊梁上,感觉到了那刀锋般直刺他的尾骨的痛,它那透着体温的皮毛像锉刀一样研磨着他两条大腿内侧的肌肤。红奔跑起来后,他的五脏六腑似乎也要被颠出来。快跑到终点的时候,叶瑞克甚至趴在了红的背上,双手紧紧抓住红的马鬃,任自己的眼泪与红的汗水融到一起。他这么受罪,但到了终点处,叔父尤莱竟然只说了一句:"别让我看到你那没出息的眼泪。"

叶瑞克一拳狠狠地砸在红的背上,把自己的身体从红的背上扔了下去。

那天,叶瑞克是罗圈着腿回家的,像一位上了年纪的老爷爷,一步一步,跟着尤莱·叶森和红向前走。回到家,叔父尤莱·叶森好像什么都没有发生,自顾自地给红梳理皮毛,给它饮了水,上了麸皮精饲料,又遛了遛,对红百般呵护。直到月亮升上夏营地松树的枝头,鹰在某个峭壁上发出长鸣,叔父尤莱·叶森才牵着红回到毡房旁,把红放在毡房旁的一棵高大的松树下。那棵松是百年老松,一年一年的针叶落下,加上那里有松鼠和黄鼠狼常年出没,又有牛羊歇息,土质十分疏松柔软,马蹄牛蹄踩上去,甚至发不出声响。相比红的待遇,叶瑞克感觉自己太惨了。进了毡房,他几乎是把自己撂倒在花毡上的。卡米拉让两个女儿给他铺褥子,他感觉自己已经没有什么力气跟她们说话了。卡米拉嘴里不断说着爱怜他的话,说着责怪尤莱的话,而尤莱回了毡房,对趴在地毡上经受磨难的他,只是嘿嘿笑了两声。叔父是那么冷血,让叶瑞克不禁要恨他了。不过在那个夜晚,叶瑞克也感受到了尤莱的体贴,尤莱为他掖好被子,然后背对着他,点燃了一根莫合烟。叶瑞克一直记得那根烟在黑暗的毡房里发出的一闪一闪的红光。尤莱·叶森开始学会抽烟,是在叶瑞克的父亲走后。

孟问:"后来呢?"

叶瑞克说,后来他在那块地毡上趴了整整三天才能坐起来。好在大腿内侧被磨破的皮没有溃烂或发炎,而是结了一层疤,再后来疤就慢慢掉了,瘀青也渐渐褪去了。以至卡米拉跟丈夫调侃说,这娃刚生下的时候,一定是咱大哥大嫂喂了他羊尾巴当奶吮了,长大了风寒刀枪不入的,自愈力这么强。卡米拉的话听起来是调侃,事实上,或许让她说到了点子上。新生儿吮羊尾巴,倒也是白水台人家的常态。婴儿生下头十日,除了吸吮母亲的乳头,便是要吸吮烫熟的羊尾巴。就好像现在用的安抚奶嘴,但远比塑料奶嘴环保又健康。卡米拉这样拿叶瑞克开心的时候,叶瑞克当然不会往心里去。自从父亲离世母亲改嫁,他的爹娘就是尤莱和卡米拉,只不过是自己习惯叫他们叔父婶婶罢了。

那以后,叶瑞克几乎天天被尤莱推到红的背上。不管他是不是会以泪洗面,上马是他唯一的选择,且不能讲任何条件。尤莱·叶森带着叶瑞克从十公里跑到了十五公里,又从十五公里跑到了二十公里,最后跑到三十公里。有一次跑三十公里,在折返点上,红被一个突然逃窜的旱獭惊吓,猛一躲避,叶瑞克从红的背上掉下来,右脚踝外侧碰到了一块锋利的石头,脚踝上顿时就裂了一个两指长的血口子。尤莱·叶森就从繁茂的三叶草丛里找来一团白色的东西。那东西有小孩子的拳头那么大,平时遍布夏营地。一旦把它撕开,它就会喷出咖啡色粉尘,随风散去。叶瑞克至今也说不上它的名字,凭借在学校学的知识,他知道那应该是一种野生的菌类,无名无姓,期待外力将它的皮囊破开,让里面的孢子散去,繁衍生息。虽然不知它的学名叫马勃,是一种白水台夏营地特有的菌,尤莱·叶森却把它用得恰到好处。尤莱·叶森拿着它,撕开来,把里面咖啡色的粉末死死塞进叶瑞克那两指长的伤口,又将他常放在兜里擦汗的手绢缠住叶瑞克的脚踝,不加迟疑,顺势把叶瑞克搋上红的脊梁,拍了一把红梨状的马臀,红就像与尤莱·叶森商量好了一样,带着叶瑞克跑完了它的回程。这么多年过去了,叶瑞克一直感觉那些粉末还在他曾经的伤口处,也可能已经长进了他的肌肤,因为那个地方现在依然有一块硬的结。

叶瑞克说,他十三四岁的那些年,白水台的人有了比往常更多的雅兴,三天两头总有家境好起来的人请来四方宾朋兴办家宴。那些家宴或因幼儿开口说话,或因幼儿学会走路,或有娃考取高校,或为老人祝寿,总有名头,更别提还有人家嫁女娶媳的,吟歌说唱的,在这些宴请中,组织一场马赛便是锦上添花的事。赛马,不仅彰显了主人家的排场,还展示了白水台游牧人家的情商。也难怪,人总是要礼尚往来的。于是,组织一场赛马,给得了冠军的奖励千儿八百块钱,到后来索性有奖励大牛、大马、大骆驼的。因为有铺张浪费的嫌疑,老支书柯力奇还批评过一些人家。但不管怎么说,那阵子确实让赛马这项运动在白水台火了一把。赛马场上也会爆出各种好笑的事。比如,一匹长了水桶腰的马,参加过两场赛事后,就成了白水台的笑料了。谁能想象那个有着极不好看的马相的胖马倒是那真正的马中精英?而且越来越红,就像现在有些人或事会在网络走红一样。也不知咋的,在白水台夏营地,一旦有赛事,人们总是会忘乎所以,赛场上黑压压的满是群情激昂的人群。为什么赛马会让白水台人变得群情激昂?没有人能说得清楚,白水台人赛马从不为马下什么赌注。如果定要有个说法,那就是白水台人赛马要争个荣誉和骄傲。

说到荣誉和骄傲,叶瑞克深有体会。这份体会正是来自红和他的叔父尤莱·叶森。叶瑞克说,叔父尤莱最知道什么叫荣誉,什么叫骄傲。红也知道,特别是在他们都觉得自己遭遇了伤害的时候,荣誉和骄傲会把红和叔父尤莱的尊严激发出来。

红一鸣惊人是在叶瑞克十三岁的那年夏天。叶瑞克放了暑假,叔父尤莱·叶森接他回白水台夏营地。在白水台夏营地,叔父尤莱·叶森带着他和红参加了两场比赛。那两场比赛中,红尽显峥嵘,成为一匹半路杀出的黑马。一连两次参加三十公里比赛,红都毫无悬念地抢了风头,做了头马。人们开始相信所谓民间藏龙卧虎不是人们的假想,而是现实。一匹马从没有参加过大赛,并不等同于它不是一匹赛马。事实上,红是不是一匹赛马,别人事前不知道,尤莱·叶森却早有预测,只不过是时机未到。他和红都在等待叶瑞克少年长成。那些年,尤莱·叶森一边训练叶瑞克,一边精心调养红。红出身于兵营,血脉中先天具备了优良的素质和秉性。自律和自强是它的灵魂,勇往直前是它唯一的个性。加上尤莱·叶森对它的精心呵护,一鸣惊人只是时间问题。

平日里,尤莱·叶森坐在红的背上如同皇帝,但是,下了马,他就做了红的仆人。为红准备的草料是干净的,加的饲料是干净的,饮的水是干净的,红的饲具也是常洗常换,偶尔有一头牛或一只羊碰过了红的饲具,尤莱·叶森一定会及时换掉。如果牧狗塔尔兰碰了红的饲具,塔尔兰将受到惩罚,因为它是一只狗,在尤莱·叶森的世界里,塔尔兰完全不能跟他的红平起平坐。红的饮食,尤莱·叶森也会严格把关。在白水台夏营地有最好的草给红吃;下了白水台夏营地,红每天要吃马草和马料,每日三餐,凌晨三点、上午十点、下午四点,都准时准点。红休息的时间也有讲究,早上七点、中午十二点、晚上九点。冬、夏作息时间不同,到了夏营地,红散养在青草殷实的草地上。这一切,也是当年尤莱·叶森和红在边防连养成的习惯。时间长了,红越来越有时间观念，就是后来尤莱·叶森训练叶瑞克跑马时，尤莱·叶森也从不让叶瑞克加鞭，所谓"快马加鞭"，在红这里是一个多余的概念。红能出落成明星，还要归功于叶瑞克有一个当兽医的叔叔威成·叶森。红生了病的时候，威成就会出现，无论他去多远的地方，无论是给牧人家的牛羊治病，还是去改良育种，他总会抽时间回来，跟尤莱·叶森一起分担。那时威成·叶森刚入兽医这一行，所以在红身上更是用心备至。每年会给红打两次驱虫药伊维菌素，按时注射流感疫苗、破伤风疫苗。有了这样一个强有力的保障，即使畜群里有牛或羊得了口蹄疫、流感或日本脑炎之类的疾病，红也总能平安地过关。叶瑞克当赛手那些年，见过很多马得肠结、马疝痛，但红从没有得过。威成当真把红作为自家人。有时候，红不舒服，威成感觉自己用不上劲的时候，就把鲁伊万请来帮着瞧瞧。

红之所以成为头马，正是由于有了这样一个与众不同的身世和经历，所以，它能占尽风流也在常理之中，至于那年它参赛两次就夺冠走红，也就不存什么悬念了。如果有人眼红，老是絮叨红的不是，只能算那人有自我絮叨之嫌了。那两次赛马中，红就是红！它的速度就是过瘾，就是爽。

枪打出头鸟，树大招风。山高自知寒，水深自知冷。到了红第三次参加比赛时,叶瑞克、红还有尤莱·叶森似乎才开始意识到,原来维护红的荣誉和尊严,堪比维护他们自己的尊严和荣誉,甚至包括生命。

红第三次参加比赛,也是尤莱·叶森带着叶瑞克去的。比赛不在白水台夏营地,而是相邻的青水乡夏牧场,是青水乡几个赛马迷组织的。赛场设在青水乡夏营地的一片广袤的大草甸上。那个大草甸北高南低,赛程是三十公里。出发前备鞍时,叶瑞克听叔父尤莱·叶森提醒说:"娃,咱的红到外乡参加比赛,想必人家不服气咱!你和红可要当心。无论胜负,你们跑出最高的水平就是。"叶瑞克点了头说:"好的,我记住了。"叶瑞克这么说的时候,红也甩了一下它的头。尤莱·叶森咧嘴笑笑,拍了拍红的脖子,把叶瑞克推到红的背上。

相邻的青水乡夏营地与白水台夏营地之间的路不算近,需翻四座山梁,走三道深壑,过三条湍急的山溪。尤莱·叶森带着叶瑞克和红走到青水乡,应该说体力已有了消耗。为红抽签时,叶瑞克抽到了五号。比赛明天就要开始了,时间不等人。于是,尽管太阳西去了,叔父尤莱·叶森还是决定带叶瑞克去走场地,也算遛遛红,为红和叶瑞克放松一下身心。那条三十公里的赛程,去十五公里,回十五公里,折返点上有一堆敖包式的石堆,石堆上面插了一杆小红旗。

尤莱·叶森带着叶瑞克和红就沿着这条来回三十公里的赛道走了一遍,让叶瑞克和红记住折返点的那杆小红旗。这个准备是必要的,为的是心里有数,就好比运动员看赛场,演员拍电影走位。

经过一夜休整,终于等来第二天的正式比赛。这次比赛,主办的组织者们明确说冠军没有奖励,因为比赛只是一个民间自发娱乐活动,看的就是赛马的能耐。这一点所有参赛者都没有异议。毕竟,这是赛马爱好者们自愿发起的比赛。就好比几个汉子掰手腕,试的是力气。这倒也中了尤莱·叶森的心志。他的红不为奖品,只为荣誉而来。叶瑞克昨天也从叔父尤莱·叶森的暗示中听出有人不服气他们的红。叔父的暗示在叶瑞克的心里埋下了决心,不为奖品,只为荣誉!

开赛前,叶瑞克背上贴了五号的数字,被叔父尤莱·叶森推上了红的光背。尤莱·叶森拍了拍红的脸,说,去吧,伙计!看着叶瑞克和红跟着参赛的少年赛手们一起走向起点,尤莱·叶森就去了裁判席边。裁判席其实就是一个山包。山包上长满绿色的青草,聚满了来自相邻乡村看热闹的牧人。他们都热情高涨。

当叶瑞克骑着红走进四十多位赛手队伍中时,被几束不太友好的目光刺得脊背上一阵阵直冒冷汗。叶瑞克这才意识到,原来这赛场并不像他在白水台自家门前参加比赛那么舒服、那么被众人推崇。胜者为王,败者为寇。谁愿意当赛场的失败者?这里或许用"你死我活"来形容才合适。于是,他四处张望,希望自己的感受能得到印证,果然就看见有几个比他年龄大一两岁的少年向他投来挑衅或者说嘲弄的眼神。

说到这儿,叶瑞克问孟:"孟姐,您知道电影里那种无事生非的坏少年吗?"

孟被突然问住了,迅速搜寻了一下记忆里的一些画面。叶瑞克又补充说,就是《三毛流浪记》中三毛常遇的坏少年,或者动画片里搞恶作剧的小黄人。孟就笑着点了点头说:"叶瑞克,你继续,我懂你的意思。"

叶瑞克继续说,那几个坏小子将他们的马靠向他,挤对他和红,还时不时挥舞马鞭,发出尖叫。他们座下的赛马,好像也对他和红不大友好,用眼角斜视红。他们甚至过分到用他们的马鞭骚扰叶瑞克的心情,骚扰红的性子。叶瑞克感觉不服,就跑向一个裁判模样的中年汉子。那个汉子是引导骑手奔到起点的。

叶瑞克问那个汉子:"叔,您是裁判吧?"

那汉子说:"是!怎么了?"

"您应该管管他们。比赛应该公平。"

那汉子像是不想理睬他,坐在马上淡淡地说:"比赛论的是输赢。"

这句话仿佛当头一棒,叶瑞克只有拉着红的缰绳离开。红很有骨气地踏蹄往前去了。

发令枪响了,群马齐发。赛场上,尘土被密集的马蹄扬到了天上。少年们喊声震天。叶瑞克和红跟着大队人马往前跑去。大约跑出五公里的时候,叶瑞克感觉到了那几个坏少年轮番逼近他和红,有马鞭打在红的臀上。叶瑞克听到马鞭击打马身的声响,一股怒气冲向他的额头,与此同时,他好像感觉到了红的血液里也有一股同样的怒气穿过它的长鬃下的脖子,冲向它的头顶。叶瑞克知道,这股怒气是危险的,它会扰乱人和马的心智。扰乱心智,就能扰乱比赛的阵脚,而这正是那几个坏少年的用兵之策,目的是要打掉红的威风,让红的名气只留在白水台,而不是青水乡。叶瑞克意识到红已经生气了,因为红突然加速,而加速本该留在最后的冲刺阶段。叶瑞克感觉到有汗水沁出红的两肋。

叶瑞克有些控制不住红了。穿过几团前马扬起的尘土之后,叶瑞克看见了那石堆,也就是折返点的标志。但是,石堆的位置好像被人做了手脚,因为石堆上的那杆小红旗足足向前移动了五百多米。红只认得小红旗的位置,跑到石堆的时候，它本应立即折返，可是，它竟奔了那杆小红旗去，并没有折返的意思，只管一股劲儿向被移动的小红旗跑。叶瑞克在它的背上喊了一句："红，咱们上当了！"叶瑞克这样喊着，回头向后看，竟看见那几个坏少年正绕过石堆，也有一些后面的赛手跟向他和红。

这个时候，红好像突然明白发生了什么，绕过了那杆小红旗，折返回奔。叶瑞克只看见眼前是一片马蹄踏出的尘埃。回来的那十五多公里，叶瑞克不知道自己和红是怎么跑下来的，只知道他少年的泪黏附着尘土，座下的红像飞箭一样地冲刺。红急促地喘息，四蹄打着地面，两肋肌肉紧张收缩。那几个坏少年在跑过折返点三公里的地方，就被红甩到了身后。到离终点还有七公里处，这几匹马挨得紧紧的，叶瑞克感觉到一个大一点儿的少年用鞭子狠狠在他的背上抽了一鞭，疼得他好像被抽了筋一样，那个少年尖叫着，又一鞭打在红的尾巴上。这一击，让红变得更像一支箭。跑到最后一百米的时候，叶瑞克隐约感觉红的右侧有人在跟着跑，那是叔父尤莱·叶森。尤莱·叶森边跑边喊："咬住！咬住！"最后五十米，红冲到了终点。叶瑞克和红凭了惯性停下来，叶瑞克再回头时，才见一匹匹赛马冲过终点。叶瑞克以为红跑了第二或第三，没想到，依然跑出了第一。

但是,叶瑞克和叔父尤莱并没感到胜利的快乐。

叶瑞克下了红的背,一屁股坐在地上,委屈地哭起来。一是他的背被那个坏少年打痛了;二是他为红感到不平,他和红不该受到这样的羞辱。这个时候,红也像一个被怒气冲昏了头的人,不停地在原地踢着四蹄,甩着头,让它浓密的马鬃在空中飞舞。叶瑞克见叔父尤莱·叶森走到刚才那个引导赛手们去起点的壮汉前,一把揪住壮汉的衣领,在他的左腮上就是一拳,引起了一阵骚乱。人群中有人喊:"揍得好!揍得好!"那个壮汉似乎不服,要回击。叔父尤莱·叶森就又给了他一拳。

最终,正义取胜,两名在石堆处折返的赛手被取消了第二名和第三名的资格,而跟着红从旗杆处折返的第四名和第五名获得了第二名和第三名。

叶瑞克说,那场比赛结束后,叔父尤莱·叶森带叶瑞克和红回到白水台夏营地,受到的欢迎让他终生难忘。在他们路过所有白水台人家的毡房旁时,人们都向他和红撒奶酪和糖果,跟尤莱·叶森握手,拍叶瑞克的脸,拍红的头。叶瑞克那个时候曾坚定地认为,大家之所以这样欢迎他和红,是因为叔父尤莱·叶森主持公平的那一拳头,当然还有了不起的红。那一场比赛对他来说,与其说是一场胜利,不如说是一场醒悟。究竟醒悟了什么,那个时候的他其实并不能说得清楚。后来才渐渐悟到,那个醒悟应该是说:但凡做一件事,一定不能玩虚的!

孟笑了笑说:"没想到,你还挺像个思想者。"

叶瑞克说:"别人玩了虚的,所以他们失败了。以后,谁玩虚的,我就会远离他们。相反,我从红身上学到了务实。"

说到这里,叶瑞克自己也笑起来,说:"孟姐,红那个家伙,性子实到什么程度你都无法想象。我叔说,它都实得有点儿笨了。"

孟问:"那么优秀的马咋会笨呢?"

叶瑞克说,有一年秋天,他们转场到白水台夏营地。那天临出发的时候,卡米拉骑的马突然得了病,不能骑了,而她是准备要拉着驼队和两个女儿先走一程的。叶瑞克和两个叔叔被那匹得了病的马拖住了,决定晚走几步,再跟上她。先走一程的建议是卡米拉提出来的,她要先走到那天的目的地,给后边赶来的尤莱他们准备好晚饭。卡米拉抱怨没马骑怎么走。尤莱·叶森说:"哎哟,你这个女人好烦人,随便你骑哪匹马,快走就是,不然就晚了。"卡米拉说她要骑红走。叔父笑着说:"红是男人骑的,你如果不怕,就骑它好了。"卡米拉也不管那么多,上了红的背,牵了驼队起程了,接下来发生的事情就让人哭笑不得了。

大概是走出了五六公里远的路,走到一处半坡上长了一根歪脖子松树的地方,不知红突然动了哪根筋,收住了脚步,长长地嘶叫了一声,突然调转马头跑了起来,它带着卡米拉往回跑,且越跑越快,搬迁的驼队和两个女儿都被扔在那棵歪脖子松树下。无论卡米拉怎样拽红的缰绳,红都不肯听她的。原来,参加比赛走火入魔的红,走在转场的路上,看见了那棵歪脖子树,突然想起了比赛,而那棵歪脖子松树正好是以往比赛的折返点。它看到后就不管那么多了,带着背上的卡米拉以冲刺的速度往回狂奔。害得马背上的卡米拉脸上血色全无,红头巾与红棕色的马鬃马尾被迎面来的风刮成了直线。她死死地抓住马鞍前桥,尽力不让自己从红的背上掉下来出丑,一向自视矜持的她,完全没有了往日的样子,嘴里不住地骂红:"你这个蠢货!给我停下,快停下!"可在红的世界里,只有争取荣誉才是唯一的目标。这一幕被同一天一起转场的牧人们看到了,先是被搞得一头雾水,搞不清尤莱家的卡米拉这是唱的哪出戏?而当红一直这么狂奔,一口气跑回驼队起程的地方,人们才搞明白是怎么一回事。尤莱两兄弟和叶瑞克笑得肠子都要痉挛了。卡米拉抡着鞭子追打叶瑞克,骂着这畜生都是被你惯坏了。从那以后,卡米拉再也没有骑过红。那是她第一次也是最后一次骑它。

孟听着叶瑞克讲红和卡米拉,也笑起来。她有生以来还是第一次听到这样的故事。在以往她的生活里,何曾听到一匹马会这般超凡脱俗,这么游戏人生,这般性情诙谐?

叶瑞克叹口气说:"事实上,那天我感觉这个天生为赛马的红,是不想离开我叔父尤莱!"

提到尤莱,孟想到要把话题引向她关心的内容了,问:"你觉得你叔父尤莱是一个怎么样的人?"

叶瑞克机敏地看了一眼孟,笑了笑说:"孟姐!你在套我的话。"

孟也笑,不回避这个话题:"好吧,就算是我在套你的话。"

这个问题问得正当时,戳到了叶瑞克的软肋,但是如何回答是好,叶瑞克一时竟说不清楚。今天的他在面对孟时不是个好角色。如果说叔父尤莱·叶森是个好人,那是理所当然的,对他有养育之恩;若说叔父不好,他叶瑞克又该如何启口?反正多少年来,尤莱·叶森和他之间是有一块磨刀石的。有时候,叔父尤莱·叶森磨刀;有时候,叔父尤莱·叶森让叶瑞克去磨刀。无论谁把刀放在磨石上,都要磨出刀的刃,哪怕磨的是一把打草的钐镰。前边提到的那些转场的生活充满诗情画意般田园牧歌的感觉,加上有红的故事渲染,转场、草原都充满了传奇。实际上,那种生活的艰辛常人无法想象。

那些年，威成去当兵，回来后又去学兽医，当了兽医后又满世界跑，叶森家的劳动力只有尤莱·叶森和叶瑞克。即便有叶瑞克，也只是在放假的时候才能回家。所以，更多的时间里，冬牧羊、春接羔、夏放牧、秋转场的事都压在叔父尤莱·叶森和婶子卡米拉两个人身上。去白水台夏营地后，还有护边员的任务，叔父尤莱从不敢有半点儿疏忽。现在有几个牧人家还用骆驼搬迁，又有几个人还用得着骑马去放羊？现在白水台人搬家都有大车，公路也平坦了，牧人们骑的都是摩托车，摩托还用不着一天喂三次饲料。叶瑞克说，前些日子他骑摩托车去夏牧场，上百公里的山路见识了几个中年牧人骑摩托的水平，坐在摩托上面的平衡能力、把控能力、速度堪比摩托车山地赛手，甚至摩托后座还标新立异地带个女人，招摇过市的样子让叶瑞克瞠目结舌。生活真的是变了。

孟提醒叶瑞克说："你说的这些变化是挺大，我都见过了。我问你的是你的叔父尤莱，你怎么看他？"

叶瑞克继续讲，对一个牧羊人来说，白水台夏营地的三个月虽然舒心，但去夏营地有太多的危险。由于在高寒山区，白水台夏营地的早晨天还是大晴的，到了午后多半会有雷阵雨，那里还会下一种叫白雨的雨。那雨说不清为什么总是从周四下起，一下就是一周，到下个周四才会放晴。所以,牧人一般都怕周四下雨。那个时候,放羊是一件极其艰辛的事。羊就是羊,无论下不下雨,它们都是要吃饱肚子的,吃饱肚子是它们一天中唯一要做的事。所以,早晨到了点,就要让它们出门,人也得跟着它们出门。那种天气,在草坡上走一会儿,身上穿的衣服就会被淋个透湿,变得又重又沉,像穿了一层冰冷的铁衣。人就要往回跑,因为太冷,必须把湿透的衣服烤在毡房的火炉旁,再换一身干衣服出去牧羊,一会儿那身干衣服就又变成铁衣了。有的时候,晚上牧归,把散发着湿冷的羊脂味儿的羊圈起来,还得把前边换掉的湿衣再换上,因为刚换过的衣服又变成铁衣了。有一次叶瑞克换了衣服出去查看羊群,遇到一个老牧人,背上横挎一根牧羊棍,步履矫健。叶瑞克大为吃惊,问:"老人高寿啊?"老人回话:"八十。"叶瑞克又问:"您这么大年龄,还自己牧羊啊?"老人嘟哝了一句:"好一个年轻人的口气啊!我这把老骨头,既然活得起,就能干得起!"说完,那老人就钻进雨雾中去了,害得叶瑞克瞠目结舌了好一阵,直到咽了几口唾沫才回过神来。他悄然联想到了叔父尤莱·叶森!叔父将来会不会也像刚才的那个老人一样?还有他自己呢?既然活得起,就能干得起。牧人既然跟定了牛羊,那就好比一个农民,一辈子站定耕种的土地。不同的是,麦子谷子不长腿,不会跑,但牛羊是长着大眼生着长腿的,它们会跑会走,尤其遇到那种阴雨连绵的天气,它们还有可能被滚落的山石砸伤碰死,或自己掉下山去,不是有"群羊现象"一说嘛!只要有一只笨羊走进危险的境地,随后的羊就会把愚笨的天性发挥到极致,它们会一股脑儿通往那个世界的那扇谁也不想打开的门。一窝羊群,踩踏事件时有发生。对牛羊世界来说,危险会发生在任何一个角落。有时来自野兽,有时来自天空。而叔父正慢慢老去,到时候,叔父会像那个老人一样健硕吗?

叶瑞克说,一个雷雨天,有十几只羊突然受炸响的雷声惊吓,迷失了方向,大呼小叫乱跑,眼看要去往边境方向,叔父尤莱·叶森就一边恼怒地斥责叶瑞克分心,跑了羊群,一边和他一起去围堵那群愚蠢的羊。当羊群接近一片高大的松树林时,突然几道蓝光从天而降,一声惊雷炸响,就见一棵松树被劈得四分五裂,变成了粉末,有一股浓重的焦煳味四散传开。尤莱和叶瑞克就看见一峰骆驼瘫倒在地上。

孟吃惊地问:"大骆驼……死了?"

"死了!就那么一眨眼工夫,死了。是我们搬家时最大的一峰骆驼。"

"不可思议。"

"我和尤莱叔跑向那峰骆驼,您猜我们看见了什么?"

"应该是……烧焦了吧。"

"何止烧焦,它身上被撕裂的伤口就好像蜘蛛网一样密布。"

孟听到这儿,嗓子眼儿发堵,不知说什么好。如果说一句"好惨啊!"她会感到自己是多么矫揉造作。

叶瑞克说:"此前我曾天真地以为,闪电是老天爷的枪弹,还曾企图捡那来自天空的弹壳。因为我曾听说,有户人家的马被雷击中后,遗骸下有几团熔化后留下的铁珠子。我叔父尤莱就笑我愚蠢!骂我遇事不动脑筋。那些铁珠子哪里是老天爷的枪弹,分明是那些遇难的马被烧化的铁掌。那天,我千谢万谢老天爷,因为在那块草地上遭雷击的不是红,而是那峰短命的骆驼。我叔父尤莱·叶森也是这么说的。"

叶瑞克说,其实那峰骆驼是他们家最好的一峰骆驼,每年转场搬家的时候,它是最能负重的一个,总是走在驼队的最后面压轴。它的脖子上常挂有一串铃铛,走在搬迁路上,那铃铛声总会给人一份安全感。而它背上的箱子里,装着一件尤莱和卡米拉都认为是很重要的物件,就是胡安和妻子结婚时用过的一块壁毡。

那块壁毡是手绣的,绣满了白水台夏营地的草花,花的图案一朵连着一朵,连成一片。白水台牧人家家都有这样的壁毡,是挂在毡房主人木床旁毡墙上的。这样的壁毡在白水台差不多有点儿护家符的意义,所以,一个男人结婚前,做母亲的一定要为他准备好,作为他结婚时必备的财产。现在,很多牧民的后代住进了城里,家里也备有这样的花壁毡。由于具有护家符的意义,胡安去世后,叶瑞克母亲改嫁时,尤莱·叶森和卡米拉没有同意大嫂把那块壁毡带走。意思很明确,就是为了留住胡安的气息。卡米拉甚至还曾开玩笑般对叶瑞克说,有了它就好了,将来不用她这个做家长的再为叶瑞克娶媳妇绣花壁毡,有现成的,用上就行了。只可惜,她的那点儿小心思后来泡了汤。这就又要说到那峰可怜的骆驼了。

叔父尤莱·叶森带着一家人,从春牧场转场夏营地,要走上百公里山路,一路峰回路转,九曲十八弯,地势拾级而上,牧道两边都是被花岗岩堆砌的巨大山体。那些巨大的岩体有的是绝壁断崖,顶天立地,喊一声羊号子,能引发一连串回声。那种时候,人会有几分恐惧和压力,在那样的绝壁之下,会感受到生命的无常和渺小。那个时候,人就会想,一旦自己百年之后,这些绝壁依然会与世长存,它们以前是什么样,以后还会是什么样。走过绝壁之后,又会有连绵不断的巨岩连接在一起,山脊的曲线舒展得像一首永远的情歌,情连情,心连心。人走在山下,望向山脊,会下意识地哼出一曲小调。驼队里某一峰曾失去幼羔的母骆驼会跟着发出长长的驼鸣,用它悲切的鸣叫呼唤它失去的孩子。它孩子的灵魂,或许就在长满沟壑的松树林里,变成了一颗松子;或者化作了一只山鹰,在白云下飞翔,俯瞰它的母亲走过;抑或变成了一只旱獭,路边一个刚钻出地洞、伸着脖子站在绿草丛里发出鸣叫的旱獭,可能正是它的孩子。每次转场,走过这块地方,叶瑞克都会这样一路被风景牵扯着,一路遐想。那一路上,还有先前故去的牧人留下的坟茔。那些坟茔被逝者的后人修成一座木屋。木屋的材料是从松林里捡来的。那些木材实际上也已化作朽木。人就地取材,让逝者与朽木以这种特别的方式相得益彰,也算得上对生命终结的一个永恒的纪念。叶瑞克知道,他的父亲就在坟茔中长眠。叔父尤莱·叶森曾告诉他,自己百年之后,也想让叶瑞克把他的骸骨安放在此。每每走在迁徙的队伍里,想到这个,叶瑞克就会望向走在身后的叔父尤莱。而那个时候,尤莱可能正在红色的夕阳中,骑着马围堵跑散的牛羊,或者迎着雪线引导迁徙的队伍向前,留给叶瑞克一个坐在马上的背影。

那个时候,叶瑞克就会想,叔父将来老去了,怎么办?

他们叶森家常住的这个白水台夏营地在海拔二千七百米的山上,举目便是雪线。转场临近雪线,必定有融雪汇流的溪水。由于山地参差错落,有高有低,那些山溪也就有急有缓。山溪落差最急的一百米牧道上游有一片小小的台地,就在阿苏达坂的下面。那个台地宽不过六七十米,中间有湍急的山溪,溪水上面是一座两米宽、十五米长的木桥。木桥是转场的人们自己搭建的,有些年头了,简陋到人马必须小心翼翼才能通过。每年大队人马牛羊转场到这里,必定会发生拥挤,人喊马嘶牛羊叫的。

人马拥挤了,通往木桥的那截路就变得十分泥泞。这里历年丰厚的植被腐化后,黏腻油滑,加上马尿羊粪,那路面就像抹了一层厚厚的油。所以,牧人最怕转场路上走到这里时遭遇雨天。那一次,叔父尤莱家转场时就遇到了这样倒霉的天气,导致尤莱·叶森把他珍藏的那块护家符,也就是胡安留下的花壁毡丢了。

那天,花壁毡正是驮在被雷击倒的骆驼背上的一个木箱里。木箱里还有卡米拉的一些细软。事情就发生了。事发后,卡米拉是这么说的,她说她有细软也在那个木箱里。其实,所谓细软大概就是两只银手镯,是卡米拉从她娘家带过来的。所以那天发生的事永远变成一个印记,烙在叶瑞克的记忆深处。就像岩画里的一峰骆驼,虽寥寥几笔,却令人印象深刻,永远不会被时光带走,被岁月抹去。

叶瑞克和叔父尤莱亲眼看着那峰走在最后的骆驼走到

那段木桥快到尽头处,后蹄滑了一下,两下,三下,可能还有第四下,一峰硕大的骆驼就滑向一群奔马般疯狂的溪流中去。两岸的人们都大呼大叫,好像那峰骆驼能听懂人说的话。而叶瑞克就看见那峰骆驼被溪流卷走。驼峰两侧驮着的木箱,显得那么轻飘,高高地突出水面,而骆驼的身子却不断往下沉,只露着头随着溪流起起伏伏。

说到这里,叶瑞克突然问孟:"孟姐,您知道一峰落水的骆驼像什么吗?"

孟就看着叶瑞克,像在搜索答案。但是,她最终摇了头。

叶瑞克喝了一口茶,说:"一峰骆驼啊。"他放下碗,"一峰骆驼!到了那样湍急的溪流中,竟然变得像一只鹅!它在水中的样子很像一只鹅了。"

"那……应该是会游泳吧……"

"不知道,反正它被山溪冲走了,而我们回天无力,束手无措。"

大队人马还得往前走,不可能因为一峰骆驼落水了就不往前走了。如果叔父尤莱的队伍不走,后边的人马难保不会发生同样的事。队伍就在卡米拉嘤嘤的哭泣声中继续向前。卡米拉说:"可惜了大哥留下的花壁毡,它可是婆婆当年熬干了眼亲手绣的。"卡米拉这样哭的时候,感觉从未与她有过照面的婆婆就是她的亲生母亲。也难怪白水台人家的儿媳，一旦过了门，就会与婆家像水一样亲和，蜜一样甜腻。卡米拉就是这样，过门的时候，娘家就这样嘱咐她，也这样为她祈福。卡米拉应该做到了，不然她怎么会像这样哭成个泪人？尤莱劝她说："别哭了，怪不吉利的。眼泪招灾呢，懂不？过几天，我带叶瑞克去下游找骆驼，或许东西还会找回来。"

几天之后，等安顿好夏营地扎营的事，叔父尤莱·叶森就骑着红去告知边防连自己已经迁到夏营地，放牧牛羊和护边的事会一如既往地做好，然后又骑着红带着叶瑞克去找那峰骆驼了。

他们是在一处绝壁下找到骆驼的，骆驼竟然活得好好的，没有死掉。离出事地点大概有十五公里的样子。他们找到它时，只见它站在一片绝壁下的砂石滩上，悠然自得地吃着一丛多刺的灌木枝叶，好像什么事都不曾发生，但它背上的驮物已无踪影。令人惊讶的是它身上发污的毛色居然被洗白了，它从一峰深色的骆驼变成了一峰白净的骆驼。看此情景，尤莱·叶森拿着马鞭蹲在地上呵呵笑起来，说："也罢！也罢！你这蠢驼总算还活着。"叶瑞克问他："那……花壁毡呢？还有婶子的细软呢？"尤莱·叶森看向叶瑞克说："你不会也蠢到跟这峰骆驼一样吧？在那么湍急的溪流里,木箱不过就是一缕羽毛。溪流想把它冲到哪儿,就把它冲到哪儿去了。还找它做啥!由它去。"

叔父站起来掰看那峰骆驼的驼掌。看过右前掌,又看左前掌。那骆驼竟也像个孩子一样,顺从地抬起它的腿。尤莱·叶森摇摇头感慨地说:"人呀,真是敌不过老天爷的!这驼掌我分明是用刀划过。"叶瑞克知道叔父尤莱·叶森说的是什么。每年牧人都会用刀在骆驼的四个脚掌上划上刀口,以便增加驼掌的抓地力,就好比给马蹄打铁掌。尤莱·叶森感慨的是,人算敌不过天算,这骆驼还是失了蹄,掉进了山溪里。

叔父尤莱·叶森说的这句话好像有某种预见。那峰骆驼躲过了那次落水,洗净了自己,却没有躲过雷劈,最后遍体鳞伤死去了。

孟听后沉默了一会儿,说:"天道无常啊!"然后喝了一口茶,但茶水已经凉了。叶瑞克就为她换了一碗热奶茶,当孟接过奶茶碗时,他又问了一句:"孟姐,您刚才说什么?"

孟忙解释:"呃,没什么。我是说天道无常。"

"您讲讲嘛。"

孟本不想解释,一句过深的古语,跟一个毛头小子讲,似有不着调的感觉,但看叶瑞克目光真诚,她还是说:"意思是天道运行周而复始,永无休止,谁也无法阻挡。"

叶瑞克笑了："您的意思是,那骆驼的命运无常。"

"也不全是。这句话后还有一句话呢,是君子自强不息。"

"呃,这个好懂些。"叶瑞克笑笑说他的叔父尤莱·叶森就是一个自强不息的人。有一次,尤莱·叶森骑着红,带着叶瑞克牵着一峰骆驼,从白水台夏营地出发,到离夏营地五十公里远的牧业服务点买米面,走到一处不高的断崖上,红的一只前蹄被卡在石缝中,整个身体前低后高。叶瑞克走在前边,回头看见叔父尤莱·叶森坐在红的背上,俯下身子,正用左手的力量帮红把前蹄拽出来,人和马一起用力,红的前蹄还是禁不住崴了一下,叔父尤莱·叶森就从红的背上掉下并从那个不高的断崖掉了下去。好在那崖不算高,也就两米左右,不足以摔死人。但是,尤莱·叶森左边的额头被划出一道食指长的口子,鲜血顿时就糊住了他的眼睛。叶瑞克下马去扶他的时候,看见那伤处的肉皮翻开了,叶瑞克禁不住头皮发麻。尤莱·叶森掉下那个崖后,用当年钟连长给他的一顶军帽压住了伤口。那帽子是他最珍惜的一个物件。然后,一路流着血到了牧业服务点的牧办毡房。牧办那里有七八座毡房,有售米面的小卖部,有做烧烤煮奶茶的餐饮店,有牧业办公室,以及一个为牧民看病的小诊所。平日里,尤莱·叶森带叶瑞克到这里来采购,就在这里吃顿包子，然后喝几瓶可口可乐，那是很享受的感觉。但那一次，可以说是他经历了一趟最为毛骨悚然的出行。叶瑞克看见诊所的医生用一根月牙般的针和一些黑线把尤莱·叶森的伤口一针一针缝合起来，并且没有用麻药。缝针的时候，医生让叶瑞克帮忙压着尤莱·叶森的头发。尤莱·叶森的右脸伤口被针头穿过，禁不住痉挛起来，痛得龇牙咧嘴。叶瑞克的脊背一阵阵发凉，寒意从头顶灌下。尤莱·叶森竟然还有心思调侃，说黄金那东西会让人鬼迷心窍呢，凡是淘金的人如果淘到了金子，一定会按捺不住兴奋傻笑，暴露自己的秘密，有人甚至会做出诡异的举动。据说当年有个剃头匠，游走四方给人剃头。结果路遇一个君主出门打猎。那君主就请剃头匠给他剃头。剃头匠当然乐于奉陪，便拿了工具，摆了架势给君主剃头。然而剃头匠站到君主左侧的时候，突然按捺不住兴奋说："我好想要了你的命哦！"吓得那君主不敢言声。可是，当剃头匠站到君主的右侧时，却又变得十分安分守己和谦卑。这样反复几次，君主就让剃头匠住手了，剃了个阴阳头逃之夭夭。他庆幸自己没被那神经质的剃头匠杀死。事后君主越想越感觉有什么蹊跷，就请占星师算算。占星师说："或许您坐的那个地方，在您右侧的地底下埋着黄金。那剃头匠踩在黄金上就忘乎所以了。"君主就派人去那个地方挖，结果真的挖出一枚金戒指。也不知何年何月什么人把这么金贵的东西丢在了那里。

医生给尤莱缝针的时候,尤莱就这么有一句没一句地讲他的笑话。那年轻的女医生不时提醒尤莱安静点,说当心把他的上眼皮缝到眉毛上去。这样,尤莱才算安静下来。

以后的七天里,尤莱的额头肿得像发面团,脸也肿了,瘀青了。眼睛肿成一条缝。卡米拉絮絮叨叨责怪他:"伤成这样还说什么笑话?那姑娘没把你的眼皮和眉毛缝到一起去。如果你真想把眼皮和眉毛缝到一起去,找我卡米拉好了,我拿缝皮裤的大铁针就给你解决了。"卡米拉说这话的时候,尤莱说:"你这个婆姨,我要是当真破了相,最在意的也只有你了。"牧业点上的那个女医生嘱咐尤莱·叶森一周后再去她那里拆线,可是尤莱·叶森没去,一是因为手头的活离不开,又靠近边境,牛羊跑了不好。二是他觉得没那个必要。所以,一周之后的早晨,卡米拉去挤牛奶的时候,叶瑞克刚起床就看见尤莱·叶森正对着毡房门口一个木栏上的小镜子,用剪刀把伤口上的线头拆掉。他用的剪刀还是卡米拉做皮活时用的黑剪刀,他拆线的样子与平常他站在那里剃胡子没啥两样。叶瑞克见此情景倒吸了一大口气。卡米拉挤牛奶回来,吓得差点儿把手中的奶桶倒个底朝天。

过了十天,那年的第一批羊抓膘了。尤莱·叶森决定趁市场行情好,尽快把羊卖掉。那个时候,山上已经可以通一些卡车来白水台阿苏达坂下拉羊。尤莱·叶森定好了一辆车,数了一百五十只当年的羔羊运到一百公里外的县城去。那天,尤莱·叶森让叶瑞克把一百五十只羊圈起来,然后他们一起赶去阿苏达坂,一只一只送到车顶上去。那辆卡车车厢上架了三层网架,好像养鸡场的鸡笼,一层能装五十只羊。等他们把羊都装上了卡车,尤莱·叶森让叶瑞克坐驾驶室,自己上了车顶,但司机抱歉地说路上他还要拉一名孕妇下山。尤莱·叶森暗暗攥紧了一把拳头,又慢慢松开,转身示意叶瑞克上了车顶。两个人就坐到车顶三层鸡笼后边一小块空地上,头上两层都是咩咩乱叫的羊。卡车在高高低低的山路上开起来。

叶瑞克说:"孟姐,以前我们都是赶着牛羊走长途,不是人在牛羊的前边走,就是人在牛羊的后边走。而且,我以前也只见过牛羊受惊吓的时候会冲着人跑。有一次叔父尤莱·叶森下山办事,夜里我们家的羊群遭遇了狼的袭击。叔父尤莱·叶森的两个女儿吓得直哭,我披了外衣,打着手电筒跑出毡房,就看见那些受了惊吓的羊向我身边跑,几乎在我周围圈成一个羊群的旋涡。狼就叼着一只小羊在我手电筒的光柱里往旁边的松林里去了。我用手抚慰那些受了惊吓的羊,感觉它们在强敌面前是那么无助。但是我从来没想过,当一群羊趴在我的头顶上拉屎撒尿的时候,心中的那种愤怒和无奈该如何排解。那天我和叔父坐在车上,那些羊就在我们的头顶上,骂不得,打不得,就是想打,也打不着它们。我甚至看见一连几只羊的尿液,借着风势,顺着我叔父额头上刚刚痊愈的伤口流。我叔父擦掉了,又流下来了。我的头上、肩上也都是。那个时候我感觉到,人活在世上,最难的就是你对一件无可奈何的事感到无助,无助到让你一点儿脾气都没有。我和叔父蜷缩在车上,任头顶的羊屎尿横流,然后我们两个就笑起来,先是嘻嘻地笑,然后是呵呵地笑,到后来就哈哈大笑了,眼泪都要笑出来了。只闹得车顶上呆头呆脑的羊歪了脑袋看下边的我们,或竖了耳朵听我们的笑声,完全不知道它们将在不久之后变成人们口中的美食。"

到了县城旁的牛羊市场,尤莱·叶森和叶瑞克很快以每只三百元的价格卖掉了那一百五十只羊,付了司机的运输费,然后换掉了那一身浸着尿骚味的衣服,进了县城,找了一家私营洗浴店,痛痛快快地洗了个澡,又被店老板忽悠着做了足浴。

当叔侄俩舒适地躺在洗浴店的床上做足浴的时候,叶瑞克看着天花板问叔父尤莱·叶森:"那天在山上医生给您缝针,您痛成那个惨样子,咋还有雅兴讲什么剃头匠踩金子的笑话?"叔父尤莱·叶森不以为然地说:"我痛成那个惨样子不假,可是那种时候,除了自己找乐,又有什么能帮我镇痛? 那天缝针的感觉还不算啥,因为是白天,总能有个说话的人,说说笑话,分散注意力。缝过针后晚上的滋味才叫难熬,我从来不知道人夜里睡觉时眉头是一直不停地乱动的。我好不容易入睡了,眉头一动,钻心的痛就又像刀割一样袭来,我就不敢睡觉。那种时候,你给谁去讲什么剃头匠踩金子的故事? 所以,一周时间一到,我就把那些线头剪了!"

叶瑞克说,那天听着叔父讲那些话,他把眼睛看向对面墙上的一幅画。那幅画正是白水台夏营地的一幅摄影作品,拍得很是壮美。他就想到了叔父尤莱·叶森和卡米拉将来老了该怎么办。

这个时候,巴格娜端了一盆煮好的肉进来,说:"孟姐,不好意思,我太慢了。"

叶瑞克也说:"不好意思,孟姐,我东拉西扯,您该饿了。"

孟瞪大眼睛说:"巴格娜,你这是怎么一回事? 干吗做这一大盘子肉? 我没说要吃饭呀。"

巴格娜看向叶瑞克。

叶瑞克说:"孟姐,是我打电话让巴格娜来。今天上午的事……"

孟本想说:"哦,敢情你在为自己的错贿赂我。"可是,话到嘴边没有说出口,就只是摇头。搞得叶瑞克和巴格娜有些尴尬。大概是为了摆脱难堪的气氛,孟下意识地说,是她自己不好,占了叶瑞克这么长时间,还麻烦他媳妇煮这么一锅肉。果然,气氛就有些缓和,巴格娜拿了烫好的白手巾递给孟。孟接过热毛巾擦了手,叶瑞克也擦了手,并用一把小刀一片片削了肉,放在孟面前的小碟子里。这盘肉是烟熏制过的,散发着松香味。叶瑞克又说:"孟姐,刚才您不是问在我眼里叔父是一个什么样的人吗?现在,有些印象了?"

孟笑了笑,说:"你倒是会将我的军呢。"

叶瑞克附和:"有点儿那个意思。"

孟有点儿气,难道这个毛头小子要跟她试腕力?就说:"你叔父的确是个自强不息的人。"

孟感觉这个评价一出口,有些言辞虚浮,便在心里对自己"呸呸"了两声,又咬了一下舌头。一个自强不息的人,为啥被别人一点评,就会变得那么虚?孟宁愿珍藏一份对尤莱·叶森这样的普通人发自内心的尊重,而不是像电视娱乐节目的主持人那样,嗲声嗲气给人蹩脚的点评。孟最难接受的就是那种毫无生命感召力、毫无诚意的虚浮夸辞。

叶瑞克说:"孟姐,现在给我叔家代牧的牧人已经用车搬家了,用不着骑骆驼转场。他去白水台夏营地需要米面,一辆皮卡几个小时就能搞定,哪里还用得着骑骆驼,像当年我叔父尤莱那么辛苦?而且,他去白水台夏营地,还能用太阳能电池板发电,在山上能用电磁炉做饭。当年,我去邻乡参加赛马的那些村子都已经搬到山下了。以前那个乡总是出赛马高手,现在搬迁到山下就开始出大学生了,不然他们可能永远就在山上当赛马手了。"

孟笑了笑,看向巴格娜,说:"巴格娜,看不出来呀,你们家叶瑞克挺有眼界的。我还以为自己在跟大学教授说话呢。"

巴格娜也看向叶瑞克:"瞧,孟姐表扬你了……"下面好像还有什么话,可到嘴边又咽了回去,表示托沙拉房里还煮着牛奶,就出去了。

叶瑞克笑着说:"孟姐,你在损我?其实,真正厉害的是我的两个叔父,我算不得什么。"

"叶瑞克,那,你应该是很爱你尤莱叔的呀。"

"当然!"

"那为什么你要告尤莱叔的状?"孟感觉自己终于打上了叶瑞克的七寸。

叶瑞克犹豫了一下,平静地说:"告!还要告的。"

"为补偿的事?"

叶瑞克又犹豫了一下:"不……"他咽了一口唾沫,"孟姐,要说的,今天在村委会我都说了。"

"可是……你告状的事有多混账,你懂吗?"孟说这话的时候,心里突然间就变得很气愤,想拍桌子的心都有。

叶瑞克只是沉默,完全没有回答她的意思,更没有接话的意图。

孟无奈地苦笑了一下:"叶瑞克,你闹的这个事,现在也是我的事了。以我的判断,你告状的事如果真的牵扯到补偿,那需要得到补偿的,也有你二叔威成的份儿……凭啥你们家的草场,凭你拿的一份旧文件就划到你的名下?"

叶瑞克又沉吟了一会儿,老到地说:"当然。"

孟听到这里,感觉自己又走入了死胡同,她有些懵,撩了一下额发,说:"那……好吧,叶瑞克,既然你这么执着,我这边好像也没有什么可说的了。不过,我希望你不要再把事情往僵里整了。打住,好不?"

叶瑞克只是笑笑,不表态。孟心里就更气了,但是她明白自己不能发火,不能在这个毛头小子面前失态。孟还是有自制力的,她定了一下神,又看向叶瑞克,认真地说:"听我的,叶瑞克,我劝你不要再胡整了,你已经搞得我焦头烂额了。"然后又吓唬叶瑞克说,"你再整,我这里有的是招治你。听到没?"

叶瑞克劝她喝茶,孟就克制着自己的情绪,喝了一口茶,佯装说有别的事,就走了。

从叶瑞克家出来,已经是午后了。每天下午六点,村委会要开例会,这是真事,用不着给叶瑞克做解释。巴格娜从托沙拉房出来,硬留孟再坐一会儿,孟还是决定回去。

回到村委会的小楼,迎面碰见阿斯喀尔,阿斯喀尔问她事情进展如何,孟没做正面答复。

这天晚上,孟非常郁闷,自己跑了一整天,貌似做了很多事,却并没有什么收获。坐在周转房的书桌前,她又觉得其实这一天应该是没有白跑。至少她看到了一个不一样的叶瑞克,只是此时此刻叶瑞克在她眼里好像钻进雾里去了。他的话里分明对他的叔父充满了敬畏和敬佩,一点儿看不出他有多么不能容忍他的叔父,以至于要用告状的方式来闹事。但是,他分明说还要告,这不得不让她把叶瑞克往坏处想,至少可以跟她关注的乡村话题中某些问题挂上钩,搭上线,以便进一步去验证。孟就想着把自己今天的所见所闻记下来,同时把工作日志也记完。

她打开电脑,决定记下今天的见闻,但打开了文档,却又不知从何写起。孟有些茫然,她今天问叶瑞克怎么看他的叔父尤莱·叶森,而此时此刻,她却要问自己怎么看叶瑞克了。其实这个问题才是让她纠结和感到迷惑的问题。叶瑞克原本给她的印象可是新农民啊,虽然这个印象有待她进一步求证。今天,准确地说从昨天乡司法所打来电话问询这件事起,到今天看到叶瑞克的所作所为,正把她的求证引向否定。孟打开她保存的文档,找到老师的一段话:"当前农村快速的变动不仅打破了农民的传宗接代终极价值的信仰,而且让农民失去了进行村庄社会性竞争的稳定的条件,从而在农村中普遍出现了急功近利的短期行为。正是本体性价值的丧失造成了村庄中激烈的社会性价值竞争,以及随之而来的价值荒漠化。农民不知道自己为什么活着,活着的意义是什么,什么活法才是对的。"

这一段话,是她的老师从农村文化建设的层面,针对乡村出现的个别问题和现象所写的一段话。孟下沉到白水台村快两年,准确说是一年多,还不曾发现白水台这个人杰地灵的小村里有这段文字中的"活体"存在,但今天,叶瑞克的表现足以让孟给叶瑞克打上一个新的问号。"急功近利的短期行为""价值的荒漠化""什么活法才是对的",这些句子好扎眼。叶瑞克跟他叔父闹事要争的是近三千亩地的四季草场啊,就好像印证了这些句子的现实存在。可是,叶瑞克同他的两个叔叔之间,特别是与尤莱·叶森之间,不应该有什么过不去的矛盾,那他为什么……

孟感觉心烦意乱,意识到自己今天可能什么也写不出来。头脑里是一团乱麻,便草草在笔记中记录了今天的工作日志,洗漱完躺下了。她躺下的时候,从窗帘的缝隙中透进月光。她爬起来,下意识撩了帘子,向天空看。

天高月小!好无趣!

孟"哗啦"一下拉上窗帘,关了台灯,闭了手机。

披着被子,孟想起鲁伊万的建议。对,明天去找威成·叶森。

威成·叶森

第二天一早,孟就拨通了威成·叶森的手机。听筒那边,威成·叶森像是很忙,有嘈杂的羊叫声,还有风吹过话筒口发出的"咕咕"声,以至威成·叶森要喊着说话。威成·叶森说他这会儿正在一个牧户的羊圈忙育种的事,问找他有什么事。孟说有事,但不大。威成·叶森虽听孟说事不大,但知道其实也不小,便直接问是不是叶瑞克的事。孟说:"是的,我能去你那里看看吗?"威成·叶森这边显然是犹豫了一下,说:"孟姑娘,只要你那边方便,我这边应该可以,我在这儿等你就是。"孟就顺着威成·叶森的话头说:"一言为定,给我发个定位。"马上孟就收到了威成·叶森发过来的位置信息,显示在白水台村西北方向,约三十公里,是邻乡的春秋牧场通道。孟有些犹豫,三十公里路,不近啊,又不归他们白水台村,自己怕是要跟阿斯喀尔磨嘴皮要车了。她真的不想见到阿斯喀尔,叶瑞克的事没有捋出个头绪,要是阿斯喀尔问起来,自己说什么好呢?好在阿斯喀尔忙得没有工夫过问太多就答应给孟派村里的工作用车。孟抹了厚厚的防晒霜,穿了户外服,戴上帽子和墨镜,上了车就出发了。

这一路的风景,孟已熟悉。广袤无垠,云压天际,空气中弥漫着浓浓的蒿草香。那些蒿草贴着地皮生长,算不得郁郁葱葱。这种地方就是春营地。孟坐在车里,看了一会儿窗外,收回视线,打开手机随意翻阅,悄然想到看看威成·叶森的抖音。自从那次跟着威成·叶森体验过转场后,她曾有意关注过威成·叶森的抖音。只是后来忙,没太多时间看罢了。威成·叶森注册的抖音名叫"白水台牛爸",里面记录的都是他的日常工作。多是一些草原牧区的田园生活场景,挺有点儿诗与远方的意思,比如牧人牧归;一只母羊从深景中跑向镜头前的一只羔羊,身后荡起尘土;牧家女子打馕晒奶酪;牧人骑着摩托在冰天雪地的戈壁上奔驰,帽子、胡子、眉毛上都结了厚厚的霜。这些画面都配着一首冬不拉曲子,叮叮咚咚的,是威成·叶森选配的,网络上有的是资源。此外,威成·叶森的抖音大量记录了一些关于畜牧防病治病的内容和外国的牛羊养殖场,肌肉发达的比利时蓝牛,长相奇葩的印度婆罗门牛,长耳朵的刀郎羊,一胎生四只羔羊的母羊……一堆又一堆的画面。孟翻阅这些画面,一页页过目,竟感觉到有些生理不适。威成·叶森的抖音主要内容毕竟是为了牧区兽医科普的,所以,从一个旁观者的角度看他的抖音,难免有些血腥。比如,小牛化脓的脐带排脓时流了一地的脓水,嘴巴畸形的牛的舌头从鼻子中间伸出来,患了脑炎的羊像一只皮皮虾把身体反转成"C"形……羊口炎、脑炎、牛畸形、羊畸形,这些画面让孟感觉很煎熬。孟迅速地关闭了抖音,心里有一个声音提醒她,以后别再看这些了,好难受!

孟赶到威成·叶森发的定位显示的地点时已经快中午了。威成·叶森是开了自己的北京现代车来的,他看了看天空,判断了一下时辰,便自作主张,让送孟来的司机先回去,说他负责送孟回村。司机看向孟,孟想了想,说这个建议好,就让司机回去了。孟知道,自己调查的时间不多了,只有一天半了。

威成·叶森带着孟去看羊群,闭口不提叶瑞克的事。威成·叶森在忙,孟也不好主动提叶瑞克的事,就盲目地跟威成·叶森走向牧户的羊圈。

这是一个牧户的春草场,牧户正准备转场。牧户家有三间房,一圈墙,空气中充斥着羊圈的气息。膻气夹杂泥土和草料饲料的气味,有烟火味,很接地气。孟已经适应这种气味了,城市有城市的气息,农家有农家的气息,工厂有工厂的气息,牧家也自然有牧家的味道。况且,城市与农村看似两重天地,但各有千秋。只是孟有些没反应过来,这片戈壁前不着村后不着店的,牧家和牛羊的用水从哪来?就问威成·叶森,威成·叶森笑着说:"地下呀。这些年,政府已经帮牧户在春草地打了井的。"孟听后笑了笑,因为威成·叶森的回答很像答记者问,也难怪,威成·叶森的工作常与记者打交道。党和政府这些年为改善农牧民的生产生活条件,确实做了大量的实事。

孟跟着威成·叶森和羊主人看那些育种的羊,问它们要做母亲了吗?威成·叶森和羊主人指着一些半大的羊说它们都是准妈妈。羊主人还指着另一群羊调侃说:"那边是这些羊的妈妈们,它们的爸爸在这里。"羊主人一边说,一边拍威成·叶森的肩头。孟笑了。威成·叶森咋成羊爸爸了?明明是人,跟羊有啥关系!羊主人真会开玩笑。威成·叶森并不见怪,笑着点了根烟抽。他说:"孟,这些牧民都这样拿我开心。"孟也笑着问:"那您该有多少羊娃啊?"威成·叶森说:"光这里就已经有一百多只羊妈了。你算算嘛。这群羊妈里有二十只生了单胎,六十只生了双胎,四十一只生了四胎。不少了吧?只可惜,有七只羊妈生了死胎,还有一只根本就没生。猜猜看,总共有多少只羊?"

孟哈哈笑起来："您都把我绕糊涂了。"

威成·叶森提高嗓门说："总共二百九十六只。全是改良高产的羊,也是杂交早育羊。只可惜,我们的管理还不大到位,有些牧户也不够配合,不然,这个数字还会多。"

孟看到的这些羊,是威成·叶森去年从自治区畜牧科学院申请到的一个改良项目。改良用的羊妈们来自本地,羊冻精来自直布罗陀海峡西岸的黑头羊。两羊杂交,四个月二十天出栏。活羊体重最高可达六十公斤。眼前这些羊,威成·叶森说他刚才和羊主人称过了,差不多有三十五公斤。羊尾巴他们也称了,约一点五公斤。也就是说这些羊的肉含量比原先增加了。过去大尾羊硕大的尾巴是大自然的造化,是为了在高寒地区储存更多热量过冬用的。大尾羊靠尾巴的脂肪给自己提供热量,当尾巴的热量耗尽,就开始动用胸肌的热量。现在人们生活水平、生活质量提高了,不再需要高脂肪的肉食,就必须对肉羊进行改良。这些羊与市场需求发生着直接的联系。抢时间、抢市场成了眼下养殖户们的硬道理。原本四月出栏的羊,现在一月初就能出生了。如果乳羊从二月八日开始喂养,肯定会更好,四个月就能出栏了。由此,一只三十五公斤的羊,如果按现在市场价每公斤六十四元算,四个月就可以卖两千多元。到了转夏牧场的时候,只需要把母羊赶上去。卖掉公羊,还能保护草原草畜平衡。而如果按惯常的做法,乳羊四月出生,到了五六月才能跟着成羊转场去夏牧场,即便到了九月转场下山,体重也不一定很理想。

"所以,"羊主人又调侃说,"今天请威成老师来我们家,就是想跟他商量一下让我们家的羊妈们集体发情的事。现在这个时节,天气还凉爽,有益于羊妈们当妈的热情。"

孟听明白了,笑了笑,小心地问:"这些羊想什么时候当妈妈就能让它们当,而且是集体的?"

羊主人笑着说:"威成老师有办法呀,所以大家叫他羊爸爸。"

羊主人说得没错,威成·叶森如今可是白水台出名的畜牧兽医专家,并拥有一个善于理性思维、科学决策的大脑,积累了二十多年的实践经验,对生他养他的这块土地上的一草一木了如指掌。这群羊身上的那点儿来自直布罗陀的海洋气息,也是他去年七月跟这群羊妈们合计好的。但合计的过程有些不够顺利,这是因为,要把海洋气息引进来,首先要征得牧户的同意和认可。这就好比在农家,有一天来了一个专家说,他想在农家的两亩三分地上种个四四方方的茄子或西瓜,至于能不能长成还是未知数,那农家主人定是要好好思量的。牛羊也一样,所以,经他三说四说五说,甚至六说七说,这个爱冒险的羊主人才算答应他,并出一百多只母羊让威成·叶森试试。威成·叶森心里是有数的,他从畜牧科学院申请到的项目有折损补贴,还保证饲草,这事鲁伊万也表示大力支持。如果他的这个项目试验成功,定是要推广,至少他可以去动员尤莱·叶森家参与。原本那次试验,威成·叶森打的是尤莱·叶森羊群的主意,可后来放弃了。原因是,一旦他的试验成功,让他二哥尤莱·叶森赚了钱,担心引发别人不满,让人说威成·叶森和尤莱·叶森合伙把肥水往自家田里引。毕竟,这个试验是有项目经费的。肥水流了自家田,微词自然也就难免。威成·叶森把自己的担心告诉了鲁伊万,鲁伊万认为威成·叶森的想法对,就帮他联系了这个邻乡的羊主人,并说服了这个羊主人,把他家的羊借给威成·叶森做试点。这一年,羊主人将得到不少的项目补贴。即便是这样,这个羊主人家的女人也还是一会儿同意,一会儿又反悔,说那是外来物种,什么直布罗陀,什么大西洋,与她家羊八竿子打不着,有啥关系?一旦试验失败,她家粮仓就颗粒无收了。好在户主是开明的人,又与威成·叶森同龄,他相信威成·叶森,就背着他的女人同意了。今天看来,试验的成果还是不错的。

今年羊主人还同意过几天就对新选的羊妈们的感情生活进行人工干预。干预的办法是将一个带线头的海绵栓投入羊妈们的宫口。那海绵栓上有孕激素,十五天左右羊妈们就想要羊宝宝了,表现出从没有过的好食欲,不住地摇它们的尾巴,或者跳来跳去,叫来叫去。这个时候,用人工手段把羊冻精投进它们的宫腔便大功告成了。当然,这期间还要进行精细的科学管理,不然羊妈们会生出病来。但是,羊们长得都一样,它们之间可能彼此认识,主人也可以辨认出它们,对威成·叶森可能就难一些,会认不出来,毕竟他要管的不止这一家羊群。尽管这样,威成·叶森也有自己的办法,准确地说他会用现代技术,他会在这些羊妈们的耳朵里打进一个芯片,手机对着羊妈们的耳朵一扫就知道了。这些资料又都记录在威成·叶森的电脑里,天上还有卫星盯着它们,威成·叶森可以把它们上传到大数据云平台里,一切就一清二楚了。

去年第一次试验时,确实出了一点儿状况。上了海绵栓的一百多只羊妈,有一只的数据丢了,可是把威成·叶森折腾坏了。一百多只羊妈,他用手机扫了一遍又一遍羊耳朵,扫描总数是对的,但就是多出一个羊冻精,又找不出问题在哪一只羊妈身上。于是,一个一个地过,一遍一遍地扫,都显示总数正常,可是羊冻精的数据还是多一个。直到冬天,全部受孕的羊妈们都生了羊娃时,才发现原来是一号羊妈出了问题,成了漏网之鱼。仔细回忆,才发现原来是往海绵栓上浸孕激素时,那羊妈的海绵栓没浸上,海绵栓投到了那羊妈体内,竟然也漏取了,还好没有引起感染。如果那个海绵栓自行脱落倒也好了,到了秋天那羊妈自然会自己找公羊谈恋爱,可是偏偏就没有成,更蹊跷的是,那羊妈体内放着个怪东西,居然没有引发炎症,得个子宫炎什么的。后来经过分析,就是放海绵栓的时候没浸孕激素,那海绵栓就当放节育环了。这个失败的案例,威成·叶森一直没好意思告诉他的老师鲁伊万,也没好意思让他争取项目的畜牧科学院知道。好比一个牙医,本来是要给人补牙的,结果把病人的好牙拔掉了,与那次失误如出一辙。威成·叶森就只好自己把牙打落往肚子里咽,赔了损失。

今年放海绵栓的事,威成·叶森已经和羊主人商定了,定在几天之后。羊主人显然已经尝到了科学养殖的甜头。他卖掉一百多只羊,就有近三十万元的进账,他的女人自然也是十分乐意。威成·叶森忙着的时候,来了好多电话,都是咨询让羊妈们集体恋爱的事。威成·叶森就嘱咐羊主人把他们今天选出来的羊妈伺候好,几天后他再回来,如法炮制。

然后,孟和威成·叶森跟羊主人道别,走向威成·叶森的车。威成·叶森知道孟找自己事关他们叶森家,这一段时间,他们叶森家发生的事实际上他最清楚,孟找他是对的。威成·叶森也觉得这事不能再往大里闹了。

上车前,威成·叶森换掉了脏鞋子,又换了衣服。孟看见车里放着几个纸盒,是氯化钠注射液药箱,还有一个铝质的医药箱和一个密封的铁罐子,套着皮套。孟没见过,威成·叶森说那是保温箱。

"保温箱?保什么温呢?"

威成·叶森回答:"里边装的都是小牛犊啊,给牛妈们用的,你给我二哥尤莱家的黄花土牛买的也在里面装着呢。"

孟就不好再往下问了,毕竟自己是个女性,问这问那的,偏问到让自己感到有些尴尬的问题上,挺难为情的。

威成·叶森却不在乎,说:"那些牛冻精有二百元一支的,也有三百元一支的,价钱越高,生出来的牛犊就越有价。你送的那个,算是高档的了。"威成·叶森说这话的时候,其实就像个妇科的男大夫,面对的全是病人,无所谓性别。

威成·叶森发动了车,说:"抱歉又让你坐破车。这车经常这样,脏兮兮的,总是有牛羊的尿骚味。"孟就想起上一次跟车去转场,她坐的是威成·叶森的另一辆车,好像也是北京现代,就说:"威成老师家境不错呀,有生活用车,还有专门的工作车,开车技术还挺麻溜。"威成·叶森笑着说:"马马虎虎吧,这得感谢我当年当过昆仑汽车兵。"

"啊,您当的是汽车兵?"孟瞪大了眼睛,她有点儿不敢相信自己的耳朵。这个浑身兽医气息的人,竟然还有过当汽车兵的经历。孟只知道他以前当过兵,还不曾听说他当的是汽车兵。

"咋这么吃惊?不像?"

"可您好像从没提过这事啊。而且我还觉得您像……"

"像什么?"威成·叶森呵呵笑着,"像个跳大神的,装神弄鬼,还看什么羊的肩胛骨,对吧?"

"我要对您肃然起敬喽,威成叔!我只听说过您当兵去了阿里,不曾听说您当过昆仑汽车兵,那可是天下最了不起的兵啊。"

"可是,在那里当过兵的,都觉得自己只是个兵疙瘩。"

关于说自己是兵疙瘩,或者说自己是普通一兵,威成·叶森表达的是他的真实感受。当年,他当兵五年,跟战友们一起开着车翻爬昆仑山无数趟,行过的路不知可以绕地球几圈。当年有美貌的女记者采访他们的时候,战友们都是这么说自己的,说自己只是普通一兵,兵蛋子。装车,戴着墨镜出发上山,经停,到达,卸车下山,一脸疲惫,一路尘土,永远一手的油污,那是他们的常态。只是,在领略高原的风雪雨霜后,他们的精神世界里已经把那个叫意志的东西锻炼出来了。威成·叶森说,他刚开车上山的那一年,连他这个深山里走出来的牧民娃都无法适应高原的环境,嗜睡,头痛,恶心,呕吐,乏力,每次到达麻扎达坂顶端的时候,他会感觉胸口仿佛被挤压般,头上好像戴了孙猴子的金箍,令他痛不欲生。他的班长是甘肃陇西人,性格爽朗,爱说笑,脸颊像被昆仑山换了脸,由高原红变成高原黑。那些年,威成·叶森没少挨他的挖苦,班长笑他自称牧人之后,却是个空皮囊,抖巴两下,就能抖出皮囊里的沙粒。班长的挖苦刺激了威成·叶森心里小小的骄傲,一次坐在副驾驶位上,跟着班长翻越麻扎达坂,又遭遇班长拿空皮囊来调侃,威成·叶森不知哪儿来的胆,迷迷糊糊挤对班长说:"求你了,闭嘴吧,你这个乌鞘岭的冻土豆!"结果班长哈哈大笑,说这是他这辈子别人送给他的最佳绰号。多少年之后,威成·叶森曾在城里偶遇来疆旅游的班长,竟发现他是一个有着浅肤色的人。

威成·叶森很感激他的青春里有过那么一段当兵的经历。那些年让他学会了开车,也学会了修车;学会了走长路险道,学会了翻越达坂、跨越泥沙河,也学会了忍受寂寞。上昆仑山的难,上昆仑山的苦,上昆仑山的险,只有在那里当过兵的人才有体会。因此,同样是走戈壁闯山路,作为牧家后人,威成·叶森对滴落了脐血的阿尔泰山,对一年四季长达六个月的转场,有了不同于二哥尤莱·叶森,也不同于叶瑞克,以及所有他认识的人的认知。认知,认知,有认也有知。至于究竟该怎样表述"认知"这个词,威成·叶森自己也说不好，但当回望家乡时，那份认知就在他的心里了。当兵，总有退役的一天，尽管退役的那年，他又陡然意识到位于昆仑山下的叶城兵营也悄然成为他将来的回望之地。回望茫茫昆仑，那似长龙的军车队，车队中他驾驶过的军车，回望那些年所有的军旅生活，他的认知变得丰富而深刻。那认知里，更有朝朝暮暮在一起的战友，有他的班长——乌鞘岭的冻土豆。说他是乌鞘岭的冻土豆，其实，他是一个性格坚定的人。

当年，威成·叶森离开军营的时候，就是如此这般在情感世界的夹缝里回到了准噶尔北缘的阿尔泰山。他回来时是八月，是白水台夏营地一年中最后的时节。他下了车，就找了一匹马，第二天一大早便直奔白水台夏营地。这是他当兵五年后第二次回家。其间有几次休假的机会，因为有任务，他都放弃了。而这次回来，大哥已经是故人，大嫂也已改外姓。他抱着叶瑞克，不禁与二哥、二嫂相向落泪。

第二天，二哥带着他去给父母和大哥扫墓。

那天，尤莱让威成·叶森骑着红，把叶瑞克架在威成·叶森的鞍后，叶瑞克抱着威成的腰。那个鞍子也是当年红的军鞍。他们先是路过了一个小墓地，那里安葬着在边防连故去的几名战士。其中有一位是在边境巡逻时遭遇雪崩牺牲的小胡，还有几位叫不上名的。这些坟茔在离边防连不远的山坡上。

路过那片墓地,威成·叶森说自己要去祭奠一下故去的人,在小胡和那些战士的墓前点了烟。这是他在昆仑当兵时常做的,每每路过长眠于昆仑山的战友坟茔,乌鞘岭的冻土豆班长就会为他们点支烟。威成·叶森也是告慰长眠于白水台的小胡和他的战友,不要孤独,不要寂寞。他点燃的那缕青烟,果然就轻盈地升腾起来,在白水台夏营地的青松翠柏与淡云晨雾间,向蔚蓝的天空飘散。

父母和大哥长眠在这片安静的世界,在白水台的青山绿水间,安静地倾听行云的脚步、风鸣鸟叫,还有野芍药花和金银花向着太阳绽放时发出的声响。所以,到了这样的地方,每个人都安静了下来。不出声,不是因为不能言语,而是因为置身在此,任何言语都显得多余,都带着尘世的浮躁。叔侄三人长跪不起,没有说一句话,只有身后的红甩着粗重的鼻息。这个时候无论是威成还是尤莱,显然都是有千言万语要跟父母和大哥诉说的。大哥离去时,威成远在昆仑,没见上大哥最后一面,那是抱憾终生的感觉。况且,这里还留着父母的养育之恩。

祭拜后,兄弟俩在一处绿坡坐下抽烟。八九岁的叶瑞克显然还是个顽童,去追逐两只旱獭。尤莱·叶森问威成今后的打算,威成说,到地区报到,然后等待分配工作。尤莱说:"你要当干部了吗?"

"应该是吧。"

"娶个女人吧,成个家,然后,我把家业交给你。"尤莱说这话的时候,用手中的马鞭随意地拍打着他的靴子。

威成·叶森看向远方山坡处的松林,那里有一只鹰一上一下飞翔,应该是在捉一只旱獭。

"你是咱们兄弟中的老小,按规矩,家业是你的。当年,大哥说过,等你娶了女人,成了家,咱叶森家的大帐就交给你。"

威成·叶森一时不知说什么,依然看向那只鹰。

"第二轮承包草原时,大哥还在,咱家草原使用证落的是大哥的名,大哥走后,调整成我的名字,现在应该换成你的名了。"

"哥!这事我早说过,不用商量。我参军退役了,以后有干部指标。"

"这是老规矩,家和草地不传给你,我心里不踏实。"

威成·叶森说:"二哥,咱们还有叶瑞克,他虽说是大哥生的,现在跟咱们就像兄弟。"

正说着,叶瑞克就在一块草坪上喊:"尤莱——威成——看我抓住什么了?"

就见叶瑞克提溜着一只小山兔,兴奋地摇着。

尤莱和威成相视而笑,这小子直呼两位叔叔的名字,已然是要称兄道弟了。

威成·叶森笑着说:"叶瑞克是咱家老么了,将来如果绿皮证更名,理应更在他的名下。"

尤莱·叶森没再说话,把吸入口的烟吹向空中。

威成·叶森说的绿皮证,正是草原承包使用权证。尤莱·叶森和威成·叶森关于绿皮证是否更名的话题到此没再说下去。其实不继承叶森家草地和牲畜的问题,是威成·叶森一贯的态度。当年,大哥胡安在世的时候,他就曾说过自己要去外边闯。眼前,他至少已经闯了昆仑回来了,但脚步不会就此停下。

之后,威成·叶森被分配到地区畜牧局,畜牧局又把他分到了畜牧兽医站。威成·叶森不够长的阅历已经奠定了他未来的长路,他不可能再回到白水台当一个牧民。他虽是牧家子弟,但读过书,当过兵,开过军车,上过高原。只是他的经历很难让他成为在办公室坐班的文字秘书,或者文工团的演员,或无影灯下拿手术刀的医生。后来他成为一名跑山路、走戈壁的司机。只是没想到的是,他开车跑着跑着,竟把自己跑成一名给牛羊看病、育种、接生的兽医。

有一年,鲁伊万带着威成·叶森去邻乡青水乡调研,他们住到了一户牧人家。那时,威成·叶森还只是一名司机,任务一是开车,二是维护好车。那天在上山的路上因为车出了点儿毛病,鲁伊万去调研,他就留在住户家修车。

突然,一个妇女急急忙忙地来找威成·叶森。妇女满头大汗,说她听说上边来了兽医,而她家正好有一头牛犊病了,请他快去帮忙看看。那个时候的威成·叶森哪里懂得医牛的事,只知道修车,看见那个妇女着急的样子,他一下就傻眼了,不知道说什么好,只能应付着问:"你家的牛犊是怎么病的呀,怎么不舒服?"那个妇女对他说:"也不知道那牛犊怎么了,就是躺在地上打滚儿,浑身抽搐,牛眼也不断地往上翻,好吓人的。"看见妇女急成那样,虽然威成·叶森没有别的办法,但她是来求他的,他不能表现出一点儿没有能力的样子,就镇定地劝那妇女先回去,他一会儿就到,并问她家在哪里。妇女拉着他指着远处:"就在那里,那个冒烟的房子就是我家。"女人用手指的地方看起来并不近。威成·叶森说:"好吧,你快点儿回去,我一会儿就来,我要换双鞋子。"其实,他是要想想该怎么办。

那个妇女急匆匆地走了,威成·叶森完全懵了。这下怎么办?他根本就是个外行,别说治病,牛犊得的啥病都看不出来,咋治呢?他感到了巨大的压力,要是鲁伊万在就好了。威成·叶森想打电话给鲁伊万。那个时候用的是小灵通手机,信号一会儿有,一会儿又没有;有的地方有,有的地方没有。威成·叶森就跑到了高处,电话竟然通了。威成·叶森对鲁伊万说:"老师快救救我,我现在遇到了一个问题,我突然在一个普通的牧区妇女眼里成为一名上边来的兽医专家了,因为她家的牛犊病了,我要去给那牛治病。可我现在该怎么办呀?那个妇女让我给她的牛打针,我哪里会打针?我身上连个药片都没有。"鲁伊万听完情况后在电话里哈哈大笑,说:"那你就去当兽医专家好了。你去了,跟那个女人要一根锥子,他们家肯定有做毡活或皮活用的锥子,你就拿上锥子,骑到那牛犊的脖子上,把它的脑袋夹在你的两腿中间,然后狠狠地刺激它的鼻子。只要它抽搐,就会好起来。然后我过去,给它用一支安乃近就好了。如果我去不了,你就问那个女人她丈夫喝不喝酒,如果有酒,你就用酒兑上水,给牛犊灌下去。现在快去吧,那头牛犊正需要你呢。"

威成·叶森就直奔那个妇女说的冒烟的家去了。

到了那个妇女家,妇女正在挤牛奶。威成·叶森看见了那头牛犊,小牛犊果然很痛苦,在地上打滚、抽搐,很吓人。事已至此,别无选择。威成·叶森照着鲁伊万所讲的,问女人要了一个锥子。那种锥子,牧人家里一般都会有,木柄子比做马鞍用的锥子细一点儿,是妇女们做皮衣时用的。他用打火机烧了一下锥头,算是消了毒,然后骑在牛脖子上,夹住它的脑袋,狠狠刺它的鼻子。牛犊痛苦地抽了几下,眼泪都出来了。威成·叶森感觉好像不到位,就又刺了几下,然后放开了它。牛犊就像一支箭一样冲了出去,显然是受了极大的刺激,毫无目的地跑了一大圈后站下了,点了几下头,向天空伸了伸脖子,就慢慢安静下来。威成·叶森平静地坐在一边看它的反应,琢磨是什么原理。他好像懂了,又好像什么也没搞懂。牛犊到底是啥病?为啥会抽得那么厉害,这会儿咋就这么平静?

那个妇女拿来一个小壶请他洗手,威成·叶森一边洗手,一边依然看向那头牛犊。那女人问:"牛犊的病治好了?"威成·叶森说:"治好了呀,那不是?过一会儿就可以吃奶了。"妇女放下手里的奶桶,跑向牛犊,左看看,右看看,还拍拍它。威成·叶森看着牛犊安静地在阳光下站了一会儿,就走向它的妈妈,牛妈妈也叫了几声,好像在说:"娃,你受苦了。"那个妇女笑了,一遍遍说着谢谢,说:"这牛犊是个女娃,将来还指望它长大产奶生犊子,刚才若不是碰到您,差点儿就没命了。"这个时候,威成·叶森才放下心来,他就这样稀里糊涂治好了牛犊。

回到住处,威成·叶森又给鲁伊万打了电话,问鲁伊万自己治好牛犊是什么原理。鲁伊万说,那是牛犊们常得的病,夏营地雨水多,地上潮湿,牛犊卧在地上,受了寒,就会发生肠套叠。你刺的那两下,刺到了它的神经,神经一抽搐,就把肠子疏通了。如果有安乃近或酒灌到它肚子里就好了。酒会暖胃,让牛犊的肠胃蠕动起来。

那是威成·叶森第一次治疗牲畜,算是兽医职业生涯的开始。

畜牧兽医站的鲁伊万很早就知道威成·叶森了。早年,胡安承包白水台草场后,第一个在胡安的羊群里搞羊种改良的就是鲁伊万,所以威成·叶森一到畜牧兽医站,鲁伊万就认出了他是胡安的弟弟。鲁伊万夸赞威成·叶森车开得不错,也时常提醒他不会就这么甘心一辈子开车吧?初听此言,威成·叶森心里并不接受,还暗自恼火,他当汽车兵的骄傲因此受了伤,听鲁伊万这样说,几天都不想搭理鲁伊万。于是,开车送鲁伊万去牧户家时总是不说话。鲁伊万笑着劝他不说话就多吃金嗓子喉片。鲁伊万越这样调侃,威成·叶森越听不进去。后来,威成·叶森想明白了,鲁伊万说得有道理,自己总不能一辈子就这么开车开下去,应该学一门知识,充实人生。鲁伊万就是他身边知识的来源,所以,每当载鲁伊万出去,开车的时候,便对坐在副驾驶座上的鲁伊万生出万般敬重来。这种体验让他想起了当年的乌鞘岭冻土豆班长,感觉好亲切!时间长了,威成·叶森更感觉这个鲁伊万在有些地方和他的老班长挺像。比如,虽说鲁伊万爱挤对他,但他总能摸到威成·叶森的脉搏是缓是急,且一摸一个准。有一次,鲁伊万说:"威成,你就跟我学怎么给牲口瞧病吧。"威成·叶森就"呃"了一声,那声"呃"是倒抽气。鲁伊万说:"给牲口看病说难也难,说简单也简单。难的是,它们不会开口说话,永远不可能告诉你它哪里不舒服,在什么地方误食了毒草,肚子里、脑瓜里钻进了什么虫。全凭你的心、你的眼和你的经验与牲口说话,所以,这也是一门实用技术。掌握了它,你嘴上那点儿小胡子就会浸在油汤里了,你这一辈子都会有人需要你、求着你。只是这份工作很苦,也很脏、很累,还有一定的危险性,弄不好,你会被动物身上的这个杆菌那个杆菌感染,而且这个工作,一年四季都让你跟定了牛羊的屁股。想干不?"威成·叶森几乎不假思索说想干。听威成·叶森说想干,鲁伊万说:"要干,就得干出个样子。要干出样子,就要有非凡的定力。如果你做不出成绩,那你为此花去的时间就当水漂儿打了,你就不想再干这活了,对你来说得不偿失。我鲁伊万还可以给你另一个建议,我可以帮你找些关系,让你去别的单位,也是一个不错的选择。别人能找轻松的门路,为什么你不能?"

那天,威成·叶森回到宿舍,想了一夜,跟自己的肋巴骨说话。他不可能去找二哥尤莱商量这事的。因为,他曾告诉过二哥尤莱,要找到一条属于他自己的路。想了大半夜,他的十二根肋巴骨告诉他,做一名兽医吧,它将是你的职业。你们叶森家何曾出过一个兽医?这个天大的追问彻底警醒了威成·叶森。第二天,他就找了鲁伊万。鲁伊万又找了地区畜牧局局长叶尔肯。叶尔肯听鲁伊万说畜牧兽医站新来的年轻人中有人自愿当兽医,高举双手拍巴掌说:"好啊,好啊,是个好青年。"那个时候,正是畜牧局很多搞专业的人转行或下海的时候,有威成·叶森这样的青年人,还是当兵出身,愿意当兽医,叶尔肯真是高兴。叶尔肯让鲁伊万给威成·叶森捎了话,让他参加专业培训。后来的几年,威成·叶森又自费去学习。就这样,稳稳拿上了专业兽医医师资质。

孟一直在听威成·叶森说着他的往事,车在荒野中向前,窗外还是那般风景。蒿草的气息随车窗外的风冲进来,越过孟的秀发,又从后窗冲出去,融入车后的尘埃。孟看看窗外,收回视线,想着叶瑞克和他的威成叔一样,都这么健谈。话匣子一开,往事、高兴的事、不高兴的事、好笑的事……啥都说,就好像让人突然走进了蝴蝶谷,眼前左右上下,彩蝶飞舞。落在枝杈或草尖上的蝴蝶蝶衣上的眼状花纹像带有疑问的大眼睛,把疑问抛给人,让人回答藏在它们大眼下的秘密。孟甚至感觉自己有点儿像搞采访的。可她的任务是要解决那个闹心的问题,就扳回话题到她的问题上:"威成老师,我找您是因为叶瑞克的事。"

威成·叶森看着车前的路:"孟,我知道。"

孟就问:"那您怎么看这件事?"

"你是问叶瑞克找我哥麻烦的事?"

孟只笑,把疑问抛给威成·叶森。

"或者,你也许还是想问尤莱对叶瑞克公不公?"

"都算是吧。"

"先说尤莱?!"

"随您。"

"那要我说,就先说我哥,他应该是……一半一半。"

"一半一半?什么意思?"

"也就是……尤莱对错各一半。"

"哦。"

"先听对的,还是先听错的?"

"随您。"

"那先说对的。错的往后放放,怪闹心的。"

正说着话,一只小游隼突然从车的右侧低飞而过,差点打在车前窗玻璃上。威成·叶森娴熟地控制住车躲过了。那游隼在路的左侧一丛骆驼刺旁扑棱了两下,怡然轻松地飞走了,像突然消失的一个梦,把孟看得有些目瞪口呆。在这无边的旷野上,任何一个生命都有可能随时遭遇不测,也有可能随时逃离不测。

就听威成·叶森的手机响了。说曹操,曹操就到。电话是尤莱·叶森打来的。尤莱·叶森问威·叶森能不能成来看山上的黄花土牛,威成·叶森仰了下颌,接连说了几个知道了,这就过去。挂了电话,看向孟,说:"孟,看来我要带你去我哥的秋营地了,上山去看那头伤牛,不能送你回村了,你看……"

孟犹豫了一下,问:"现在去了,晚上可以赶回来吗?"威成·叶森笑着说:"应该能赶得回来,弄丢了咱孟姑娘,阿斯喀尔肯定会灭了我的村籍,那我不就成黑户了?"孟愉快地点了头,调侃说:"您早就没村籍了,是城里人了,不怕的。"于是,威成·叶森的车就在离村不到一公里的地方向左打了方向,驶向山里去。

拐上左边的道,前面就是白水台夏牧场的方向。远远望去,那边山脉层峦叠嶂。砂石地、台地、山地、雪峰,依次递进,拾级而上。越向山里进,路两边就越多见灌木、柽柳、榆树、白桦、爬地松,还有松树林。

当窗外的风"呼呼"吹进车窗,威成·叶森感慨了一句:"那头可怜的牛!不知能不能挺得过。"他升起了车窗,"呼呼"的风声被切断了。孟等待着威成·叶森把刚才被电话打断的话题继续下去,威成·叶森却依然惦记那受伤的牛,嘀咕着不知牛能不能挺得过去。

孟就问:"那熊当真在家门口伤了你家牛吗?"

威成·叶森说:"这些年环境保护抓得严,野生动物保护力度大,但是,狼啊熊啊什么的不怕人,它们在家门口伤牛,不奇怪。"

孟问:"那牛还能活吗?"

威成·叶森说要看熊伤它的程度,多半活不了,因为一般熊是不会放过它碰到的活物的,这种事他见得多了。他小时候转场,路上曾见过有户人家的牛在白水河边乱石滩中的惨相,他曾问过父亲牛的死因,父亲说应该是熊干的,吃了一半后拖到水边,回头叫了熊崽们来继续享用。牛被扔在河边,水汽能消解或带走腐气,不会被狐狸、黄鼠狼还有狼闻着气味找过来吃了。

威成·叶森说他当兵的那一年,去白水台夏营地跟家人告别。那天,正赶上家里打羊毛擀毡,请来附近几户牧人家的男男女女帮忙。在白水台,牧家打羊毛擀毡是件大事,烧水,宰羊,煮茶,加上牧人家带来的小孩子,牧人小聚,烟火气浓,加上还有一台不知哪家牧人带来的三洋双卡录音机放着邓丽君的《小城故事》,颇有几分时尚,也算得上白水台小城故事多,充满喜和乐了。擀毡的男人女人在柔软的草地上跪坐一排,面对像蛋卷一样捆卷在苁苁草席中的毛毡,往那草席上浇了开水,男人女人们就齐刷刷地一拜一起,用他们的胳膊肘像擀一张巨大的面皮一样擀毡。这是一个要求齐心协力的活,集体用力也要恰到好处,不然毡片便不会均匀。这个活的意义与长江边上的船工劳作一样,都是为了把日子过好。不是有一句话叫天有不测风云,人有旦夕祸福吗?越是那种温馨的日子,老天爷似乎就越要跟人开玩笑。

那天,当一群牧人擀毡擀到一半时,突然听得一阵马的嘶鸣。一些在附近草地上吃草的马和牛向人这边奔跑过来,孩子们也像一群小鸡遇到了老鹰般,发出一片尖叫声,躲向母亲们的衣裙。就见不远处,一棵枯死的松树下,一只棕熊正用两只大前掌压着一只两岁的牛犊撕咬,那牛犊发出声声惨叫。女人们提溜着她们的孩子落荒而逃,躲进了毡房里,男人们则操起他们自以为可以充当武器的家伙。有人敲铁勺,有人打铁盆,人们大喊大叫。这个时候的人啊,就是想吓走棕熊,但棕熊根本不在乎,就在人的家门口,当着人的面,吃了人的牛。它甚至好像是要故意让人感到自身的渺小,让人听到它咬碎牛头骨时发出的"咔咔"的声响。

目睹熊吃牛犊全过程的人,是胡安三兄弟和两岁的叶瑞克,还有那几个牧户的男人。大家正值年轻力壮,但在一头熊面前,年轻并不能派上用场。那天,最感无助的是尤莱·叶森。威成·叶森曾听他说,要是有一杆猎枪,那头熊就不至于这样伤害他作为人的尊严!

威成·叶森的车继续向前行驶。孟摇下车窗,又摇上。空气中明显多了山中的水汽和爬地松的松香。

威成·叶森笑着对孟说:"其实,当时就是有枪,也不一定能斗过一头熊。人想跟大自然相处,靠的一定不是蛮力,而是头脑。"孟若有所思地点点头,她想起了一部叫《荒野猎人》的电影。回想电影画面中人被熊攻击时的无助,又想到那个猎人钻进一匹死马的肚子来保全性命。孟不禁打了一个寒战。

威成·叶森说这两年他出诊治疗这类伤害的事比以前多了。通常讲,被狼和野猪咬伤的牛羊是不好治愈的。因为那些野兽的牙上好像有致命的毒素,所以,如果一匹马遭遇了狼,威成·叶森说他宁愿狼把它咬的那块肉撕下来。

孟觉得不可思议,问:"为什么?"

威成·叶森说:"因为那是开放性的伤口。相反,如果狼咬马,即使只被狼的獠牙咬了一个印,也是很麻烦的。"

孟又问为什么。

因为狼的牙毒一旦留在马的皮肤下,伤处就会感染,严重的话伤马就有可能被宰杀掉。兽医多半不会给一匹马或一头牛、一峰骆驼动手术帮它们截肢,让它们继续活着,这是一个经济问题,也是一个伦理问题。这就好比打仗,一匹战马受了伤,不能再负重前行,选择只有一个,那就是举枪瞄准它的要害,以最迅捷的方式结束它的生命。到了牧人这里,就是用最快的刀给一匹马或一头牛的生命画上句号。哪怕主人很爱它们,哪怕它们为主人做出过卓越的功绩。

尤莱·叶森的爱马红,就曾遭遇这般厄运,差点儿被尤莱亲手送走。

那是七八年前,尤莱·叶森转场到秋营地。那是牛羊最肥美的时节,好比农家成熟的麦田里麦浪滚滚。转场下山的羊群,因了白水台夏营地一个夏季牧草的滋养,它们的生命充满活力。它们在路上走起来跑起来,就好像南印度洋上追赶金枪鱼群的数千只海豚,跳跃着从高山营地下来。它们蹄下扬起的尘埃,是伴随它们的海浪。马儿牛儿也是壮硕的。它们虽为家畜,实则是半野生的动物。大自然的馈赠和它们与人的千年约定,促就它们强健的体魄积蓄过冬的能量。这个时节也是肉食动物积蓄能量的最好时机,特别是一向善于团队作案的狼群。

那是一个秋高气爽的月夜,尤莱·叶森和叶瑞克赶着羊群转场到了秋营地,搭了毡窝棚歇息。那天,叶瑞克骑的是红。歇息前,有狼嚎从松林中或岩崖顶传来。尤莱·叶森提醒叶瑞克照顾好红,不要把红放得太远,能让它吃吃夜草就行。毕竟,那个时候的红年事已高,经不得强敌侵扰。叶瑞克答应了。把红拴到离毡窝棚不远的草甸上,还加长了它头上的毛绳,以便它有足够的活动空间吃到夜草。然后,尤莱·叶森就让叶瑞克回去睡在毡窝棚里,自己放了两条牧狗,点了篝火守夜。叶瑞克没同意,不管怎么说他是做晚辈的,让一个长辈守夜在情意上、面子上都过不去,也于心不忍。尤莱·叶森意识到叶瑞克能这样想显然是长大成人有了责任心了。他就点了头,掖了大衣,进毡窝棚歇息了。

叶瑞克守着那团火,数着夜空的流星,心神却并不宁静。

放在篝火旁的茶壶里的水开了,不时溢出来,潽在火堆上,喷起水雾,给夜增添了几丝不安。

尤莱·叶森虽然钻进了棚里,一双眼睛却留意着篝火旁的叶瑞克。叶瑞克是他看着长大的孩子,任何一个细微的变化他都能看在眼里。一个心神不在身上的人,神智一定飘忽于异处。而那飘忽的神智能催眠,让他忽略了当下。哪怕危险就在眼前,他也不一定能发现。况且,那几声狼嚎的余音还在黛色松林里和山影中,并没有远去。尤莱·叶森就从大皮衣下探出头来,问叶瑞克:"嗨!娃,还行不?"

叶瑞克看向棚里:"没事。"

"要么……你进来睡会儿?"

"哎哟,不用,我好着呢。"

"把你那双眼睛点灯用,明白不? 出了事,当心我卸你的腿当柴烧。"

"好!"

这本该是那样的一个夜晚:广袤的星空挂着明月,朦胧的山影伴着黛色的松林,羊群自然而息,狗恪守职责。篝火诗意地燃烧,一个花季少年披着大衣在篝火旁弹着悠远的琴声,抑或给远方的恋人写一首思念的诗。可是,那夜,这番只有卡通片与油画世界表现的场景却被现实搅了。首先是因为那些年,青春期的叶瑞克变得性情有些浮躁,就好像一只鼹鼠钻在泥土里,总是在忙乱中寻找什么。鼹鼠没有视力,只凭自己的感觉、触觉向前拱啊拱,也不知道自己要拱到哪里去,拱到什么时候是个头。反正他要往前拱。游牧转场,这种一年四季上山下山的活,似乎已经不是他一辈子想要的生活。但离开了这些只会吃草的动物,自己又能干什么? 去当装修工? 当泥瓦匠? 或去贩卖羊皮? 都行! 好像又都不行! 于是,那个夜晚的叶瑞克真的对自己的这般生活感到无望。屋漏偏逢连夜雨。那夜的两条牧狗情绪好像也不稳定。叶瑞克打着手电筒,转着羊群巡查,或往篝火堆添柴的时候,它们两个还狗模狗样守着羊群,尽职尽责。可当叶瑞克披着大衣坐下时,它们竟跑得无影无踪了。它们跑向了不远处一块湿地捉雏雁去了。也难怪,那天南飞的大雁经停于此。它们从西伯利亚来,要到印度次大陆去,刚学会长飞的雏雁,翅膀还没长硬。引得两条牧狗定要干追雁的勾当了,它们毕竟是狗!

所以,那个夜晚,唯一对狼群警觉的就是红。

当那三匹狼趁着夜色摸向羊群的时候,是红首先当了哨兵。它用一双眼睛和两只耳朵搜寻到了敌人的踪影,待确认暴风雨将至,便从鼻孔和喉咙里发出警报,然后腾空而起,用它的两只前蹄砸向草甸。草甸发出战鼓般的"咚咚"声。于是,羊们也竖起了耳朵,只可惜!它们没有犄角。除了一只领头的公山羊智多星般甩着它的山羊胡子,发出长长的警报,提醒羊们快快像南极的企鹅那样抱成一团,以抵御狼害,但羊群已经乱了阵脚,惊慌失措,草甸上发出一阵阵不安的骚动。尤莱·叶森冲出窝棚,从篝火堆中抽了一根燃着的柴火,叶瑞克也抽了一根,然后两个火把便被挥舞着向羊群外围去。

火把对三匹狼应该是产生了威胁。它们虽然饥饿难耐,但还是做了临时退后战术。离开羊群时,尤莱·叶森和叶瑞克都看见有一匹狼经过红的身后,像一条狗那样向红猛扑了一下,红顺势用后蹄猛踢了那狼一脚。那一踢大概是踢着了狼的要害,狼哼哼唧唧地钻进松林里去。尤莱·叶森跑向红,打着手电筒查看它是否受伤。那时,红浑身肌肉战栗,并没有发现有明显的咬伤。尤莱·叶森向黑夜骂了一声,大概是诅咒狼。然后向叶瑞克这边挥了一下马鞭,吓得叶瑞克缩了一下脖子。那一鞭若真的打下来,应该是对叶瑞克的一个重重的惩罚。

这之后,叔侄俩基本赌了气,不再说话。间或有羊号发出,警示那几只狼不要再狂妄了。

约两个小时后,应该是凌晨五点钟,尤莱·叶森终于出声了,命叶瑞克收拾好毡窝棚,准备上路。两个人草草喝了点儿热茶就上路了。尤莱想的是趁天凉赶着牛羊下山,到下一个宿营地。直到队伍起程,那两条牧狗才回来。叶瑞克当然就骂了它们是不称职的狗,尤莱·叶森也帮了腔。但不知为什么,叶瑞克自己骂狗痛快,叔叔骂狗,他心里就有怨言。

两个人起程后,路遇了几个转场的人家。男人们都提了昨晚遇狼的事。还好,尤莱·叶森家的羊基本没有损失。有人家的牛腿被狼卸了,还有人家的羊被咬断了喉。

尤莱·叶森万万没有想到,他的爱马红实际上已经被那匹狼咬到了右后腿的大肌,准确地讲是狼的一只獠牙戳进了红的肌肤。当时的感觉对红来说,应该就像被一只野蜂叮咬了,况且,红也没有轻饶它,以自己的方式回击了它。第二天行路没什么太大异样,但几天之后,红被咬伤的地方开始脓肿。红变得精神萎靡,走路也一瘸一拐。这事自然深深牵动了尤莱·叶森的神经,令他茶饭不思,坐卧不安。嘴边挂着的就两个人的名字,一个被他诅咒,另一个被他千呼万唤。挨咒的当然是叶瑞克。那天夜里,如果不是他把红拴在桩上,而是放松了它的绳索,顶多看着它不要走远,像红那样一匹久经历练、拥有一片赤胆忠心的马,何至于被咬伤。那千呼万唤的当然是威成·叶森。尤莱·叶森感谢爹娘的在天之灵,为他们叶森家保佑出了一个兽医。

这样,威成·叶森就被尤莱·叶森叫回来了。

这种咬伤,是威成·叶森成为兽医后最不愿意治疗的一种伤,可偏偏就发生在红的身上。那狼好狠,只留了牙口,却不咬透。威成·叶森宁愿狼把红的腿撕下一块儿肉,开放性的咬伤总是可以看到伤内状况,好下手治疗。偏偏那狼只给红留下这般伤口,所以威成·叶森必须亲自下刀,从伤口的另一侧开个引流口,打通脓血的通道,并灌进双氧水,让脓血蓬勃涌出,最后还要把纱布条穿进去,把脓拉出来,准确地说是把脓水掏出来。红痛得直翻白眼,尤莱·叶森站在威成·叶森身后大嚷:"威成啊,你就不能给它打一针,让它好受些吗?"

威成·叶森喊道:"不能!"

尤莱·叶森又说:"你就不能给它打打吊针?"

威成·叶森仍回答道:"不能。"

尤莱·叶森便说:"狼动牙,你动刀,都一样下得了手。"

威成·叶森不耐烦了:"哥,你有完没完?"

尤莱·叶森的拳头突然砸在叶瑞克的脖颈儿上,叶瑞克正低头帮威成·叶森拽着红的那条伤腿。那一拳砸得叶瑞克眼前一阵金星飞冒,差点儿栽倒在红的蹄下。他想爆发,暴怒说有本事找那匹狼算账去。但是,他看到了威成·叶森的目光,那目光示意他把持住自己。叶瑞克只好把委屈的眼泪咽下喉咙。他怎么能服气!自己何曾和那匹山野的幽灵做过什么交易?以致要用这种卑劣的方式,伤害同样与尤莱一样珍贵的爱马红,折磨他,折磨自己。

威成·叶森用千分之九的氯化钠清洗了红的伤口,塞了生肌的药。这些涂在红伤口的药奇臭无比,威成说这药专门对付苍蝇,免得它们再生蛆祸害,还说苍蝇也有怕臭气的时候。这样,叶瑞克的心情稍微好了一些。威成·叶森给红打了消炎药,他准备用三天青霉素后再用头孢。那以后,威成·叶森在家整整待了一周,谢绝了所有出诊,直到红的伤口慢慢痊愈。遗憾的是,他治好了红的伤,却没有意识到,二哥尤莱·叶森对叶瑞克的认知中有了另一个伤——尤莱·叶森开始用不信任的眼光看待叶瑞克。

孟感觉有些不可思议,她无法想象,一匹马能让叔侄间发生这么大的裂痕!

威成·叶森开着车,摇摇头,说:"我也搞不清楚。我只是这么觉得而已,事实是他们两个人的关系确实发生变化了。"

叶瑞克当一名骑手是在十岁起,小的时候,尤莱·叶森曾把他放到红的背上。叶瑞克五岁那年,大哥去世后不久,尤莱·叶森还曾代他大哥按白水台人家的风俗,为叶瑞克举行过上马仪式。尤莱·叶森把叶瑞克放到红的背上。红的背上有一个叫阿沙枚的儿童马鞍,也就是袖珍的鞍具,是尤莱·叶森亲手做的。那年转场到夏营地,尤莱·叶森从松林里找来一块松木,用小砍刀和一把普通的腰刀又砍又削,做了那个儿童马鞍。做儿童鞍具说起来简单,其实也不简单。要削出两个鞍头、两侧鞍桥、掏个槽,打上楔,最后穿插在一起,做工虽不要求精细,却要求结实稳当,适合幼儿的身体。尤莱·叶森做好鞍桥,还从坡下的岩石上剐来朱砂,把阿沙枚染成朱红色,那鞍桥就变得又光又滑,好像幼童的肌肤。染好了鞍桥,尤莱·叶森让卡米拉用毡片绣了鞍褥垫。然后,尤莱·叶森就牵着叶瑞克走访夏营地人家,告诉大家,叶瑞克已经是马背上的男人了。他们所走到的地方,白水台夏营地的人们都为叶瑞克祝福。女人们在叶瑞克的脖子上挂上白绸,将一束猫头鹰的羽毛挂到他的肩上或帽子上,或红的长鬃上。男人们看向叶瑞克,又看向天空,祈求叶瑞克成为一名优秀的骑手。这是白水台人家传承多年的习俗,也是白水台人给一个男童的人生暗示。让他明白自己将是一名骑手,他的朋友是红。

威成说:"但是,叶瑞克成人后,私自把红卖掉了。为了赎回红,尤莱还遇了车祸,险些送了命。"

孟又吃惊了:"什么时候的事?"

威成·叶森说:"今年冬天。"

孟说:"我怎么不知道?"

威成·叶森说:"因为是冬天你去休假的时候。"

孟这个时候才知道叶瑞克和尤莱·叶森之间发生的事与红有关,跟她昨天晚上想到的那个所谓"乡村刁民"的话题还不可相提并论。至于与红是怎么个关联法,自然还得从威成·叶森这里得到更多的信息。

威成·叶森显然也是个有悟性的人,一点题,自己就会往下说。威成·叶森说,其实叶瑞克私自卖掉红是后来发生的事。起因与那次红遭遇了狼攻击有关,与别的事也有关。那话就还得往前说。

应该是五六年前,也还是夏末转场,尤莱·叶森最后一次用骆驼转场。

那时,秋意已经很浓了,因为转场路有一段发生塌方,上级决定暂缓统一转场,大概比往年拖了十天左右。但这个时候,牛羊已经开始变得躁动不安。它们生命的晴雨表是季节的变化。一到转场的日子,它们的生物钟就会启动转场程序,迫使它们往山下走。就像到了初夏,它们的生物钟一样会主动启动往夏牧场转一样。为了按时走,它们会吵吵嚷嚷,提醒主人要走了,不然晚了,大雪就要封山走不出去了,就要被冻死饿死在这里了。这种时候,牧狗也会变得不安,吠叫不停。有一天,甚至有几头先知先觉的母牛带着牛犊往山下跑了。

终于等到转场的那一天,天气果然变了。前一夜黑云压境,早晨尤莱·叶森一家卸了毡房的龙骨驮到骆驼背上准备起程时,雨夹雪不期而至。雨夹雪下着下着,眼看就要下大雪。原本已枯死的草地经雨雪侵袭和牛羊人马踩踏,变得泥泞不堪。空气湿冷湿冷的,人畜举步维艰。叶瑞克用手摸摸自己的脸和鼻梁,那双手就好像冰冷的鸟爪,细瘦而僵硬。雪上加霜的是,就在驼队准备起程时,竟来了一头肥胖的棕熊。羊群、牛群受了惊吓,四下逃散。叶瑞克眼见两只羊被那棕熊强壮的熊掌猛拍了几下,就倒了地,扑棱着四肢，发出一声声惨叫。棕熊显然为了抓住一年中最后一次机会，为它的冬眠积蓄热量。因此表现得几近疯狂。一只绵羊已经死了，另一只被拍倒的山羊还在呼天抢地，意思是救救它，搞得尤莱·叶森顾了东顾不了西。好在及时跑来几名边防连战士，大家一起又是喊又是叫，吓唬那头棕熊，又去拢住跑散的羊群，才算为尤莱·叶森解了围。一名小战士告诉叶瑞克，是哨兵发现了这边的险情，连长就命令他们快来搭把手。

驼队起程前，尤莱·叶森决定结束那只半死的山羊的生命，他不能让它在荒野中死得毫无尊严。这时，起程的时间已经耽误了近两个小时。为了抢时间，尤莱·叶森决定走一条小路到阿苏达坂。几名战士说连长命令他们护送驼队一程，建议尤莱·叶森走砂石路。那个时候，阿苏达坂已经有一条比较安全的砂石路了。叶瑞克和卡米拉也同意走那条路。可是，固执的尤莱·叶森想抢回被耽误的时间，硬是决定走小路。

走出大约三公里，眼看快到阿苏达坂了，尤莱·叶森便劝几个前来帮忙的战士快回军营去。他断定棕熊肯定不会再来袭扰，而且剩下的路他很熟悉，也很安全。几个战士坚持说连长命令他们要把驼队护送到阿苏达坂再回营。尤莱·叶森就动了怒说："你们这几个娃，咋不懂事嘛。你们送我们到阿苏达坂,然后,是不是要我再把你们送回边防连?你们以为我会放心你们自己回边防连吗?"那几名小战士不知说什么好了,就听从尤莱·叶森的话返回了边防连。然而,尤莱·叶森显然太过自信了,他忘了自己正在老去。他犯了一个错误,在最需要这几个小伙子帮忙的地方拒绝了他们的善意。当驼队走到阿苏达坂山梁时,老天爷在这里给尤莱·叶森留了一道几乎难以翻越的坎。那段路上他遇到的艰难也差不多颠覆了他在历年转场中积累起来的经验。

那道山梁两面的坡度大都在六十度。平日里,站在梁下,看到的是巨大的山体占据半边天空,坡上布满了高高低低的松林。天气晴好的清晨,晨雾穿过松林,林间薄雾漫绕,映着道道晨光。那样的清晨,总会有一些小松鼠在林间跳跃,或者有只猫头鹰从一棵高大的松树顶上滑翔而下,捕捉一只短命的黄鼠狼,然后,叼着猎物又飞回松枝上去,那里有它的孩子等待它送早餐。在更高的云天里,苍鹰翱翔,云天下偶尔还会有几只山鹿穿行于松林间,到山谷底下饮水。

尤莱·叶森和白水台夏营地牧人们转场的牧道,早先大多从这山梁的松林间穿过,到达阿苏达坂,这是一条老的迁徙路线。平日里,牧道的颜色是棕色的,像一条长蛇,弯弯曲曲地从梁脚下攀缘向上。翻过梁后,依然像一条长蛇,穿过梁那一面的松林,继续千回百转向前去。再向前,便到了阿苏达坂的山崖,崖下就是当年尤莱·叶森家的那峰骆驼被冲走的隘口。

送走了几名战士,尤莱·叶森带着队伍继续向前,他的坐骑是跟他自己一样正在老去的红。如果那天天气好,走在前边的应该是卡米拉,尤莱·叶森应该断后。但由于是坏天气,尤莱·叶森必须和红走到前边探路。所以,这一次他在先,让叶瑞克骑马断后。那些年,叶瑞克虽然已经出去闯荡了,但转场的时候还是一定会回白水台夏营地帮叔父的忙,年年如此。

叶瑞克赶着羊群走在队伍的后边,观察叔父尤莱·叶森前行的指示。尤莱·叶森坐在马背上,牵引着五峰骆驼。五峰骆驼高大的身影和它们身上驮着的重物偶尔会挡住叶瑞克的视线,他看不见叔父和红的身影,就把自己尽量甩到驼队的后边去,以开阔视野。卡米拉走在队伍的中间,她是安全的。两个女儿已经送到了县城里读书上学,在她们很小的时候,卡米拉就建议尤莱·叶森不让她们一起跟着转场了,这也是叶瑞克、威成·叶森共同的建议。现在的女孩子还是要去读书,况且白水台的人家大多这样做,这是更早些年的时候白水台人家很少有的事。

叶瑞克在队伍后面走,卡米拉在队伍中间走,尤莱·叶森在队伍前边走。雨夹着雪从天空飘下,地面湿滑。五峰骆驼排着队走,骆驼后边长长的羊队也是一只跟着一只,母牛带着牛犊,小牛跟着大牛。队伍很长很长,叶瑞克就被落得很远。四周一片安静,除了偶尔传来尤莱·叶森的羊号子声,叶瑞克只能听见走在他前面的牛羊的喘息声。它们都屏着气息,一心一意,一个紧挨一个,后羊咬紧前羊的脚步往前走。前边有羊停下,后边的羊也就依次停住,好像生怕自己出什么意外,打乱整个队伍的阵脚。雨夹雪依然下着,而人马只能向前,没有回头路,这里也不可能扎营。这个季节,雨夹雪之后定有大雪,所以,人马只有一直向前。叶瑞克的心被一种不祥的感觉揪着,他想跟叔父说点儿什么,比如回撤。果然就见尤莱·叶森从五峰骆驼前掉转了马头,走向队伍后边,他担心地查看人马是否都已跟上。

叶瑞克大喊:"尤莱叔,要不咱们先回撤,等天气好了再走?"

尤莱·叶森却把手中的马鞭向着天空戳了两下,说:"你这个娃,老天爷跟你商量过啥啦?他老人家同意你歇了脚再走?废话少说,快下马,把你的马肚带拉紧喽。看好牛羊,别让它们滑下去。"

尤莱·叶森这样一边说着,一边又向前去,路过卡米拉身旁，还坐在马背上弯下了腰，扽了一下卡米拉坐骑的马肚带，确认没啥问题，就又向驼队前边去了。

叶瑞克下了马，也拉紧了马肚带。他发现，他坐骑的马肚带松了一圈，大概是马走得吃力，身体消耗大，马肚子瘪了。谢天谢地，幸亏尤莱·叶森掉头来查看，不然，翻过大梁下的阿苏达坂，叶瑞克的马鞍肚带松了，他定会从马背上向前翻下去。想必尤莱·叶森也提醒卡米拉了。紧了马肚带，叶瑞克又上了马背。上马背脚蹬地时，他脚下打了滑，坐骑也紧张地扬起头，"扑哧扑哧"打着响鼻。叶瑞克又感到了不安，坐在马背上看尤莱·叶森是不是已经到驼队前边去了。

尤莱·叶森和红已回到驼队的前边，拉着那峰带头的骆驼小心翼翼往前走。当驼队就要走到山梁顶端时，走在最前面的那峰骆驼终于没有提防住脚下的雨雪，大脚掌打了个滑，像一座倾倒的起重机向后倒去，它竭力挣扎，不让自己倒下，只可惜，由于身体负重，身体向后滑了约一两米后，终于两条前腿跪倒了。

就听卡米拉大喊："尤莱——危险——"

事实上，这个时候的尤莱·叶森已经看到了倒地的骆驼。他坐在红的背上，使劲拉那峰骆驼的牵绳。那骆驼的脖子都快被拉直了，它的身体像一只爬行中的大蜗牛。红显然也在竭尽全力，前蹄向左又向右，协同尤莱·叶森找到最佳的站位，以便拽那峰骆驼站起来。那峰倒下的骆驼却让它身后的两峰骆驼像发生多米诺骨牌效应一样倒下去了，第二峰骆驼也倒下了；后边的羊队前挤后拥，第三峰骆驼也因脚下失去抓地力，一下跪到地上，沉重而庞大的身体很难再站起来了。

尤莱·叶森喊卡米拉和叶瑞克到队伍前边来。三个人赶到驼队前，又拉又推又搡，试图让三峰骆驼站起来。尤莱·叶森下了红的背，去拽拉骆驼的缰绳，嘴里不住地骂骆驼关键时候出状况。尤莱·叶森的意思是这几峰笨骆驼还不如当年那峰掉进水里的骆驼，是走、是留、是死、是活总要有个说法，好让主人做决断。但眼前这几峰骆驼，这般烂泥一样堵在这险道上，定是要拿他尤莱·叶森当泥踩。卡米拉也咒那头该死的棕熊，偏要为难他们老实人家，哪天来袭扰不好，硬赶在雨雪天来，害得他们一家耽误了时辰，遭遇了这般坏天气。事实上，无论尤莱·叶森一家如何用尽腿脚上的功夫，要拉骆驼起来，还是耗尽嘴皮上的功夫，逼得骆驼们意识到它们的无能，那一天，要让这些身体庞大的家伙站起来，显然很难。它们脚下、身子下，可是一块被泥汆涂抹得光滑无比的坡地，即便是老天爷亲自来走一趟，怕也是要一步三滑的。情急之下，尤莱·叶森拍了拍红的脸，又翻上红的背,他要让红这匹老马用它最后的气力拉骆驼起来。但是尤莱·叶森绝没有想到,他的红毕竟也是一头畜,面对大自然,它也有最脆弱、最无力的时候,况且它已高龄。由于尤莱·叶森和它都太过相信自己的气力,最终是红受了大罪。

毫无疑问,红会用尽它最大的气力协助尤莱·叶森。可是,就在它再次用力拉拽第一峰骆驼时,它的前蹄已支撑不住身体,强大的用力牵拉也让它失去重心,跪倒在泥泞中。前边已经被踩踏的路越来越泥泞,红根本使不上力气,站不起来。它的身体也开始向羊肠小道的斜坡下滑。鞍具一侧沾满泥浆,身体也浸在泥汤里。红挣扎着,努力站起来,好像不能容忍自己的无能,它愤怒地蹬腿,终于两条后腿站起来了,但是两条前腿却不能,好像不再属于它。尤莱·叶森和叶瑞克就喊着:"红,起来,快起来,你这个白水台的精灵,起来!"但是,无论怎么努力,红终究无法站起来。于是,尤莱·叶森就猛地一转身,狠狠给了第一峰倒地的骆驼一马鞭,痛得那骆驼眼里流出泪来。

卡米拉骂着:"尤莱,你疯啦?它只是个畜生,你打它,它懂什么?"

尤莱·叶森一屁股蹲在泥地上,抱了头,呻吟着说:"老天,这是要让红死嘛。"

尤莱·叶森的呻吟好像刺激了红,它的两条后腿突然爆发了力量,脖子和胸前肌跟着一紧,浓厚的马鬃一甩,就把两条前腿带了起来,拼命拉着第一峰骆驼向前站,第一峰骆驼好像是受了红的鼓舞,也像红一样用力站了起来,然后是第二峰骆驼。

尤莱·叶森哈哈笑着说:"好样的!红,你这白水台的精灵。这才是你,是你!"

尤莱·叶森也站起来,去拉第三峰骆驼,第三峰骆驼也站起来了。尤莱·叶森回头对卡米拉说:"我和叶瑞克把几峰骆驼牵到前边,你拉后边的骆驼跟上来。不能停留,听到没?"

叶瑞克慌忙拉了后面的两峰骆驼过来,安抚了一下红,拍拍它的脸,骑到红的背上,然后像尤莱·叶森那样牵两峰骆驼往前走。可是就在第四峰骆驼走到刚才那段泥土路时,由于前边的几峰已经踩烂了路面,第四峰和第五峰竟然又接连倒在刚才那三峰骆驼倒下的地方。这个时候,叶瑞克明显感觉座下的红的身体肌肉开始战栗,那是刚才拉前几峰骆驼时用力过猛,肌肉受到了强烈刺激。叶瑞克看看天,雪越下越大,以为红还可以拉后边的骆驼起来,便又催着红向前,但红蹄下又打了滑,在刚才它摔倒的地方再一次跪倒。

尤莱·叶森安顿好那三峰骆驼回来,见此情景,瞪大了眼睛,一把将叶瑞克从红的背上拉下来,骂着:"蠢货,谁让你用红拉它们了,没看红已经不行了吗?"

后边的羊群好像知道了前边发生了什么,开始躁动。尤莱·叶森和叶瑞克又拼了命地拉红的缰绳,催它站起来,但这一次,红已经站不起来了。

卡米拉提醒道:"尤莱,你得拿主意了,咱们要么走,要么放弃。"

尤莱·叶森看一眼红,又望向后边的羊队,无奈地说:"先让羊群走!"

叶瑞克知道,叔父说先让牛羊走,实际上是在暗示放弃,这就跟大海上遇险的船长万般无奈中命令弃船一样。让他最感绝望的,除了放弃那几峰骆驼,还有红。明摆着,红站不起来了。这个时候,每拉它一把,就好比把一把锋利的尖刀架在它的脖子上,一点儿一点儿折磨它。因为它的前蹄正好卡在两块锋利的石头中间。

尤莱·叶森在前边指挥,像指挥一辆遇险大车的方向。这样,后边的羊一只跟上一只,绕过了两峰骆驼和红。

红的左侧的眼睛,映着羊群一一走过它身旁的身影,而它自己的一只前蹄,正被石缝死死卡住。

队伍到了梁顶,尤莱·叶森又带叶瑞克回到原地,卸下两峰骆驼背上驮的重物,放到旁边松林下避风的地方,蒙上塑料布,等来年再取回。这也是白水台转场人家以往转场途中常有的事情。在这远离人烟的荒山野岭,不会有贼惦记牧人的财物。只是,弃了物,主人的生活会遇到些麻烦和不便。两峰骆驼扔在这野地也会有它们自己的活法生存,只要不遭遇猛兽,它们会活下来。常有牧人转秋牧场前,丢下被蛇咬或狼袭击的骆驼在夏营地过冬。主人顶多给它们披一层夹被,以便它们抵御寒冬,但今天卡米拉显然不可能给这两峰骆驼做夹被了。

只是,万般可惜了红!

尤莱·叶森不愿意放弃,还想去把它拉起来。但是,叶瑞克提醒他,如果他再这么使蛮劲,红的前蹄有可能会更受伤,就等于尤莱·叶森亲手害了它。卡米拉的一句话也给了尤莱·叶森好的建议,卡米拉说:"我们先走吧,走到后可以打电话给边防连,让他们想办法来救红。雪下得这么大,路面已开始冻结,如果再不抢时间下阿苏达坂,今年咱们家的收成就彻底完了。"

尤莱·叶森蹲在红的面前,沉默了好一阵子,卸了红身上那背了二十多年的军鞍。

队伍继续向前。叶瑞克把自己的马给尤莱·叶森骑。刚才叔父的膝盖跟红一样,也受了伤。尤莱·叶森的鞍前放着红的军鞍。

那天黄昏,牛羊总算在离他们叶森家秋营地不远的一片开阔地扎了营。扎营的时候,天空已经放晴,晚霞浸染着西边的天空,一层朱红,一层杏红,映衬山顶的岩石和松影。叶瑞克准备卸下他的马鞍时,尤莱·叶森一瘸一拐地走来,让叶瑞克把马给他,上了马,说:"照顾好牛羊和你婶子,她累了,我去去就回来。"叶瑞克问他要去哪儿?尤莱·叶森说:"不能只打电话给边防连,我要亲自返回那个梁上把红弄回来,红不能死在荒山野岭。就是死了,也要把它高贵的头颅带回来。"

尤莱·叶森向着星光欲出的阿苏达坂去了,留下叶瑞克和卡米拉瞠目结舌地站在原地。他们知道,他们不可能阻止这个决意要去的男人。看着叔父尤莱·叶森远去的背影,叶瑞克感到了自己对红的愧疚。自己咋就那么蠢,明明看见红已经不行了,还要让它去付出。它曾带着他创造过白水台赛马的奇迹,得到过太多的掌声与嘱咐,而他却不能像对待一个长辈那样待它。他感到了自己的世故与功利。

那一夜很长!

在那天夜里,虽然人生并不深奥,思想也还没有那么深邃,但年轻的叶瑞克想到了一个非常现实的难题:红终将是会老去的,也终究会死去。它会像其他的马一样,尽管一生与主人相濡以沫,却终究会像地里的麦子一样被主人收割掉。游牧人家的悖论正在于此。牧人亲手养育牛羊,一年四季转场,经受风霜雨雪,披星戴月,投入情感、劳动甚至毕生心血的牛羊和马驼,最终是为了人的生存。牲畜,就是牧人的麦子、玉米、稻谷,到了时节,就得收割。

那么,红呢?

叔父与红又会怎样?

那一夜很长!

那一夜天高月远,却是星光灿烂。

那一夜,叶瑞克和婶婶卡米拉守着一堆岩浆般的篝火,在牛羊安静的气息声中等待天亮。

直到东方熹微,终于有马蹄声从阿苏达坂方向传来。那个时刻,叶瑞克有一个错觉,第一阵马蹄声响起时,所有的牛羊都向蹄声传来的方向伸长了脖子,所有的松林都齐刷刷转向蹄声传来的方向,天空中所有的星星也都停止了闪烁,风不再刮,夜鸦不再长鸣,所有的一切,都看向阿苏达坂的方向。在叶瑞克的泪目中,叔父尤莱·叶森果然骑着马,牵着红走来了,身后还有那两峰轻装的骆驼。叶瑞克看见了红的长鬃。那长鬃随晨风飘舞,像水中的海草,风中的树梢,湖边的苇丛。

尤莱·叶森的脸上挂着重生的喜悦。他告诉叶瑞克和卡米拉，他去了边防连，是边防连的战士们齐心协力帮他救出了红和那两峰骆驼。

这一年的红已经二十六七岁了，在马的世界里，已近古稀之年。

红虽然被救出，但它右前蹄那两处伤露着白色的筋膜，并伴有出血。尤莱·叶森说，红的蹄被卡在石头缝里，正好有一块尖利的石头顶着它的膝盖。红每次用力想站起来，都会被那块尖利的石头磨到伤处。它整整忍受了六七个小时啊。换作是人，早就不行了。就好比让一个人跪在钉子做的毡子上，横竖都受折磨。但是，它最终还是站起来了。

从那以后，红就一瘸一拐了。前几日，它似乎并没有表现出太多的痛苦，但转场到了秋营地，它的身体每况愈下，浑身战栗，心跳加速。马原是可以站着睡觉、站着吃草的动物。它们卧地，也多半是为了给皮肤蹭痒，磨掉身上的寄生虫，或者在地上打打滚儿，舒展一下筋骨。那些日子，看着红那般受罪，尤莱·叶森也茶饭不思，睡意全无。但是，他相信红会挺过去，就想到当年曾用在叶瑞克脚上的土办法，从枯草丛中找来马勃，刨开，取出里面咖啡色的孢子粉，涂在红的伤口处。但是，红并没有因为尤莱·叶森对它的希望而好起来，毕竟它也是肉身。经受了三天的折磨后，就只能用三条腿站立了。这期间，尤莱和叶瑞克都给威成打电话，但威成去参加一个业务培训班不在家。后来,鲁伊万赶来了。

鲁伊万是接到威成·叶森的电话赶到秋营地的。他一眼便断定红得了蹄叶炎,是由红腿部的外伤引起。鲁伊万责怪尤莱·叶森说:"亏你还是老白水台人,跟了牛羊一辈子,红得了这么重的病居然都看不出来。你难道不知道蹄叶炎是马的常见病吗?没看见红的蹄匣和蹄骨之间发生病变了吗?"

鲁伊万说的其实是很专业的话。马一旦发生蹄叶炎,蹄匣和蹄骨之间就会有弥散性、无败性炎症。可怜的红已经发生这样的情况了。组织的分裂和丧失让它像是用脚骨头直接站在地上一样。鲁伊万说:"尤莱·叶森啊,你想想,如果让你的脚失去了所有肌肉,还有你的脚后跟失去了减震的组织,直接用脚骨头站在地上,你会怎么样啊?红受了这么大的罪了,你咋就没看出来?你这不是救它,而是断送它的命了。红得的这病,看起来不急,看起来还能跟着你跑路,但是你拖延了它啊,尤莱·叶森,你拖延了。尤莱啊,我们会老的,会糊涂的,明白不?"

鲁伊万坐在红的面前,沮丧地说这番话的时候,叶瑞克看见坐在鲁伊万旁边的叔父尤莱,也是一副极度绝望的样子。鲁伊万说着话,尤莱·叶森竟突然一把揪住了鲁伊万的衣领,把鲁伊万提溜起来,然后用他的右手食指顶着鲁伊万的下颌,直勾勾地盯着鲁伊万,就像一个极其霸道的人,说:"少给我瞎咧咧。"

"哎!你要干什么?"鲁伊万一时没有反应过来。

"如果红废了,我就戳瞎你的眼。"鲁伊万万万没想到,这是一个自己认识了一辈子的、一年四季转场的牧人说出的话。

鲁伊万又愣了片刻,看着自己的鼻子下尤莱·叶森的大手,笑了,然后一把拍掉尤莱·叶森的手:"快给老天爷谢谢恩吧!还好你这匹老马的病没到晚期,还好威成·叶森给我打了电话,不然,你就等着自己杀了它,啃它的老骨头。"

这时候,站在一旁的卡米拉淡定地说:"让我们家尤莱啃红的骨头,那还不如让红啃尤莱的老骨头。"

听了卡米拉的话,鲁伊万和尤莱·叶森都禁不住相视而笑。

鲁伊万从他的百宝箱里拿出一把小刀,在红伤腿的穴位处放血,血足足放了四五茶杯。鲁伊万又在红的颈部打了注射液。尤莱·叶森问他打的是什么针,鲁伊万说了一堆专业的话,什么奴夫卡因溶液、青霉素一百二十万单位等,搞得尤莱·叶森云里雾里的,他本来就记不住那些怪异的药名。鲁伊万说完了,问尤莱·叶森:"记住了?"尤莱·叶森无奈地摇头。鲁伊万就说:"记不住就不要瞎问,明白吗?"

那天鲁伊万本来家里有事，说是要回去的，却像被尤莱·叶森绑架了一般，硬是没让他走。加上红的病情确实不大好，鲁伊万就决定留下来，住在尤莱·叶森家从阿苏达坂抢出来的半个毡房里。尤莱·叶森还专门为鲁伊万杀了一只当年生的小羊，好吃好住款待鲁伊万。

住在尤莱·叶森家，晚上毡房里没电视看，手机信号也时有时无，鲁伊万是牧人家常年的客，在没有通信仿佛与外界隔绝的日子里，有的是办法度过寂寂长夜，斗嘴皮便是最好的消遣方式。鲁伊万给尤莱·叶森讲了一个古老的故事，说："有一个老猎人，人已过朽木之年，但是，他很不想让自己输给年龄，就拄着拐杖出门打猎，居然打了一只金钱豹和一只岩羊回来。人们很惊异，一个老朽之人，如能打来两只雪山的精灵？事后人们又都唏嘘了。原来，猎人打下雪豹时，雪豹正在啃咬那只岩羊。看见猎人就在身边，雪豹不逃命也不攻击猎人，原来它已经老去了，没有力气跑了。更可笑的是，它捉住的那只岩羊也已经老得走不动了。所以，一个老朽的猎人捉了一只老朽的雪豹，而那只老朽的雪豹也捉了一只老朽的岩羊，最后是老猎人把它俩拖了回来。"

尤莱·叶森借着半个毡房里用太阳能电池板点亮的蓝灯灯光，对鲁伊万说："你这个老眼睛，我知道你想说啥。"

鲁伊万笑了笑，说了一个令尤莱·叶森感到十分严峻的问题:"红的病,我可以治好。但是这马已经老了,你不能总这样折腾它,让它跟着你四季转场吧?"

这个问题显然是戳到了尤莱·叶森的软肋,打到了他的七寸。尤莱·叶森沉默了一会儿,说:"能咋办?谁让它是一匹马。"

言外之意,不言自明。红有可能被当作了尤莱·叶森家的麦子,能听得出尤莱的表态很违心。

鲁伊万呵呵笑起来说:"行!行!看你的。"

从那以后,红的健康状况虽然越来越好,但是鲁伊万确实给尤莱·叶森留下了一个大得不得了的问题,而且一天天在无形膨胀。在对待红如何寿终正寝的问题上,尤莱·叶森就像个无牧区经验的人,或者一个缺乏主意的人,任由红的年龄自然增长。这一点,让白水台的人们,让认识他的人们,都感觉太不可思议。家畜就是牧人种的麦子和谷子,到了收割的季节,就要收割,打谷入仓。不然,麦子就会枯死在地里,颗颗果实遭遇风雪,或者成为麻雀的食物,或者被鼠世界的谷仓所收藏,供老鼠们繁衍后代。人类为种那些谷子、麦子,锄禾日当午,汗滴禾下土,所有的付出便没有任何意义了。尤莱·叶森可能是一个不会算经济账的人,他要白白养一匹年老体衰的马,成天喂着精饲料,尽管他明明知道,一匹老马已经不可能再现它的昔日风采。

红曾伴着叶瑞克长大,他一样爱红,甚至对红有一份发自内心的敬重。但是,它确实真的正在老去。

叶瑞克曾和二叔威成·叶森几次劝过尤莱·叶森,给红一个了断,尊重它做一匹马的全部应用价值。但是,尤莱·叶森从来没有明确说过行或不行,总是含糊其词。其间,叶瑞克曾听二叔威成·叶森说,要么把红还给边防连,因为他听说退役军马会受到特殊照顾,一直到它们自然死去。威成·叶森在一次被边防连请去给一匹生病的军马看病的时候,给马倌儿小战士说到此事。那名有心的战士得知红的来历,去查红的军籍,结果显示,红在多年以前已经退役了,去向是白水台夏营地。

这样,时间就过了一两年,经过那最后一次转场之后,尤莱·叶森一家也搬到白水台新村定居下来。羊群也代牧给了那对小夫妻,这期间,红也稳定下来,而且依然像一位矫健的老者,举手投足间显示出不凡的阅历和智慧。这是尤莱·叶森所期望的,也是最愿意看到的,成为他回击旁人最有力的武器。他常自得其乐地牵着他的红,在白水台新村外遛马。

孟听得入了神。她正穿行的这座大山中,往事如歌。

红

威成·叶森的车眼看就要开到尤莱·叶森家的秋营地,就是鲁伊万给红疗伤的地方,也是红重新站起来的地方。从春营地到这里,孟跟着威成·叶森差不多走了一个多小时。车走了一个多小时,而且是在这样崎岖的山路上行驶,并不能说明路程遥远,只能说明山行不易。尽管威成·叶森说,这种砂石路是比不得山外的高速公路,但它已经很好走了。过去牧人转场去白水台夏营地,百十公里全靠骆驼,现在有车,有摩托,不知好了多少倍。为牧人转场修专门的路,只有在我们这个国家能办到。独库公路都变成旅游大通道了。一路都是好风景啊。新疆的大山大水美,人更美!这话,孟听得出,威成·叶森是发自内心说的。这一路进山,路两旁的景物就好像一条长长的画廊,风光无限。孟意识到,为什么像尤莱·叶森这样一个牧人,尽管转场生活那么艰辛,却对转场有一种说不清的深厚感情。昨天,今天,她从叶瑞克和威成·叶森的口中听到的、感悟到的,处处显示出这块草原滋养他们的那份情怀。

终于到了尤莱家的秋营地了。

尤莱·叶森家的秋营地,孟还是第一次来。上这里来本是她今年计划中的事,因为她决定要帮尤莱·叶森家在秋营地建个小餐馆。这是一块四面环山的山间盆地,也是通往高山夏牧场的必经通道。就好比一个火车站,两头都连着轨道。一头往高山夏营地去,一头往平地走。在高山夏牧场与春牧场中间,起到转承作用。空地间还有一个小海子,海子边生长着茂密的苇丛。四周山坡上,生长着片片松林。松林以下的坡地和平地开满了一些叫不上名的野草花。孟看出来这里曾是早年红遭遇狼袭击的地方,那头牛也正好在此遇险。

自前天叶瑞克闹出状告尤莱·叶森的事,被乡司法所的人打电话到村委会追问此事以来,孟的世界就好像完全掉进了她的包户尤莱·叶森家的天地。言语所到之处,尽是牛羊驼马。听到的都是牛壮了、羊生了、马跑了、驼丢了,满耳朵听到的都是牛羊世界家长里短的事。这些足够提振孟末梢神经的兴奋感,因为这里实在蕴含着太多不一样的经验。以前,孟对这个世界的认知最多是在厨房、餐馆、超市,或牛羊肉市场。在厨房里，她跟母亲探讨的是如何将牛肉和羊肉烧得口感嫩滑不柴。诸如，如何切断肉丝的纤维，如何将生姜、蒜、花椒先泡在水里，然后把切好的肉放在盆里，将泡好的花椒水搅拌到切好的肉中，再将生抽、小苏打、生粉用清水调成糊状，一起与肉拌匀，最后倒点花生油封住上面。切好的肉里放小苏打，是为了调整肉的酸碱值，使粗韧的肉质能充分膨胀吸水而变得软嫩。加入生粉是为了保持肉质鲜嫩。在烹制时，水分会很快被蒸发，鲜味及营养素也随着水分外溢，因而质地变老，鲜味减少，营养素流失。腌制牛羊肉还有方法一、方法二，甚至更多。总会让一个有心下厨的人兴奋到手舞足蹈，时刻跃跃欲试，摩拳擦掌。更别说超市中那些大型冷藏柜标着价格、包装精美的肉食，还有那些油腻腻的酱色熟食，更是让人眼花缭乱。但是，这两天孟的所有关于牛、羊、马、驼的认知却被一再刷新。这种刷新不是在消解，而是变得丰富、生动、鲜活。原来，这些活生生的动物不止会一味食草求活，也懂得求生的意义。它们在生病或遭遇恐惧时，也会向人类投以求助的目光，它们真的会像童话、故事、传说等文学作品中的一样，与人类建立友情，同时分享生命的所有馈赠。不止这些，孟还从叶瑞克和威成·叶森的话语间，意识到这些家畜们的生存质量实际上也在随着时代的变迁发生改变。

尤莱·叶森家秋营地就在眼前了。看起来在眼前，车还是要走一阵子，要在松软的草甸上高高低低地走上一段路。

车终于开到尤莱·叶森家的秋营地了，车窗外可看到那堆彩板房的材料，还有草地上的两头牛，想必它们就是那两头未听到指令就私自转场上秋营地的牛了。

威成·叶森的车晃晃悠悠开到了草地上，这两天，算上这一次，这辆车已经是第三次到秋营地了。昨天晚上是鲁伊万派药店小伙计送尤莱·叶森和药来的，又被威成·叶森开下山，这会儿又开了上来。草地上还留着它这两天留下的新鲜车辙。孟看见新鲜的车辙里有一些被压倒的草花，挺着它们红的、黄的还有白色的花瓣坚强地立起来，它们的根茎像新鲜豆芽一样洁净，花朵像菊花一样多娇。孟当然说不出那些草花的名字，它们是黄色的阿尔泰多榔菊、黄色的堆叶蒲公英和红色的绯红蒲公英、高山紫菀、厚叶翅膜菊等，这些山花虽然花蕾不大，也不高，但开得满山遍野，真可谓万紫千红，加上扎着堆生长的草，孟理解了为什么那头受伤的黄花土牛会跟着两头牛"惯犯"跑到山上来，它们真正的目的是白水台夏营地，白水河的源头。

威成·叶森下了车，先冲着彩板房喊尤莱·叶森。喊了几声，不见人。尤莱·叶森的摩托车还放在一边，说明他在秋营地，没有走。

威成·叶森从车上拿了医药箱,套了一条工作裤,又换了上午在牧人羊圈穿的那双鞋,动作一气呵成,走向那头黄花土牛。

那头牛尾部朝向两个来人站着。乍一看,应该是一头吃饱了草正在休息的牛。这是牛的常态,食草间总会保持一种静止的状态,好像一名智者,只要一得空,就要思考某个旷世的哲学命题。我是谁!我从哪里来!我要到哪里去!

但当威成·叶森和孟走到它的侧面,一股寒意从孟的腰间过电一般蔓延到她的百会穴。她两侧太阳穴也一阵发麻,甚至麻到了上牙床。这哪里是什么智者呀?!分明就是一名战场的残兵,一个天涯沦落人,一只雁阵里折断翅膀的落单者。孟看见了那牛的右肩处开放性的伤,皮开肉绽。可怜的牛不时提着那条伤腿,喉咙里发出痛苦的呻吟。准确地讲,这呻吟是孟感觉到的,她感觉到了它在呻吟,就下意识地说:"天啊,这牛能活吗?"

威成·叶森呵呵笑着说:"那要看它的造化。"

这是威成·叶森常对一头病畜和病畜的主人说的话。威成·叶森是兽医,对眼前这种事实在是见怪不怪。所以,每当遇到这种情形,他总是镇定自若。如果这头牛就这么倒地死了,在威成·叶森这里其实就是甩甩手,然后告诉主人,收拾了吧,免得它成具腐尸,招来食腐的猛禽,或者滋生蝇蛆,引发疫病。作为一名兽医,威成·叶森见得实在太多了。威成·叶森戴了手套,从医药箱取了镊子,先拨开牛伤口处的皮查看,然后用手挤压外皮,那牛扭头向右侧看,不知这个鲁莽的人又要在它的身上做什么。或许这个时候,在牛眼里,这个鲁莽的人与那只狰狞的野兽别无二致,而它已无可奈何。威成·叶森提起它右侧的蹄子,摇摇头。孟问:"怎么了,它的腿也坏了吗?"威成·叶森反问:"你有没有听到什么响声?"孟摇头说没有。威成·叶森又晃那蹄子。孟这会儿听到了,那牛皮下有"吱吱"的声响,好像摩擦泡沫塑料包装纸的泡泡一般。

孟问:"这是什么声音?"

威成·叶森站在一边,看了一会儿那牛,说:"它的肩胛好像松了。"

"松了……是什么意思?"

"一句话说不清楚。这牛,要受点儿罪了,那就对不住了。"

威成·叶森让孟帮他从药箱拿了碘酒。孟答应着,有些手忙脚乱地翻药箱,拿了几次药都不对。威成·叶森只好自己过来,嘴里说着没事,从药箱里取了一个大个头的塑料瓶,又拿了些药,说那是氯化钠。孟笑自己咋会手忙脚乱,也不看看药瓶上的字,有病乱投医,或许指的就是这种感觉,毕竟孟以前不曾见过牲口受伤。威成·叶森用一把剃刀刮了牛右前腿内侧的皮,在那里使劲擦了碘酒,消毒完,又在一把小刀上擦了酒精,在刚才刮了皮毛的地方小心地开了一道口子,马上就有血水黑乎乎地流出来。孟联想到了威成·叶森说过的当年为红治狼伤做的开放性的治疗。她忍不住咬住了下嘴唇,好像这样就会为牛减轻一些痛苦。那牛也只是伸长了脖子,把下颌抬向天空,眼白翻了一下又一下。最后,威成·叶森在牛肩皮下注入了氯化钠,从牛的右前腿处做了引流。威成·叶森这样操作着,健谈的嘴巴一直没有消停。他说了他曾经给另外一户牧人家的奶牛治伤的事,给牛的伤口做了引流之后,每天还要坚持给牛洗伤。给牛洗伤比给人治疗麻烦多了,他曾让那头伤牛站稳,把药水注入它的伤处,也开了引流口,但是没有成功。而洗伤的药水打进牛的伤口处是一定要排出来的,不然会引起新的麻烦,所以,他就和牛主人把那头牛放倒了,让牛的四只蹄朝向高处,让药水随地心引力流出来,就好比那牛身是个又重又笨的大皮囊,要倒掉皮囊里的东西,最好就是皮囊口由高向下。孟听得有点儿晕。威成·叶森看出孟的困惑,笑着说:"事实上,这些畜生的皮囊远比不得人的身体造得那么精密,人的一根神经末梢就连着人的全身,所以,人是人,畜生是畜生。"那头伤牛被他和牛主人折腾得一天倒地一次，用双氧水洗伤，把脓血排出来，伤口就一点儿一点儿结了痂，最后愈合了。一个疗程之后，那头牛就满地跑了。只是走的时候，依然可以听得到它的肩胛下有声响。

威成·叶森说这话的时候，孟总会看他一眼，把将信将疑的眼神投向他，意思是在问，你的话不会是在给这头牛描绘一个美好的前景吧？威成·叶森好像猜到了孟的疑问，笑着说："是真的，牛羊的生命力远比人类强。不，不，人类的生命力也比动物强。过去，即便没有兽医，动物受到伤害或得了疾病，它们也会找到自愈的方法。"孟就想到了网络热词"牛坚强""马坚强""羊坚强"。她曾听阿斯喀尔说，马会吃一种叫乌头草的毒草，为身体驱虫；牛会吃一种叫狼头的毒草，为身体驱虫；骆驼则会吃荨麻草，为身体驱虫。这是一种自然的平衡，但如果遇到干旱之年，牛羊会因缺少水草，多吃了那些毒草而毙命。

威成·叶森说："孟，这头小牛会好起来。只要有人在，它们没有过不了的坎儿。得亏前天晚上我哥用了两瓶酒为它消了毒，把黏附在伤口上的东西都洗掉了。"

正说着话，尤莱·叶森回来了。看见孟，尤莱·叶森显然猜到了孟的来意，抱歉地说："孟，是你来了呀……真是抱歉，让你受累了。都是我不好，昨天在村委会，我和叶瑞克给你丢脸了。"

孟笑着说:"尤莱叔,您见外了,我又不是外人。您对包户干部咋能见外呢。我来看看咱家的牛……不是说好了,这头黄花土牛要产个犊嘛。正好威成老师来这里,我也跟着来凑个热闹。"

尤莱·叶森说:"你是在给我台阶下呢,谢谢你!我说过了,那娃想拿去的都给他。看,这个秋营地也给他好了。"

孟说:"尤莱叔,咱先不说这个,说说黄花土牛。"

尤莱·叶森就说他刚才去了松林旁的空地找羊茅草,给这头伤牛开病号饭。它已经有两天没怎么吃东西了,如果再这样下去,它会死的。孟接过尤莱·叶森抱来的一个塑料编织袋,里面果然装了一些草,袋口一打开,新鲜的草香扑鼻而来。孟熟悉这种气味,在城里路边绿化带或公园里常有园丁开了割草机整理草坪,那个时候,空气中就是这种春天般的气息。威成·叶森说:"这种羊茅草非常好,白水台的羊肉好吃,就是因为每年新生的羔羊在六月上了山,就能吃到这种草,吃了这种草它们会快速长膘。有一年,我跟着鲁伊万和自治区畜牧科学院的专家去加拿大考察,那里的牧场主就给牛羊吃这种草,把这种草看成是牛羊的蛋糕,热量和营养价值都很高的,而白水台的羊茅草是天下最好的。"威成·叶森说这话是带着一份自豪和骄傲的口气说的。

孟抓了一把凑近鼻子闻了闻,笑着说:"嗯,好闻!这应该是乡村的味道,里面藏着乡愁呢。"

威成·叶森附和说:"对,这草里边真的藏着乡愁呢。"

孟的目光亮起来:"是的,乡愁!"

威成·叶森看向孟:"乡愁里有妈妈的味道对不对?"

看起来带着一身地气、闻起来浑身汗味的威成·叶森,居然说出如此高大上的词,发音虽然不标准,但说得很实诚,让孟感觉很舒服,说:"威成老师,您从哪学的这个词?"

威成·叶森说:"学文件呀,还有,看手机呀,电视呀,诗歌呀。现在的我们不是说要记住这样的乡愁吗?"

孟表示认同,点点头笑着说:"是呀。"

威成·叶森说:"现在白水台的牧人都定居了,牛羊也都有了暖圈,暖圈冬天好啊,方便。"威成·叶森刚说了个开头,尤莱·叶森却接了他的话茬儿说:"唉,那个暖圈好是好,下面是水泥、红砖,但也有它不好的地方,红砖容易潮湿,不像以前的圈舍,有厚厚的粪垫着。现在的牛羊冬天吃的是青贮饲料,青贮属于寒性,以前,我们会给一头牛吃土豆、油渣加麸皮,牛会很有劲,但现在这些在暖圈里的牛,吃青贮这些冷食,我真的说不上是好还是不好。"

威成·叶森笑笑,看向孟,挤挤眼,说:"舍饲圈养的活,我哥还是名学徒,刚刚上路。"说着转向尤莱·叶森,"是不是,哥。"

孟说:"威成老师,那您说说嘛,让我这个包户也学学。"

威成·叶森就说了一堆有关舍饲圈养的知识,并把话题引到叶瑞克,说叶瑞克那小子人聪明呢,只要他一讲,叶瑞克的花蕾就会自己开出花瓣来。毕竟,那小子在外摔打了几年,脑子开窍了,回来养牛就一养一个准。事实上,叶瑞克养牛是听从了二叔威成·叶森的建议,跟他学了不少不同于白水台的养殖技巧和技术。威成·叶森告诉叶瑞克,如果他一天给一头牛喂三公斤饲料,牛们就会长起精神来,有了精神气,牛体内就会产生出热量来,那热量又能转化成能量。牛爸拥有了能量,能把牛爸的角色做得很出色;牛妈有了能量,也会把牛妈的角色扮演得一样漂亮,产奶多,牛犊壮。冬天的时候,威成·叶森要求叶瑞克一大早就把牛放出来,到外边晒太阳,一边晒太阳,一边再加点儿草料,牛吃了就更好了。其实以前养牛人家也会一大早把牛从圈棚里赶出来,那时就是为了让它们上厕所,不至于让那些笨牛把自己的睡房当了卫生间。威成·叶森让叶瑞克把它们赶出来,理念不一样,多半有点儿让牛晨练的意思。既上了厕所,晒了太阳,还能活动筋骨,同时还加了早餐。一日之计在于晨嘛。白天牛吃好了,到了晚上开始反刍,肚子有草又有青贮,还有小饲料,牛嘴巴里反刍的东西多了,就会产生更多的热量。威成·叶森还告诉叶瑞克,一定要学会算账,一捆草十公斤,可以喂好几头牛。还要记住舍饲圈养的牛千万不能喂冷水,这只是一个提醒,结果威成·叶森发现叶瑞克那小子确实聪明,跑去白水台铁匠铺子打了一个大铁桶。那铁桶高一米五,可以存储一百五十公斤左右的水,叶瑞克把铁桶放在牛圈里,拉了自来水管,往里面注了水。圈里暖和啊,牛群散发的热气会为铁桶里的水保温。牛喝了铁桶里的温水,胃便不会感到寒凉,这就好像人喝茶一样讲究。叶瑞克的聪明之处在于,教给他的东西,他会举一反三。给牛喂水,他会放到中午暖和的时候,而不会太早或太晚,这是有益于牛养胃的。

威成·叶森说这话的时候,示意孟注意尤莱·叶森的反应。尤莱·叶森看上去有些不以为然,只顾着往那头黄花土牛的嘴里喂羊茅草。黄花土牛偶尔动动嘴皮,时而直愣愣地勾着它的牛脑袋,显然还在经受痛苦,但食欲就在它的喉管里,所以尤莱·叶森依然坚持把羊茅草送到它的嘴边。

威成·叶森为牛清理完伤,去点烟抽。这个时候,黄花土牛终于伸出了舌头,一卷,就把一小撮羊茅草吃进嘴里。尤莱·叶森的目光亮起来,说:"你终于吃东西了。"说着,还像摸小孩子的脑袋一样摸了摸黄花土牛的额头。

威成·叶森从鼻孔里喷出一股烟,说:"我说了嘛,它会扛过去的,能吃东西就好了。"

尤莱·叶森脸上也露出了笑容。

威成·叶森抽着烟,走到一旁去打了电话,又回来,然后向孟挤了一下眼睛,小声说:"孟,我给叶瑞克打了电话了。"

孟没听明白:"哦,说了什么吗?"

威成·叶森用调侃的口气小声说:"我们家的这点儿破事,该有个结果了。看我的。"

威成·叶森的话把孟搞得有点儿发懵,威成·叶森要解决? 咋解决? 叶瑞克要来?

威成·叶森应该明白孟对他的话的反应,只是打了手势,意思不让孟声张,孟也就不好说话了。威成·叶森那张健谈的嘴又开始长篇大论演说,白水台牧民定居是定居了,但脑袋里的白水台要定居下来还得有一阵子。三年,四年,或者五年,十年。反正脑袋里的白水台总有一天也是要定居的。这是观念问题啊,就像冬天门被大雪封住了,想出去,必须得把门前的雪除掉。

"孟,你看见我车里的那个冷藏罐了吧?"

孟被问住了,下意识地应着说:"看见了呀。怎么了?"

威成·叶森说:"那个冷藏罐里有好几个档次的牛冻精嘞。我曾给几个熟人讲要想让圈里的奶牛改良,一定要从牛爸做起。如果给牛妈一百块钱的牛金子,牛妈就生等值的牛犊；如果给牛妈二百块钱的牛金子，或者三百的，生出来的牛犊就是真金子。孟，你不是要给这个小牛妈送三百块的牛金子吗？这牛能躲过这一劫，明年肯定生小金牛。我二哥可以呀，他已经看明白了。"

孟说："尤莱叔，但愿它明年能生个小金牛。"

孟说着关于牛的话题，威成·叶森却把话题往叶瑞克那边说。威成·叶森说："叶瑞克家牛圈里的牛最多的时候，有十几头，在村里算得上奶牛养殖大户了。今年，他家的牛生意比去年要好。去年，我建议叶瑞克用了最好的牛冻精，三天两头去看他家的牛棚，因为我让他在牛圈里买进了四头小金牛。我让叶瑞克给那四头小金牛一天各吃一枚鸡蛋，叶瑞克起先不大愿意，没听说过谁家给牛吃鸡蛋的。我就帮他算了一笔账，那小子聪明啊，一听就懂了，也照着去做了。四头小金牛，一天一个鸡蛋，一头牛一个月三十个鸡蛋，四头小金牛一百二十个鸡蛋，喂它们四个月，也就四五百块钱的投入。但小金牛们吃了鸡蛋身体长了，四个月下来，四头小金牛又壮又高，毛色发亮，两只眼睛又亮又精神，壮得像两岁的小牛。因为是优质品种，今年，他家一头小金牛一下卖出一万六千元，增值十倍不止。今年的小金牛也已经有商贩出了定金，跟叶瑞克家攀了亲家了。叶瑞克那娃无师自通呢。他告诉我，他家小金牛一生下来就在棚里，不在室外活动,见不着太阳,小金牛的筋骨会发柴,四条腿也会变得不灵活,死硬死硬的,就成了废品了,而且小金牛生下来就趴在潮湿的地上,或者跑得急了,猛地喝了冷水,就有可能发生肠痉挛,痛得在地上打滚儿。这些都是他观察的经验。他还说他家后院那一块小草地是他家小金牛的游戏场,他会让小金牛在草地上活动玩耍,以便让它们的血液动起来,吃进去的能量就好吸收了。那小子还说,小金牛原来跟人一样,如果坐得久躺得久了,手脚也会变柴的。这一切不明摆着叶瑞克那娃悟性好呢,也听话。"

威成·叶森说着这样的话,孟完全被搞晕了。在她的感觉中,或者说在她的认知里,叶瑞克这两天被毁坏掉的形象还没有扳过来。这个威成·叶森为啥哪壶不开偏提哪壶,非要当着尤莱·叶森的面大说特说叶瑞克的好?

果然就见尤莱·叶森听不下去了。他把手中的羊茅草扔在黄花土牛的面前,坐到一块木头上,从口袋里掏了烟盒出来,抽出一支,点燃,抽了一口,喷出,那烟雾就在空中飘散了。黄花土牛却好像有了更多食欲,要吃草,但它被肩上的伤拉扯,脖子僵硬,吃不到嘴里。

威成·叶森笑了笑:"哥,你咋不喂它吃草了?"

尤莱·叶森漫不经心地说:"你喂吧!"

威成·叶森依然笑着,走向牛,捡起地上的草,送到牛的嘴边。黄花土牛把鼻子凑向草,嗅嗅,然后伸出柔软而粗糙的舌头,卷了些草吃进嘴里。牛吃草时,威成·叶森看向尤莱·叶森,说:"哥,人家孟可是为了咱家的事跑这么远来的。"

尤莱·叶森说:"知道的,你们一下车,我就知道了。孟,让你费心了。这路不好走,让你一个城里的姑娘走这么远,真是不好意思。没教育好我哥的娃,给白水台丢脸。"

孟说:"没事,尤莱叔,您又见外了,我做这些是应该的。您别多想,我们都是为了大家好。"

孟嘴上说这些话的时候,心里那个声音却在说:"不对,你应该说,是啊,这事有什么大不了的,非要闹腾得你们叔侄不合?我这么费心,就是想看到你们俩能把话说到一起。如果叶瑞克真闹到法庭上,那大家都该睡不着了。"

尤莱·叶森又说:"孟,我还是那句话,那娃想拿去的就让他拿去好了。他要什么,我就给他什么。"

威成·叶森严肃起来,说:"哥,你好好说话。"

尤莱·叶森在烟雾中看了威成·叶森一眼。

孟清了清嗓子,笑着说:"叔,您是在说气话呢,您家草地使用权都让您侄儿拿去了,你们一家吃啥呀?再说,农村土地承包和土地确权流转是有说道的,得按制度走。"孟停了一下,"您总是像刚才那样说话,会给村委会出难题呢。"

威成·叶森也说:"对呀,哥,您这么说话,会把难题推给村委会的。"

尤莱·叶森又抽了一口烟,漫不经心地应着:"呃,这成了我的错了。"

孟有些紧张了,试探地看向尤莱·叶森:"叔,那……这事,您看……"

尤莱·叶森不说话,倒是黄花土牛嚼草的声音轻轻响着。

威成说:"哥,您说个话。"

尤莱·叶森清了一下喉咙:"你们俩真有意思,告状的不是我。"

孟说:"尤莱叔,告状的当然不是您,我是想知道您的真实想法,了解了您的真实想法,村人民调解委员会也好帮您。"

尤莱·叶森看向孟说,他知道孟是真心想帮他的,十分感谢孟,十分感谢政府,因为政府从来没有亏待过他尤莱·叶森。自白水台撤社建乡,草地承包,牛羊折价归户,到第二轮草原承包,还有草原使用奖励补助,退草还牧,休牧禁牧,政府该给他的都给了,一样也没缺过。白水台有句老话,天地五十一更新!现在,他的家定居下来了,家里用上了电磁炉、冰柜、冰箱,房子暖了,洗澡有热水,连牛羊冬天都有暖房住，人和牲口再不用去冬营地过冬。这么好的日子，他们叶森家再有纠纷，那是自己对不住自己。他知道叶瑞克那小子告他，一点儿理都占不上。第一轮承包的时候，叶森家还没有叶瑞克那小毛虫。第二轮承包，虽然家里有叶瑞克，实际上也没他什么事。但是，叶瑞克现在要闹事，那他尤莱·叶森也无话可说。毕竟叶瑞克是他们叶森家的血脉。别说他现在闹着要草场，就是以前他做了那些荒唐事，他尤莱·叶森也都接受了不是？比如叶瑞克要结婚娶媳妇，就做得好没意思。突然有一天，他就把一个姑娘带家里来了，说要娶那姑娘做老婆，也不知道姑娘的娘家同意不同意，愿意不愿意。最可气的是，还说那姑娘已经有了两个月身孕，这事落谁家的家长头上，都是不好受用的。可是，他尤莱·叶森硬是打落牙齿往肚子里咽。虽然骂了、说了、埋怨了，临了还是帮他打圆场，快快帮他办了婚事，娶了媳妇，替他们小夫妻挽回了面子，不至于让白水台人家看他们叶森家的笑话。叶瑞克成家后，他尤莱·叶森还按白水台人家的老规矩，分了牛羊给叶瑞克，以便他们小夫妻起灶开火，自食其力，过他们的小日子。叶瑞克能有今天，能有威成·叶森说的那一圈了不起的金牛，还不是他尤莱·叶森帮着垫好的底子。但是，只有他尤莱·叶森最清楚，叶瑞克那娃的良心已经开始变坏了，做了最伤害他尤莱·叶森的事，而那件事伤天害理,他不想再说起,有时,他甚至都不想再见到叶瑞克了。所以,他不能想象这个坏了良心的叶瑞克还会做出什么事来。他不相信叶瑞克会像他一样守护白水台赐予他们叶森家的一切。威成·叶森刚才说叶瑞克多么能干,但是他尤莱·叶森已经不放心叶瑞克了!事情就这么简单!一个坏了良心的人,再有能耐再有钱,在他尤莱·叶森眼里都不过是粘在手上的污泥,经不住洗,一冲就掉了。人之所以称之为人,是要讲良知的!

尤莱·叶森一口气讲了这么多话,让孟着实有点儿惊异。这个平时看起来老实憨厚、似乎只懂得跟牛羊打交道、只会一年四季转场的牧人,竟然对政策、对时空变迁把握得如此形象。白水台几十年的变化,他只寥寥数语就说了个清楚明白。尤莱·叶森的话中提到的那句老话讲"天地五十一更新",乍一听有点儿令人费解,其实讲的就是"六十甲子天地新",一代又一代人的生活日新月异。尤莱·叶森最后那句话,似乎又点到了他们叶森家生活的软肋或者痛。一个坏了良心的人,再有能力再有钱,那他的能耐和他的钱,或许真的就是粘在手上的泥了!

到这个时候,孟好像已经对这对叔侄之间的纠葛产生的原因有了大体的猜测。尤莱·叶森刚才的那番话,提到叶瑞克做了一件伤天害理的事,孟隐约感觉应该与下午她坐威成·叶森的车时,威成·叶森曾提到叶瑞克私自卖掉了那匹叫红的马,尤莱·叶森还为此遇到了车祸的事有关。

孟恍然大悟,所谓"伤天害理的事",一定与此有关!

叶瑞克私自卖掉红的事,包括卖掉红的细节,孟是到秋营地的第二天,也就是第二天她跟着叶森兄弟,还有叶瑞克一家一起送红的头骨去白水台夏营地,在叶森家夏营地那棵高大的松树下,听叶瑞克自己说的。这事发生在刚刚过去的冬天,也就是孟回家休假的那段时间。叶瑞克告诉她,决定把红卖掉的事虽然很伤害叔父尤莱·叶森,却是经过他认真思量的。做此决定,细想起来,跟他这些年的经历似乎不无关系。

叶瑞克说,曾有那么一阵子,他确实像白水台一些农村青年一样有过迷茫。初中毕业那年,他的心里总在想一个问题,自己的将来究竟该不该在白水台夏营地与冬营地之间,像叔父尤莱内心里期望他的那样,跟随牛羊的脚步丈量大地。但是不走这条路,那个时候的他的另一条路在哪里又不明朗。那时在他周围有很多像他这样的年轻人,都在想未来该怎么走。他时常回想自己从小跟着叔父尤莱转场的经历,想牛羊走的狭长的羊肠小道,那峰骆驼坠河的小木桥,还有红受伤的风雪山梁。很多个夜晚,他对着满天星光想,许多个黄昏,他对着夕阳中的无限风光想,看着转场途中牛羊蹄下荡起的尘埃想,对着叔父尤莱·叶森牵着红向着旷野走去的背影也想,他到底也没有想明白自己该怎样去寻找另一条路。那条路的起点和尽头都不知在何方。尽管在学校读书时,老师实际上给出了寻找那条路的方向,那就是好好读书学习,给自己打下一个坚实的基础,以便应对时代的选择,但是他知道自己那时并没有将老师的话听进脑子里去。

迷茫中的他跟着几名发小一起饮酒,时常喝得醉眼迷离,晨昏颠倒。有一阵儿,大概是要转冬营地前,叶瑞克一连两周喝得酩酊大醉,叔父尤莱跟踪了他两周,终于忍耐到了极限,在白水乡一家餐馆的酒桌上,把他那几个发小的脸摁在大盘鸡的汤汁里,随后拎了叶瑞克的衣领从餐馆出来,架到红的背上,把他驮回家来。叶瑞克有气无力地趴在红的背上,神志一阵儿清醒,一阵儿模糊。清醒的时候看着走在红的身侧叔父的背影伤心;模糊的时候就在内心嘲笑叔父的日子如同牛羊,只是以天地为家,以草木为食。尤莱·叶森一把将叶瑞克从红的背上拽下来,在一个路灯下揍了他。叔父的巴掌揍在他不算健硕的屁股上,他替叔父感到很是解恨。他知道真是该打!在叶瑞克的内心里,他敬畏这个名叫尤莱·叶森的哈萨克人。毕竟,自父亲去世、母亲改嫁后,是叔父尤莱·叶森和婶子卡米养育了他,拉扯他长大。在这点上,叶瑞克绝不是一个白眼狼,他懂得生活的轻重。叔父尤莱·叶森和婶子卡米拉也是一心希望他能读个好的学校,将来至少要像二叔威成·叶森那样,成为一个自食其力、有面子的人。可是,要让他叶瑞克成为二叔威·叶森成那样的人,对他来说太不容易,太过遥远。二叔威成·叶森的经历是一首叙事诗,要唱下来,至少几个时辰才能唱得完。相形之下,他叶瑞克除了一泡尿冲出一个海蓝宝石的事让白水台人当了传闻去讲,他还有什么可说道的呢?况且那事还是被白水台的人演绎成笑料讲的,一泡尿换了大钱,发了家,多好笑啊!天上咋就会真的掉了宝石来,让他坐享其成?他叶瑞克之所以是叶瑞克,不全是因为仰仗了自己两位好叔叔,还有所有白水台的好人吗?所以,叔父尤莱·叶森的每一巴掌揍在他屁股上,烂醉如泥的叶瑞克都感觉很是解气。该打!

叶瑞克告诉孟说,叔父尤莱·叶森有一个账本,记着每年牛羊的进栏数、出栏数。数字多了,叔父尤莱就糊涂了,便找他算。那个本子封皮的夹层里夹着一张纸,是油印的,很多年了。随着时间的推移,那张纸变得旧了,上面蓝色油印的墨迹变得越来越深,有几处污点像老人脸上陈年的斑。叶瑞克记数字的时候,那张纸经常会掉出来,叶瑞克就又把它放回封皮的夹层。在他的印象里,它就是一张普通的纸。

但有一次,那张纸又掉出来了,搅乱了他的心境,迫使他去想关于未来的问题。拿孟的话讲,应该又是想到了那个哲学问题:我是谁?我从哪里来?我要到哪里去?什么活法对我来说是对的?只是,凭他叶瑞克当时浅薄的阅历和智力,他不可能想得这么严肃、深刻,这么具体。反正,他的潜意识中确实有什么东西又开始萌动了。也难怪,别说像他这样的一个大活人,恐怕牛羊遇到难处,或许也会做关于生命或生存意义的思考,不然它们怎么会大喊大叫。比如一只山羊落单的时候,就会发出一种尾音向上提起好像疑问句般的"咩咩"的叫声。

那么,山羊在问什么呢?

那天,叶瑞克捡起了那张纸专注看起来。那是一九八四年第一轮草地承包时的表格,上面有他父亲的名字。看见父亲的名字,叶瑞克感觉血管里的血液在涌动,那是父亲的名字啊。他又找来叔父尤莱的另一个旧皮包,拿出一本新的草原使用权证,里面写着的是叔父尤莱·叶森的名字。叶瑞克想,或许哪一天,他们叶森家承包的三千亩四季草场是不是也该写上他的名字了?如果是那样,他就将成为草场的承包人,也就是说,他将跟父亲和叔父尤莱·叶森一样,依然四季转场。这样想着,他心里又踏实又不踏实。那种感觉有点儿像一个喝醉了的人,一时清醒,一时迷糊。清醒时,他觉得自己已经有了一条属于个人的道路,他将拥有草地,有房子,有妻儿,只要活着,跟着牛羊的屁股走就是了;迷糊时,他觉得不能这样,他应该有别的路。

半年后,叶瑞克进了城。进城的事事先他并没有想法,更没有准备,就跟着几个同学走了。离开白水台时,叔父尤莱·叶森并不同意。婶子卡米拉劝尤莱不要挡着叶瑞克的路。倒是二叔威成·叶森希望叶瑞克出去闯,二叔说,当年他自己就是那样闯出去的。

叶瑞克进了城,经同学介绍在一家建材市场做了一名导购。那几年边贸红火,邻国来客多,导购会说多种语言,便能成为建材市场的抢手人才。叶瑞克当导购的那家店是木地板和墙纸专卖店,店老板是个中年广东女人,微胖,有点儿像村委会的胖古丽,人却干练,除了口音有点儿怪,让叶瑞克听起来有点儿费劲。店里的事,他能独当一面。女老板曾建议叶瑞克扎一个马尾辫,并把两鬓和后脑勺剃光溜,像舞厅里弹吉他的乐手。叶瑞克形象本来就不错,高鼻梁,深眼窝,高额头,马尾辫扎上后显得十分时尚,穿着卫衣也显得很有朝气。每当店里有顾客来,叶瑞克就站得笔挺,迎来送往,介绍产品,有模有样。这样,半年的工夫,叶瑞克就完全洗掉了白水台游牧少年的气息,看起来跟城里长大的青年没有多少区别。他在城里的点点滴滴都不忘跟叔父说,当然是在微信里说。每次跟叔父尤莱·叶森通话的时候,他心里其实并不踏实。因为那几年大堂妹去了外地读大学,小堂妹在家读初中,家里没有人,在叔父和婶子最需要他的时候,他选择了离开,所以他会在微信里表达愧疚。叔父并不埋怨,只说你过得快活就好,能学到东西就好。当然,偶然会在微信里批评他把头发扎成了马尾,不男不女,好难看,当心回白水台让大家笑话。

有一次,二叔威成·叶森进城去畜牧科学院办事,叔父尤莱·叶森搭了他的车一起进城给卡米拉看病,也看看叶瑞克城里的生活究竟过得咋样。

他们进城的那天,叶瑞克向女老板请了一天假,带着叔父尤莱·叶森和婶子卡米拉去看病。诊断结果是卡米拉得了一种叫作不安腿综合征的病。医生说,不要太担心,这种病并不会引起器质性病变,只是确实会很难受。这种病白天没事,但会在大家都睡觉的时候,也就是夜深人静时发病,害得病人睡也不是,不睡也不是,只能慢慢去调养。如果调养得不好,年龄大了,可能更难受。卡米拉以前只是给尤莱·叶森描述病情,并不知道这个病的麻烦。诊断的结果让尤莱·叶森和卡米拉都很郁闷。说病不是病,说不是病又是病,那这是啥病嘛!难道女人年龄大了,身体就真的一天不如一天吗?二叔威成·叶森听了这消息也感到郁闷,打电话让叶瑞克先找一家上好的餐馆,一家人好好吃顿饭,安慰一下尤莱·叶森和卡米拉,尤其要宽慰卡米拉这个为他们叶森家辛苦了一辈子的女人。

  那天,四个人就坐在一家档次不错的餐馆吃饭,餐具很别致。叶瑞克点了好些菜肴,威成·叶森对尤莱·叶森说:"哥,你瞧瞧,叶瑞克这娃进城半年,就没有一点儿白水台的土气了。"尤莱·叶森应着。威成·叶森示意叶瑞克多说些城里的事,多聊城里的话题,让尤莱·叶森和卡米拉高兴些。叶瑞克就说起餐馆的装修,叶瑞克介绍说这家餐厅的装修是地中海风格,咖啡色、白色、蓝色还有绿色的砖和石地板装饰的墙面、地面很有异国情调。叶瑞克讲的这些,威成·叶森听得明白,但是尤莱·叶森和卡米拉却听不进去。卡米拉甚至不以为然,说这些颜色和那些砖啊石头的没有什么特别啊。这些东西白水台到处都是。挂在墙上的壁挂,还有火墙、土灶,跟他们白水台人家土房里的也没啥不同,为啥跑到城里,它们就变得不一样了呢?卡米拉说她宁愿看这个餐馆里的LED灯,闪了又闪,如果到处金碧辉煌,那才叫好。叶瑞克笑着说:"婶,不一样的,这个高级!"但是尤莱·叶森和卡米拉却对叶瑞克一个人生活在城里感到同情。他们说:"你在家多好啊,可以喝上白水台干净的水,呼吸白水台干净的空气。"卡米拉说,她还可以给叶瑞克做最好的酸奶和奶酪吃,还有红陪你。这样,一家人在这个不错的餐厅里吃饭,原本是叶瑞克为了安慰叔父和婶子,结果倒变成他们安慰叶瑞克了,把他们自己的病忘到一边去了。

其实,叶瑞克说的高级的感觉是那两年他生活中最深刻的印象。在城里,很多东西到了都市生活里,的确比在白水台变得高级得多。就说他在店里每天卖出的东西,都是高级地板、高端墙纸,它们都有高档的包装,店里装订在一起的高级墙纸册子,几乎天天都有染着各种指甲油的纤手翻看。还有软木地板、拼花地板、仿古地板、柚木地板。那种柚木被誉为"万木之王",据说是生长在南亚国家的一种木材,听着都感觉很高级。那两年,闲暇的时候叶瑞克会跟一些朋友去唱卡拉OK,或者蹦迪,朋友们都觉得农村娃进城生活就该是这个样子。但是,几次娱乐过后,这些对叶瑞克的吸引便不再强烈了,叶瑞克觉得这些仅仅是娱乐。也不知是不是因为他的骨子里还是白水台人,或者说白水台依然在影响他、牵动他,或许是专卖店里那种过于高级的感觉在他的潜意识里让他感到喘不上气。比如,有时女老板会让他帮着把木地板或墙纸给客户家送去。客户每次要买材料的时候,女老板总会让叶瑞克在工头或设计师给出的预算清单上再算算,免得客户算错了。女老板宁愿客户少算点儿,如果有缺口,她后边负责送去,因为不会给客户造成不必要的浪费或让客户多跑趟,客户都很信任她,所以叶瑞克常会去客户家送材料。

用得起高档材料的客户,多半都住在高档小区。格林兰、海森威……都是一些听起来就很高大上的小区名。叶瑞克不明白这些小区为什么起这么怪的名字。在这一点上,他有点儿像婶子卡米拉,宁愿小区叫白水台、阿苏达坂。进了客户家,看着豪华装修,叶瑞克总是被城里人对现代生活的追求搞得心动,对自己感到失望。他想要拥有这样的生活,不知道还要在城里等待多少年。他开始怀疑自己的能力。有一次他为一名客户家送墙纸后这种怀疑就越来越深了。

那个客户家的男主人比他大七八岁,人偏胖,买的是一套高档小区的房子。叶瑞克去送墙纸时,就听那男主人跟来看房的邻居聊天说自己是牧区长大的,爹娘都是牧民。他上大学读的是历史系,一学历史就入了迷,又喜欢网络文学,于是,上大二的时候,跟着同学一起写网络文学玩,没想到一写就上了瘾,而且他写的穿越、重生的故事颇得网站编辑欣赏,他的网络关注率总在往上走。他跟那个网站签了约,课余开始写网文。他写战国七雄、秦皇汉武,写卫青、霍去病、陈汤、耿恭、班超等,这些在历史中远去的人物都是他的网络文学里呼风唤雨的人物。加上他自己有牧区生活的经历,所以,他的网文总有别样的气息。几年下来,把自己从一只菜鸟写成了大神,成了全职写手,几年共写了近三千万字,口袋鼓了,就买了这套房,还买了车,娶了女人。当然买房和娶妻的事是他爹娘逼着做的,在他们眼里,网络全职写手不算职业,所以,为了撑面子,他得有个好房子,爹娘宁愿帮他出钱。现在,他的女人即将生娃。男主人说话的时候,新邻居表现出了万般惊讶,一个年轻人凭码字就能这样养活自己,了不得。那男主人继续说,其实,写网文是勇敢者的事业,每天码字到清晨六点,这些年,他都把自己写成大肚腩了,头发也掉了好多。

那天从男主人家出来,叶瑞克感到好似坠崖的落差。他开始反思自己的过去。叔父尤莱·叶森和婶子卡米拉在他读书的问题上从来都不曾怠慢过,一天也不曾耽误。他上小学读中学,每当开学,哪一次不是叔父尤莱·叶森骑着红,送他又接他。婶子卡米拉何曾没把白水台最好吃的乳酪留给他?叔父尤莱·叶森训练他当红背上的骑手,不就是希望他有最好的前程吗?但就他的现状,他肯定是不能像那家男主人一样成就自己的人生,他的能力不足,一个时尚的马尾辫能扎多久?青春毕竟短暂,如白驹过隙。有同乡笑他,都说有乡愁,只有你叶瑞克跟别人不一样,患了"城愁"。

到这个时候,若说叶瑞克真的患了"城愁",并不是因为他恐惧城市,怀疑城市,确实是因为他自己。因为遇见那个写网络文学的客户,他也开始学着去读手机网络小说,读到小说中讲某个主人公跟他一样,也来自青水台或蓝水台的。他们进城,又逃离城市。原因是主人公可能受到城里人对某些职业的歧视,或者被城里人骗了工作又骗了钱财,或者骗了感情。总之,在那些小说里,城市总是充满了不确定性,好像只有家乡安全。叶瑞克并不觉得这些有多真实,他相信,一个自立自强、足够自律的人,就像那个写网络文学的客户,应该能在城里立足,但前提是他应该有足够的准备。城市有不确定性,但也有希望。那两年,他的老板对他很好,从不曾拖欠他的工资。平日里,除了偶尔有客户嘴巴尖酸刻薄,埋怨产品这不好那不足的,他没有受过歧视。那两年他的生活是愉快的,他甚至还学会了开车,拿了驾照。但是,两年后,就在那次去过全职网络作家的家后,叶瑞克开始想自己是不是要离开城市了,也许他应该回到白水台去,重新开始。为了他自己,为了两位叔叔,也为了红。

叶瑞克矛盾的三观在旁人眼里应该是经不起推敲的,他看起来明白又糊涂,理智又感性,不合常理,那就算他叶瑞克是个特例吧。在他的潜意识里,他确实曾是白水台的骑手,有了不起的红为他撑腰。那种坐在赛马上胜者为王的感觉,似乎才是真正的叶瑞克,他属于白水台。

两年后的一次休假,叶瑞克回白水台夏营地时发生的一件事,把他心中深藏的东西彻底唤醒了。

那一年在白水台,有一个剧组来拍电影,是一个故事片。讲的是唐朝的守边故事。历史上的唐朝,曾大败石国,石国王子侥幸逃命,向某个王国求助。那王国本来就对盛世大唐心怀叵测,乘机以此为借口,出兵大唐,二十万军队出征,而大唐只有三万人迎战。最终大唐以两万人牺牲的代价打败敌军七万人,迫使敌军撤退,守住了领土。敌人从此不敢再冒犯唐朝。

拍这部电影有不少大场面,需要较多的群众演员还有牛羊。剧组经与当地领导沟通,领导们认定这是个讲家国情怀、凝聚人心的故事,要支持,便安排了乡领导协调,乡领导又安排了村委会协调,组织住在白水台的人家参与拍摄。导演拍大场景需要牛羊的时候,牧户们要赶着牲畜去现场。叔父尤莱·叶森和卡米拉也被选为群众演员,当然还有他们家的牛羊和红。

制片主任是个陕西人,为了抢时间,节约经费,决定用两天时间集中拿下大场景拍摄。他是个有经验的制片主任,大场面动用的是群众演员,他不想劳民伤财。再说,牧民演员不像农民演员那么好组织。因为牧民们都住在七沟八梁,预定的清晨六点拍晨光,让牧民都能按时到现场其实操作起来很难,等群众演员到齐了,差不多太阳已经升到头顶了,摄影师不停摇头,但也得拍。那天尤莱·叶森一早就要赶着去,他是个守时的人,是当年给边防连牧羊时养成的习惯。叶瑞克决定去看热闹,就跟着叔父牵着红去了现场。

到了现场,一名副导演一眼看中叶瑞克年轻的模样,扎着马尾辫,样子很酷,以为他也是群众演员,就决定让叶瑞克扮演一名唐朝的侍卫。叶瑞克穿好服装,又去帮叔父穿,两个人动作默契,导演问他们俩是不是父子,两人一起点头。导演想了想,让服装老师给尤莱·叶森也换了一身唐军的军服和盔甲。因为剧情里有一场戏,演的就是一对父子兵在男主角受了箭伤以后守战旗的细节。男主角站在战车上,指挥千军万马杀敌,驾车的是侍卫的父亲,护旗的是侍卫,最后,侍卫的父亲为保护儿子牺牲了。尤莱·叶森和叶瑞克听明白了,就准备上镜头。一开机,镜头里的尤莱·叶森和叶瑞克果然像一对父子,表演得像模像样,试拍只拍了几条就通过了。那天,他们这一对父子兵的片酬是每人二百元。导演笑着说,你们俩演得好哇,只可惜剧本提供的父子兵的戏就那么几场,而且没多少台词,只有儿子会大喊一声:"父亲!"然后尤莱·叶森的戏就结束了。拍摄时出了一个意外,事后让导演极为兴奋,说,往往片场上突然出现的一幕会救活一部戏。但那个让导演兴奋并达到极致的不是这对演员父子,而是红!

那天拍的最后一条是,尤莱·叶森驾车向前跑,叶瑞克在车上护卫将军,摄影机位在一辆皮卡车上侧面跟进。尤莱·叶森只管打马向前就是。于是,尤莱·叶森就赶着有两匹马的战车向前奔去。身边是一起冲杀的士兵们,战场烽烟四起,尤莱·叶森的战车向着火红的夕阳飞奔,迎面射来敌人雨点般的箭镞。就在尤莱·叶森向前跑的时候,突然一匹马出现在战车旁,缰绳与马鬃迎风飞舞。叶瑞克侧目望去,突然下意识地喊了一句:"红!退下!退下!你不能去啊!"

尤莱·叶森也看到了红,他像是明白了什么,使劲甩了两下驭马的缰绳,红更加使劲地奔跑起来。于是,镜头里呈现的就是一匹战马要跟随那对父子去英勇杀敌的画面,满是家国情怀,极其悲壮。红甚至还来了一个前滚翻,然后,尤莱·叶森中箭,叶瑞克大喊:

"父亲——"

导演发出停的指令,最后一条过,尤莱·叶森和叶瑞克都跳下战车,跑向他们的红。红也从地上站起来,迎向尤莱·叶森和叶瑞克。尤莱·叶森脸上挂了泪,拍了拍红的脖子,摸着红的头,说:"老伙计,你咋跑来了嘛,你还能跑得动啊。"叶瑞克听得红的喉咙里发出"咴儿咴儿"的声响,很是骄傲的样子。然后就是激动的导演从监视器那边小跑过来,问这是谁家的马。叶瑞克介绍说:"它叫红,是我们家的马。"有旁边凑热闹的群演说:"红可曾是当年白水台的冠军,骑手就是这个年轻的后生。"有人还夸张地说:"这匹叫红的马会干好多种绝活。"导演问叶瑞克:"此话当真?"叶瑞克点了点头,说:"红曾经是一匹军马。"导演:"明白了,它是不是还会躺倒、卧倒、前滚翻?"叶瑞克说当然。导演拍了巴掌感叹道:"民间有高手啊!这个白水台藏龙卧虎。"

就这样,红当了一名正式的演员,替换掉了一匹与它有着同样肤色的马演员,那匹马远不如红有灵魂。

红当了演员,叶瑞克也跟着沾了光。因为"父亲"已战死的缘故,叶瑞克入了戏,红也好像入了戏。后来的几场战争戏,只要一开机,红就在状态,叶瑞克也在状态。无论是驰骋旷野,还是急报军情,抑或带带头穿越刀阵箭雨,矛刺盾牌,红都展现出它的马生的最后荣光。这一切,导演高兴,摄影师高兴,只有尤莱·叶森的心一次一次提到嗓子眼儿里来。到后来,他甚至跟剧组急眼了,要把红牵走,不想让它再当什么演员,受那般折磨。害得导演求叶瑞克好好说服尤莱·叶森,就让红把最后两场戏拍掉吧。拍完了,一定完璧归赵。叶瑞克明白叔父尤莱的情绪为什么如此反常,但又不好反驳导演。导演也是为了戏好。况且,红的一生能留在镜头里,未尝不是一件好事。叶瑞克就去劝叔父尤莱,却遭了叔父尤莱的一马鞭!

这一鞭,叶瑞克认了。

红的最后一场戏是战死沙场戏。

那天,天气很好,导演和摄影师让全班人马等到日头偏西、光线最好的时候开机。那是一场残酷的战后场面。夕阳西下,战场风烟弥漫,残垣断壁,战旗残破。侍卫和马都将壮烈牺牲。当美工和道具将现场布置好,化妆完毕,灯光到位,扮演战死将士的演员都各自躺倒,机位站好,就等红也倒地了。它将是镜头的焦点,镜头会从战死的士兵和侍卫的身上、脸上摇过,聚焦到红的脸上,然后摇起,大唐的旗帜在夕阳下迎风招展。

一切布置停当,叶瑞克就牵着红到场,然后,红倒地,伸了脖子和四肢,叶瑞克倒在它的脖子下方。那天,尤莱·叶森说自己也要进现场看看。导演理解他的心情,肯定是尤莱·叶森怜爱自己的马。因担心尤莱·叶森情绪激动会带偏红的表现,坏了最后的好戏,就给尤莱·叶森化了妆,让他扮演另一名士兵,趴在地上。

导演命令开机,片场安静下来。

镜头按设置慢慢推进。

拍到红的时候,监视器前,导演的泪水潸然而下。他看到了红眼中有泪水,就小声让摄影师把镜头继续再推进。

然后,导演说:"停!"

随后片场爆发出掌声。

导演让尤莱·叶森和叶瑞克看看他们的红。尤莱·叶森的眼里也挂了泪,尤莱·叶森的泪影响了叶瑞克,他的眼泪也夺眶而出。尤莱·叶森看监视器的回放时,叶瑞克看尤莱·叶森的背影,还有画面中的红。那一刻,尤莱·叶森看到的是红的一生,而叶瑞克看到的却是叔父尤莱·叶森和红的一生。那一幕,叶瑞克永远不会忘记。

叶瑞克的戏份儿结束了,红的戏份儿也结束了,他们原本可以回去了,剧组还有室内戏要拍,室内戏是在毡房里拍的,所以剧组还要在白水台住十几天。偏有一天,道具车的司机突发心梗,不能开车。制片问还有谁能开车,叶瑞克就毛遂自荐,说他不仅有驾照,而且熟悉白水台的山路。

也就是从那天起,叶瑞克便跟开车这行当打上了交道。这是他的现实选择,他将放弃在建材市场的工作回白水台了。除了他自己关于未来的那些自我评判,对叶瑞克来讲,他的叔父尤莱·叶森和红都在老去,他们身边得有人。

白水台需要他。

叶瑞克向专卖店的女老板辞职,女老板说叶瑞克的离开对她的店来说是个不小的损失,但叶瑞克要回白水台,她能理解。

女老板说:"乡村不能没有人,我也来自乡村。抓住时光吧,孩子,有些事,是需要抓紧时间,错过是无法补救的。"

叶瑞克给剧组开车的那些日子,认识了媳妇巴格娜。巴格娜来自另一个乡,跟着一个远亲做餐饮生意。那些日子,她和亲戚承包了剧组的三餐。叶瑞克负责开车送餐,叶瑞克就和巴格娜结合在一起了。叶瑞克说自己要照顾叔父和婶子,留在白水台,巴格娜说:"那我跟定你了,家中有老是一宝。"这样,两个人就如胶似漆地在一起了,巴格娜甚至没与家里人商量,就跟着叶瑞克见了尤莱·叶森和卡米拉。

他们俩的决定最初让尤莱·叶森极为震惊,也感到愤怒。叶瑞克和巴格娜的三观是契合了,却颠覆了尤莱·叶森和卡米拉的三观。在他们的认知里,这是一件不符白水台伦理的行为,没有婚约,竟然要造出个孩子来到这个世界,但是叶瑞克已经成年,尤莱·叶森不好动手教训他,除非迫不得已。好在,卡米拉拿得住大事,劝尤莱·叶森面对现实,帮他们办了婚事。不然,婚事没办,孩子却来了人世,于小于大都不是什么体面的事。村里人谁还能因为记得当年叶瑞克是白水台的骑手而不指责他今天做出的荒唐事?再说,这事放到伦理的天平上,也没有什么见不得人。叶瑞克要结婚生子,说明他已经会爱了。学会爱一个人,不是天下之大伦理,又是什么呢?这样,尤莱·叶森就没话说了。威成·叶森知道了这事自是高兴不已,劝哥嫂不要拦着,说:"婚姻的事本来就该是年轻人自己做主的事,凭啥要你尤莱和卡米拉说了算?"

这样,叶森兄弟就琢磨着、撮合着,把叶瑞克的婚事办了。亲家那边也是通情达理的人家。巴格娜跟叶瑞克的命运有相同的地方:叶瑞克是父亲早亡,巴格娜是母亲早亡;叶瑞克的母亲改嫁,巴格娜的父亲又娶了妻子;叶瑞克被叔父婶子带大,巴格娜被外婆带大。这样,两家人也很快把他俩的婚事办了。巴格娜的外婆为她置办了不错的嫁妆,尤莱·叶森也按白水台人家的规矩分了牛羊给叶瑞克,就像当年胡安分给他牛羊一样。尤莱·叶森和卡米拉还决定,叶瑞克和巴格娜一成家,就让他们单独过。那时正好白水台新村建成,叶瑞克便有了自己的安居房。尤莱·叶森还申请了一间小门面给巴格娜开了店。

叶瑞克虽然结了婚,有了自己的家,但没忘照顾叔父尤莱·叶森和卡米拉。那次红在阿苏达坂遇险后,就跟着尤莱·叶森定居了。这期间,叶瑞克没闲着,一直开出租车。他感觉回白水台已经有了生活的方向,现在不担心别的,只担心叔父尤莱·叶森和婶子卡米拉的身体健康。虽然他们有两个女儿,但两个女儿将来定有她们自己的生活。大女儿已经在外地谋了一份平面设计的工作,虽说时不时有网购的东西送回家,但毕竟她已经出去了。二女儿也要考大学走了,她将来应该也有自己的生活。那么,将来谁来照顾老去的叔父尤莱·叶森和婶子卡米拉?这也是巴格娜与叶瑞克经常说起的事。

有一天,小夫妻俩又聊起了这事,叶瑞克说:"应该给红一个交代了,但是,这是一件很难的事。叔父肯定是不会把它当麦子收割掉。如果可以,叔父早就做了。"每当说起这个,叶瑞克就会想起几年前叔父尤莱·叶森从监视器上专注看红的样子,他的状态,他的背影。但是,不能让叔父就这么伴着红,红真的老了!叶瑞克曾多次提醒叔父给红一个有尊严的结束,但叔父总是默不作声。近年来,二叔威成·叶森给红看病的次数也多起来,也曾劝过尤莱·叶森不要再伤害红的尊严,但是,尤莱·叶森依然闭口不谈。在红临终的问题上,他们叶森家的这个长辈真是像个毫无经验的牧人,或者一个总在幻想中走不出来的少女。

说到这些,巴格娜心生一念:"叶瑞克,我们或许还有一个选择,我们可以背着尤莱叔,把红转手,让红去尤莱叔看不见的地方……"

这个建议让叶瑞克整整纠结好多个日夜,就好像他的心口堵了一堆老鹰的巢,高悬在山崖,堆着枯死的枝蔓,随着寒风瑟瑟摇摆。终于有一天,他下了决心,红总得有个结束。

叶瑞克就去找了叔父,说借红出去办点事。尤莱·叶森说:"你出去办事用你的车,劳累红做什么?"叶瑞克说:"我就是想跟红在一起,遛遛它。"尤莱·叶森高兴了,说:"原来你没有忘了它。去吧,好好陪陪它,它老了,时间不多了。只是你不要让它太累,红老成那个样子,你又是大男人了,骑在它背上,让人笑话。"叶瑞克说:"放心吧,我不会带它走太远。"

尤莱·叶森就带叶瑞克去牵红。

那一天,晨光熹微,隆冬的白水台笼罩在一片朦胧里。晨光里飞舞着细小的雪花,像有无数条蛛丝在空中漫游。叶瑞克跟着尤莱·叶森走向红吃草的地方。红的鼻子中喷出白色的气。远处的白水河已经封冻,封冰的河面发出冻冰的崩裂声。

红就养在离叔父尤莱·叶森家不远的地方,旁边另有几匹村里别人家的马。叶瑞克和尤莱·叶森走向红的时候,红扭头迎着他们看。尤莱·叶森走向红,红看见两个主人走向它,上下甩了甩头,那应该是它的一种欢迎语言。尤莱·叶森上前拍拍它的头,梳理了一下它的皮毛,又看过红的蹄,牵了一根总是随意挂在它头上的缰绳递给叶瑞克。叶瑞克接过了缰绳,牵着红走。尤莱·叶森说:"叶瑞克,回家把鞍子给它鞴上吧。"叶瑞克心头紧了一下,说:"不用了。"尤莱·叶森又笑笑说:"要不你骑着会不舒服,红也太老了。"叶瑞克听得出,叔父尤莱这样笑着说红的时候,声音里分明也有一份自嘲。叶瑞克苦笑了一下,说:"没事的,叔,我就是想跟红走走,不用马鞍。"

尤莱·叶森也笑着说:"也好,当年不就是光背的红陪你这娃风光的嘛。"

叶瑞克说:"是,我怎么会忘呀。"

叶瑞克不敢再跟叔父尤莱·叶森说话,也不敢多看尤莱,翻身上了红离去了。他离去的时候,红就地转了一圈,像是跟尤莱·叶森告别。尤莱·叶森站在一丛芨芨草旁,向叶瑞克和红挥了一下手。这个时候,叶瑞克已经泪湿双眼。

然后,叶瑞克骑着红一路向县城外的牛羊交易市场去了。

牛羊交易市场就是当年尤莱·叶森带着叶瑞克卖掉一百五十只羊的市场,离县城不远。这些年,叶瑞克也时常来这个市场买羊或卖羊,但这一次,他的心境却极受煎熬,虽然这事他做得迫不得已。他今天扮演的可是一个贼的角色,极不光彩的、不近人情的、伦理丧尽的角色。

叶瑞克牵着红走进市场,有车开进来,也有车开出去,人和家畜熙熙攘攘。叶瑞克看见一车一车的羊、一车一车的牛被从车上赶下来,然后被主人圈进栏里。这里是羊市、牛市、骆驼市还有马市,这里有各种牲畜的叫声。

叶瑞克心情复杂,牵着红走向马市。马市那边,与马放在一起的,有驴和骡子。这里有育肥马、种马、牝马、儿马、走马,还有带着小马的母马,四处散发着马的气息。商贩们的目光里尽透盘算,有人用大手掰开马的嘴,看牙,揣摩马的阅历,摸向马的胸和尾巴,看它的膘情,然后开出价格。市场监管员不时提醒商贩,不得强买强卖,扰乱市场。

叶瑞克牵着红走在马市上,感觉好像所有的马都看向自己和红,毫无疑问,红在它们中最为年长。红很安静地跟着叶瑞克走,它好像接受了眼前的一切。叶瑞克的心情却处在两难之中,进退维谷。他后悔自己不该做出这样的决定,不该听从巴格娜的劝说,她毕竟是一个外来者,怎么知道他们叶森家,特别是他、尤莱叔、威成叔、卡米拉婶与这匹名叫红的马,还有白水台那些说不清说不尽的往事。但是叶瑞克又想,巴格娜也许是对的,因为往往一个旁观者比当局者更明白、更能看得清一件事的来龙去脉。红啊,总得有个结局,有一个结束,收割这束麦子的不应该是他们叶森家,尤莱叔下不了手,不可能下手。

就在叶瑞克好像喝醉了酒的人一样踏着步子往前走的时候,有商贩认出了红。认出它的,正是当年在邻乡一起参加马赛的那个少年,也就是抽打叶瑞克的那个少年。如今的他,下巴上也长了胡茬儿。叶瑞克认出了他,他也认出了叶瑞克。叶瑞克本以为会遭遇讥笑,没想到,却得到了那个朋友的同情,他热情地为叶瑞克引见客户,然后,红以不高不低的价格卖给了一家购买育肥马的商贩。所有在这里的马,都将被一起赶往某家加工厂。

交易完,叶瑞克再也不敢回头看红了,头也不回地疾步走出马市。他的步子越走越快,最后几乎是屏住了呼吸逃离了马市,逃出了活畜交易市场。

叶瑞克真的没有再看向那片尘土飞扬的市场。那里火热的交易对他来说是一种难言的折磨。只是,叶瑞克不能表现得像一个不谙牧道的人。一个草原上走出来的人对待牛羊本应有一种天然的态度。牧为业,业为生。本来就是件极其简单的事情,就是一种生产生活方式。相反,如果让一个白水台人说,尤莱·叶森和叶瑞克为了一匹老马,像为了一个女人那样,投入超越现实的情感和心智,那是他们无法理解的,甚至会有人嗤之以鼻,作为笑谈。

但是,在他们叶森家,事情就是这样真实地发生。

那天,送走红,叶瑞克魂不守舍地回到白水台新村。无论红走前,还是红走后,他叶瑞克都逃不掉良心的谴责,还要面对叔父尤莱·叶森的眼睛。

徒着步,迎着风,走向白水台村,叶瑞克果然远远看见叔父尤莱·叶森等在早晨他离开的那片芨芨草丛中。

尤莱·叶森坐在一块石头上。

叶瑞克走向尤莱·叶森。

尤莱·叶森看着叶瑞克走向自己。

太阳西去,但草地上已经不再有红的踪影。

叶瑞克站在尤莱·叶森的面前:"叔,您猜对了!红走了。"

尤莱·叶森没有说话。远处有别人家的牛在叫,还有别人家的狗也在叫。

叶瑞克把卖掉红得来的八千元递给尤莱·叶森。尤莱·叶森接了,揣进怀里,然后,从那块石头上站起身来。

就见尤莱·叶森一转身,抡起手中的一根马鞭,劈头盖脸打向叶瑞克。叶瑞克蜷缩在地上,两手护着头,任凭叔父的鞭子打在自己的身上。

尤莱·叶森声嘶力竭地喊道:"是它!红!是它让你活得像有父亲一样!懂吗!你这个蠢货!"

听着叔父的话,叶瑞克的心几乎崩溃了。叔父的话让叶瑞克意识到,自己不仅失去了红,跟红一起失去的还有尤

莱·叶森——他敬爱的叔父。白水台有个老规矩,当一对亲友断绝情谊,会剪断爱马的长鬃,那叫:

切鬃断魂!

当不肖子孙败家求活,害得长辈砸锅卖铁,白水台人把那叫:

出卖了家里唯一的马!

毫无疑问,叶瑞克一个轻率的决定,或许让这两条都在他这里体现了,尽管这是他想了几个长夜的决定。于是,那个晚上,叶瑞克彻夜未眠,他甚至第一次跟巴格娜发生了口角。

第二天一早,一个更为可怕的消息彻底打乱了叶瑞克本可以强装出来的镇定。威成·叶森打来电话说,尤莱·叶森在去活畜市场的路上出了车祸,已经被送到县医院。威成·叶森通知他的时候,还给了他一个愤怒的追问:"你是不是人?"

叶瑞克的两腿就软了,他狠狠给了自己一个嘴巴。

事发的经过大概是尤莱·叶森一早要骑摩托车去活畜市场。因为他过于心急,一路急驶,路边雪地里突然蹿出一只野兔,尤莱·叶森躲闪不及,被甩出了约十米远。路边的一丛灌木枝条像锋利的尖刀般划破了他右侧的头皮。当年他的左侧眉头曾被刮过,这一回轮到右侧了。尤莱摔在地上,一辆路过的车发现了他,把他送到了县医院。

尤莱·叶森算命大,这次又躲过了一劫。

接下来的事就由威成·叶森出面了。事发后,威成·叶森带着叶瑞克去了活畜市场,但红已不见踪影。威成·叶森和叶瑞克又去医院,看见躺在床上包扎着额头、满脸瘀青的尤莱·叶森,叶瑞克泪流不止,但是尤莱·叶森已经不想再理他。

尤莱·叶森只是说:"红从白水台来,本应回白水台去。"

那一天,从医院出来,威成·叶森跟叶瑞克说了一句话:

"你这个叶瑞克呀,啥时候能长大?你以为你尤莱叔不懂得生老病死是有命数的吗?尤莱曾跟我说过,等红年迈到走不动了,我们送它回白水台。我是医生,会选择最有尊严的方式让它离开。"

叶瑞克泣不成声。

威成·叶森又说:"你做的这个愚蠢的事,实际上伤害的是你尤莱叔对你的信任。你能把自己最心爱的红变卖掉,那将来政府分给咱们的白水台草场,你将会怎样对待?"

这就是尤莱·叶森和叶瑞克叔侄两个人之间发生过节儿的全部经过。孟就好像听了一个传奇故事,不可思议,却又真实发生在白水台,而且就发生在她的包户家中。事情发生半年多了,但他们看起来像是什么事也没有发生过,如果不是叶瑞克告状,孟或许永远不可能知道这一切。

那天下午,在尤莱·叶森家的秋营地,在那头黄花土牛顽强地吃着羊茅草努力恢复体力的时候,威成·叶森解开了谜底。威成·叶森对叶瑞克给孟和村委会以及哥哥嫂子添的堵表示抱歉。其实,叶瑞克和尤莱的纠纷原本就是两个人彼此之间的信任发生了错位。跟叶瑞克的那个旧文件,还有叶森家的近三千亩四季草场使用权并没有什么关系。如果说有,也只是叶瑞克担心如果叔父尤莱真的对他彻底失望、一意孤行,在尤莱百年后,他会不再属于白水台。其实,他跟爷爷叶森、父亲胡安、叔父尤莱,跟红一样,来自白水台还要回到白水台去。前天叶瑞克去乡司法所原本是去咨询这个问题的,大概因为心虚,又怕引起误解,就越说越糊涂,表达也不清楚。乡司法所的老同志以为叶瑞克要跟他叔父抢草地,批评了他,他感觉自己受了冤枉,就说了大话要告到法院去。

孟说:"天啊,您怎么知道这些的,为什么没早点告诉我?"

尤莱·叶森说:"我不信。"

威成·叶森说:"你也不要太固执了,叶瑞克虽然做了错事,但没你想得那么糟。"

威成·叶森还说,昨天他听叶瑞克说了事情的经过,就骂了叶瑞克,叶瑞克就自己去瞎折腾了。昨天尤莱·叶森买药回来,说了上午发生在村委会的事,他晚上下了山就去了叶瑞克家,但叶瑞克出车去了。巴格娜告诉他,孟来过他们家,他就在家等叶瑞克回来。等知道了叶瑞克那些想法,他骂了叶瑞克,但接下来发生的事情又搞得他欲哭无泪。

威成·叶森看向孟,又看向二哥尤莱·叶森,说:"叶瑞克把红找回来了。"

孟和尤莱·叶森也看向威成·叶森,两个人眼里都流露出万分惊讶。

威成·叶森说:"是的。是红尊贵的头骨。"

尤莱·叶森看向威成·叶森:"在哪儿?"

威成·叶森说:"放在他家。叶瑞克说,叔父说过,红来自白水台,还应该回到白水台。"

尤莱·叶森的眼里瞬间涌出一汪泪,他低下了头,潸然泪下。

孟问:"他是从哪里找来的?"

威成·叶森说,其实这几个月叶瑞克一直在找红的踪迹。他的一个在活畜市场的朋友也千方百计帮他打听,最后确认红并没有被送到育肥场,而是被远山一个不大熟悉游牧的农家小伙子买去了,因为价格比别的马便宜。那小伙子家的父亲一眼认出红不是一匹普通的马,因为一匹马能活到如此高龄,必有什么非凡之处。于是,老人好生照料它。就在一个月前的一天早晨,老人发现红在前一夜已经无疾而终,走的时间应该在启明星从东方升起来的时候。老人看见红的时候,红是躺在地上的,头和脖子放在地上,好像睡着了一样。在它的脸颊一侧,有几朵蒲公英盛开着。

老人就存了红的头骨,把它放在他们家院子里的一棵大树上。老人听说,能活到这般岁数的马,肯定有神力,会保佑他家境兴旺。

红最后的日子被威成·叶森描绘得这般宁静温馨,好像一个美好的传说,也不知是不是已经被叶瑞克编辑过,反正红最后的时光听起来是充满了诗意和温暖,令人释怀。

威成·叶森这样说红的时候,一只蓝色的小蝴蝶晃晃悠悠地飞来,像一朵会飞的花,在那头黄花土牛的头上落下,又飞起来,又落下。然后,一阵微风吹来,那精致的小蓝蝶就被风带走了。

孟注意到尤莱·叶森拿下了戴在头上的帽子,又戴到头上。

威成·叶森看向尤莱·叶森,说:"哥,我给叶瑞克打电话了,一会儿他就应该到了。"

尤莱·叶森问:"你让他来做什么?"

威成·叶森说:"哥,求你了,别再要你的威风了好不好?"

尤莱·叶森低下头,沉默不语。

威成·叶森说:"他来这里是要把红送回家。"

威成·叶森说话的时候还看向孟。孟明白了威成·叶森的意思,说:"威成叔,尤莱叔心里明白着呢,不用解释。"

孟又看向尤莱·叶森:"我说得没错吧? 尤莱叔。"

到这个时候,孟心里的那块石头好像终于放下了。

尤莱·叶森站起来,说自己要给黄花土牛再割点儿羊茅草。

威成·叶森看着尤莱·叶森离去的背影,抬了一下右边的眉头,歪了嘴角,会意地笑了笑。

孟伸了胳膊,也笑着说:"威成叔,你不饿啊? 我前心都要贴到后背上去了。"

威成·叶森走向自己的车,抱歉地说:"对不起,有好吃的。有馕饼、酥油、牛奶、茶,还有煮熟的肉食,都盛在保温壶里。"威成·叶森说他们兽医多半都这样,车上总要备着吃的东西,因为一旦出诊,就不知道吃住在哪里。出诊到人家的牛圈或羊圈,有时主人家有热乎的东西可以吃到嘴里,有时只能喝冷茶,更有些时候,连冷茶都没得喝。特别是春天接羔季节,湿冷湿冷的,产羔的羊这一只那一只的,人家哪能顾得上自己? 死一只羊就是一笔损失啊。他们做兽医的,时常会自己备着户外用品和饭食,已经成习惯了。威成·叶森这样说着,建议孟四下走走,他烧茶,让孟去看看他们叶森家的秋营地,看看她送来的那些板材有没有受损。

孟在离牛栏不远的一条小溪里洗了手,又抹了把脸。水好凉,但水流下正在生长的绿草,还有黏附在卵石上的新绿的苔藓,让孟的心感受到了别样的愉悦。

又过了大概一个小时,秋营地旁的公路上,叶瑞克开的那辆红色小车真的出现了。那个时候太阳已经落山。这是在山里,太阳已落山,但并没有落到地平线下去,也就是说,时辰还算早。

与叶瑞克一同来的,还有巴格娜和他们的小儿子巴罕。这个时候,尤莱·叶森又割了一袋子新鲜的羊茅草给黄花土牛吃。

威成·叶森没有说错,叶瑞克真的带来了红。它被精心包在一块洁白的绸布里,白绸外边额头位置还扎了一束猫头鹰的羽毛。叶瑞克抱着它。

巴罕先跑向尤莱·叶森:"爷爷,红回家了。"说完,抱住尤莱·叶森的腿。

尤莱·叶森亲过巴罕,看向叶瑞克。叶瑞克抱着红在尤莱·叶森面前站了好一会儿。在孟的想象中,尤莱·叶森应该从叶瑞克的手中抱过红,放在嘴边亲吻,或贴到脸颊上去,表达失去红的情感。但是尤莱·叶森没有那么做,只是向叶瑞克点了点头,说:"好的,知道了,先把红放到车上吧。"叶瑞克就把红放到了威成·叶森的车顶上。

红被放到了车顶上,面向着小屋的方向。额头上的鹰羽,在黄昏的山风中微微翕动。

红很安详。

银河浩浩荡荡地流过秋营地的夜空。那盏孟给的露营灯亮了起来,挂在牛栏旁柱子的铁钉上,照着黄花土牛。黄花土牛变得安静了,开始反刍,反刍物像会自己玩的一个球,一团一团滑过它的喉管,再送进它的嘴里,黄花土牛在认真地咀嚼生活的滋味。看这架势,今年让它做个准牛妈应该没什么问题。黄花土牛反刍的时候,叶瑞克的夏利车响起了音乐,节奏明快轻松,带着强烈的节拍。这个时候,空气里也弥漫了烤肉的香气。巴格娜果然是勤快的女人,有了她的夜晚,秋营地立刻就充满了烟火的气息。有吃的,也有喝的,加上巴罕的童言童语,甚至他的哭闹声,秋营地的夜显得温馨又温暖。大概是有了这般气息的滋养,黄花土牛的气色好像也好起来了。倒是那两头把黄花土牛诱惑到秋营地的牛,偶尔会被尤莱·叶森骂上两句。因为它们总是不大有眼色,跑来跟黄花土牛抢那点儿羊茅草。

夜幕降下,外边虽然有些寒意,但孟很享受这山里的氛围。这种体验,与上次跟着尤莱·叶森一家转春营地还有不同。那一次,天高地阔,旷野无边。这一次却是绿从四处来,天高谷深。

这分明是坤中的另一番气象。

这一夜孟就跟叶森一家人住在了秋营地。威成·叶森给阿斯喀尔打过电话,告诉他孟回不去了。明天叶森一家人要护送红去白水台夏营地,想让孟跟着一起去,孟不是还没有去过白水台吗?阿斯喀尔就同意了,对孟说,去了白水台,要好好看看祖国的山河是多么壮美。孟听着手机里阿斯喀尔的话就乐了,说:"真有你的!书记,谢谢!白水台夏营地是我梦想去的地方,那是我的诗和远方!"

那天夜里,登天炮一直为黄花土牛亮着。临睡前,孟透过窗玻璃看见叶瑞克站在威成·叶森的那辆车前,面对着红。孟就披了一件大衣出来,走向他。

孟站到叶瑞克身旁,搞得叶瑞克有些不自在。其实孟也不知道自己该跟叶瑞克说什么话,便有意无意问他:"还告你叔父吗?"

叶瑞克不回话,只是笑笑,不摇头,也不点头。

两个人就看向天空,有流星划过。

这个季节,昴宿星团和天狼星已经向南天去了,再过一个月,它们将消失在夜空里,待到秋天再出现在南天,然后向北天上来。白水台人把昴宿星消失的日子叫七个姑娘落水了,或叫落地了,那个时候,就是白水台的盛夏。这是孟去年跟尤莱·叶森家转过一次场后,听了那夜的故事,回来找到的与白水台游牧人家的二十四节气有关的民间故事。这些故事在自己的包户尤莱·叶森口中定是如数家珍。叶森家世世代代就是依靠头顶的星空为他们的草原导航,这让孟想起在校时学过的康德的一句话:"世界上有两件东西能震撼人们的心灵:一件是我们心中崇高的道德标准,另一件是我们头顶上灿烂的星空。"

而那头顶灿烂的星空,此时就在白水台。

孟向叶瑞克指了一下北极星:"叶瑞克,认识那颗星星吗?"

叶瑞克说:"认识,我叔说那叫铁马桩。"

孟说:"那颗星是北极星,也叫紫微星。北京的故宫叫紫禁城,就是因紫微星得名的。紫微星是小熊座的主星,北斗七星一年四季都围绕着紫微星转,就像白水台的牛羊一年四季最美的季节都离不开白水台夏营地。"

叶瑞克笑笑说:"紫微星是铁马桩,那我和我叔父尤莱就是铁马桩上拴着的青马星和白马星,对不?"

孟看着叶瑞克,笑了:"行啊,你挺会联想的。那你还告你尤莱叔不?"

叶瑞克还是笑了笑,说:"孟姐,您又笑我了。在叶瑞克心里,跟白水台一样重要的是叶瑞克的尤莱叔和卡米拉婶。如果尤莱叔不要叶瑞克了,那叶瑞克还会去告他。"

孟明白了叶瑞克的意思,又看向头顶群星灿烂的壮美星空。

第二天,也就是村民调解委员会给孟三天期限的最后一天,在尤莱·叶森家秋营地上,两辆车向白水台夏营地进发了。

在前边引路的是威成·叶森的车,尤莱·叶森和孟坐在车上,后边是叶瑞克的车。尤莱·叶森抱着红,他的话变得多起来,他一路讲着路边的景色和他们转场的路线。路上,有一些排量不错的越野车和私家车开过,应该是去白水台的野花台踏青的人们,春末初夏时节,那里应该是山花遍野了。这条路上,当然还有白水台早早转场的人家的汽车往夏营地驶去,车上装着的是帆布的帐篷和铁质或铝质的龙骨架,还有一些家什,开车的也多半是年轻的面孔,把车载音乐的音量放到最大。路边还有转往夏营地的牛羊。威成·叶森说,牛羊还是要自己走到夏营地去的,那也是尊崇自然规律,让它们的身体逐渐适应上山的过程,它们会一路吃草一路走,它们的数量是有定额的,就像尤莱·叶森已经减少了自家的牛羊数量,为的是保护白水台。

这些知识，孟都已经掌握了，一听就能明白在讲什么。过两天，为尤莱·叶森家代牧的那户年轻夫妇赶着的羊群或送他们家帆布帐篷的车马也将从这里经过，去往白水台夏营地。

车在山路上走。近些年，去白水台的路的确不再像过去那么难走了，乡村公路一直通达夏营地。快到阿苏达坂的时候，右边有一条路向着前方延伸，一个蓝色的路牌上打的箭头指向野花台。上阿苏达坂的路也很平坦。最险的地方盘山而上，松林在车窗下向后移去，崖下依然是万年流淌的白水河的源头，一些水鸟在松林和白水河源头飞起又落下。

两辆车终于到达了白水台夏营地，就是白水河的源头。

尤莱·叶森家的营地在一座山的山顶上。山顶地势开阔，几只苍鹰在蓝天翱翔。两边的山谷里，云沉雾绕，松涛阵阵。一些近旁的松树应该是经历过雷雨的考验和历练，高大的松顶虽被惊雷削去，裸露着的枝干依旧傲然挺拔，像一把把剑直刺蓝天。

红的头骨被放在一棵松树的枝蔓上，那棵松树的枝蔓就好像一个慈祥的女人伸出的温暖的手臂，拥抱着红。

红在那棵松树上可以看得很远，可以看到边防连，看见叶森家的草地、松林，还有当年曾奔驰过的空地。红的一生,有过传奇,有过辉煌,有过伴随主人转场的经历,做到了一匹普通的马应尽的责任。它的性格温和,有白水台人家的坚韧与坚守,也有白水台人家的自尊和善良,不媚,不娇,不乞,不怜。它跟它的主人每年去白水台,从没有让一只牛羊越过边境,它也是一名护边员。

威成·叶森说,那年边防连的小战士帮他查红的信息时,曾查到红的编号是六〇七,颜色枣红,特性高大睿智,服役年龄六年,退役时间一九九三年,退役后的去向是白水台。除了这些外,红当年参加比赛获得过的荣誉证书也都放在卡米拉的箱子里。

这么多年,尤莱·叶森如此这般呵护它,不只因为它不俗的出身,它来自青山绿水、蓝天阔地俊美至极的昭苏马场,是西极天马的后裔,而且因为它的血液和呼吸中藏着白水台人家的福祉,藏着它带给叶森家的福气。因为他们叶森家有了红,才让大哥胡安留下的叶瑞克的少年时光过得像有父亲一般,是红给了叶瑞克自信,让他能像所有享受父爱的少年那样,相信自己有靠山。红的身上也曾留着尤莱·叶森的青春中最温暖的记忆,失去父亲,失去大哥,但有了边防连的钟连长,有了柯力奇,有了鲁伊万,有了卡米拉,有了威成,还有了叶瑞克,他才能挺过最难的时候。自从有了红,白水台叶森家的日子一直风调雨顺,生活从不曾亏待过他们。

尤莱·叶森说话的时候,孟翻出手机里她第一次见到尤莱·叶森的那个黄昏在村外的白水河边给红拍的顶着满天红霞的视频,感慨万千。叶瑞克也从手机里翻到当年剧组在白水台拍的电影中红追赶叔父尤莱和他的画面。那部电影已经上线,叶瑞克截了一些片段,画面里配了音乐,红的形象越发显得高大。

尤莱·叶森说,红的身上藏着他们叶森家的好运、吉祥与福分。

尤莱·叶森还是那句话:他们叶森家的四季草场将来肯定还得由叶瑞克继承。他在村委会说的是气话,关于谁来继承叶森家四季草场的事,他早就想好了,继承者肯定是叶瑞克。他们叶森家三兄弟中,老三威成·叶森已经拥有了自己的事业。这些年尤莱·叶森一直在暗中考量着叶瑞克,他渴望叶瑞克能留在白水台。当尤莱·叶森对叶瑞克的那点愤怒烟消云散,他的话就显出了他的本意,发自内心,没有一丁点儿保留。而叶瑞克逼他说了气话,从根子上讲只不过是叶瑞克还年轻,又做了糊涂的事,好心办了荒唐事。

叶瑞克还必须经受生活的历练。

三天的时间一转眼就过去了。乡司法所那边得知了白水台村的事已经解决,便没有把电话打到驻村第一书记阿斯喀尔那里,孟也没再去司法所,柯力奇和老佟也不再提这事。那天在村委会发生的事,就好像一个小孩子不小心打翻了挤奶的桶,家长帮忙收拾就是了,白水台又恢复了平静。

这件事倒是引发了孟更多的思考,毫无疑问,她有了关于物质的乡村与精神的乡村的研究中一个鲜活的案例。在她的笔记本电脑的文档中,还有一段老师的文字:"乡村是人与自然亲密接触的地方,是真正看得见山,望得见水,记得住乡愁的地方,是人与自然及社会可以和谐相处的地方,也是每个人心灵中需要拥有和珍藏的地方。"